A ASCENSÃO DO COLOSSO

O monastério

PETER LERANGIS

AS SE7TE MARAVILHAS

LIVRO I

A ASCENSÃO DO COLOSSO

Tradução
Johann Heyss

1ª edição

Rio de Janeiro-RJ / Campinas-SP, 2013

VERUS editora

Editora: Raïssa Castro
Coordenadora Editorial: Ana Paula Gomes
Copidesque: Anna Carolina G. de Souza
Revisão: Aline Marques
Ilustração da Capa: © Torstein Norstrand, 2013
Projeto Gráfico (capa e miolo): Joe Merkel

Título original: *Seven Wonders Book 1: The Colossus Rises*

ISBN: 978-85-7686-238-3

Verus Editora Ltda.
Rua Benedicto Aristides Ribeiro, 55, Jd. Santa Genebra II, Campinas/SP, 13084-753
Fone/Fax: (19) 3249-0001 | www.veruseditora.com.br

CIP-BRASIL. CATALOGAÇÃO NA FONTE
SINDICATO NACIONAL DOS EDITORES DE LIVROS, RJ

L619a

Lerangis, Peter, 1955-
A ascensão do colosso : As Sete Maravilhas, livro 1 / Peter Lerangis ; tradução Johann Heyss. - 1. ed. - Campinas, SP : Verus, 2013.
il. ; 23 cm

Tradução de: Seven Wonders, book 1: the colossus rises
ISBN 978-85-7686-238-3

1. Ficção infantojuvenil americana. I. Heyss, Johann. II. Título.

13-01062 CDD: 813
CDU: 821.111(73)-3

Revisado conforme o novo acordo ortográfico

A meus companheiros de viagem.
Todos vocês.

I
Barba ruiva

Na manhã marcada para a minha morte, um grande homem descalço, com uma barba ruiva espessa, passou pela minha casa mancando feito um pato. A temperatura de um grau negativo não parecia incomodá-lo, mas ele devia ter tomado um café da manhã nojento, porque soltou um arroto barulhento como uma tuba.

Não é normal ver um gigante descalço que mais parece um *viking* sair arrotando por Belleville, Indiana. Mas eu não tive de fato a oportunidade de ver o sujeito de perto.

Naquele momento, eu, Jack McKinley, estava sendo atacado em meu próprio quarto. Por um réptil voador.

Eu podia ter usado um despertador. Mas fiquei acordado até tarde estudando para a prova de matemática do primeiro período, e meu sono é pesado. Meu pai não podia me acordar porque estava em Cingapura a trabalho. E Vanessa, a babá que chamo de minha não-tô-nem-aí, dormia sempre até meio-dia.

Eu precisava de um som alto. De alguma coisa que não me desse a menor chance de continuar dormindo. Foi quando vi o vulcão de papel machê da feira de ciências da escola no mês passado, que ainda estava na minha mesa. Ele estava cheio de bicarbonato de sódio. Então, peguei a cafeteira do meu pai, enchi de vinagre e, com um tubo de plástico, a conectei ao vulcão. Programei o despertador para 6h30, quando então a cafeteira soltaria o vinagre para dentro do vulcão, causando uma explosão de gosma. Pus um conduto na base do vulcão para captar a gosma. No conduto tinha uma bola de bilhar, que desceria rolando até uma catapulta com mola na minha cadeira. A catapulta ia soltar um enorme e velho Ugliosaurus™ de plástico — uma cruza em tom vermelho-vivo de leão e águia, com garras e dentes.

Bang — quando aquela coisinha fofa batesse na parede, eu teria de estar morto para não acordar. Infalível, certo?

Não muito. Por volta das 6h28, eu estava no meio de um pesadelo. Eu já tinha tido esse sonho várias vezes: eu, correndo de toga pela mata, fugindo de feras raivosas e babonas que pareciam porcos, cujos berros enchiam o ar esfumaçado. Legal, não? Normalmente eu acordo desse sonho quando um buraco se abre sob os meus pés.

Mas dessa vez eu caí. Desabei na escuridão. Para a morte.

Na hora do contato, o Gigante Gasoso arrotou na vida real. O som me despertou.

O alarme da cafeteira-vulcão soou. E o Ugliosaurus me golpeou entre os olhos.

Em poucas palavras, foi assim que a pior manhã da minha vida começou. A última manhã em que eu acordaria na minha própria cama.

— @$%^&! — gritei, o que significa que não posso repetir as palavras.

Pulei da cama, cheio de dor. Foi quando vi de relance o Barba Ruiva na calçada. O que fez com que eu me jogasse no chão, constrangido por ser visto até por um estranho descalço com cara de maluco. Infelizmente, meu traseiro aterrissou bem em cima de uma pontuda asa de Ugliosaurus, o que me fez gritar de novo. Era gritaria demais para alguém que acabou de fazer treze anos.

Fiquei deitado ali rangendo os dentes, arrependido por não ter usado o despertador. Em minha mente, vi Vanessa me provocando: "Você pensa demais, Jack". O que ela costumava repetir umas cem vezes por dia. Talvez porque eu pense mesmo demais. Sempre pensei.

Eu me levantei, segurando a cabeça. O Barba Ruiva estava descendo a rua, pisando forte na calçada.

— Da próxima vez, feche a boca — murmurei baixinho enquanto cambaleava até o banheiro.

Eu devia ter imaginado quem era ele e o porquê de sua presença. Mas não conseguia parar de pensar no pesadelo, que estava se prolongando como o gosto de queijo mofado. Tentei substituí-lo pensando em matemática. Infelizmente, deu no mesmo.

De frente para o espelho, vi que o Ugliosaurus tinha deixado um corte profundo na minha testa. Não era tão profundo assim, mas a aparência era bem ruim, e estava doendo.

Abri a torneira, umedeci uma toalha e afastei uma porção de cabelo castanho-claro acinzentado para descobrir o ferimento. Quando o toquei de leve, notei uma pequena mecha de cabelo louro despontando da minha nuca.

Esquisito. Eu nunca tinha visto isso antes. Sem meu pai por perto para me aporrinhar, já fazia um tempo que eu não cortava o cabelo, então essas mechas louras pareciam fios soltos. Conforme me curvei para olhar mais de perto, um rangido forte me fez girar o tronco.

— Vanessa? — gritei.

Ahá. Ela ouvira meu grito. Eu a imaginei se encolhendo atrás da porta, maquinando uma forma de não levar a culpa por nada que acontecesse. Mas ela não estava lá.

Dei uma olhada no relógio do banheiro: 6h39. Eu tinha que sair de casa às 6h45. Mas queria examinar aquela pequena mecha de cabelo. Dava tempo.

Eu abri a porta do armário do banheiro e peguei o espelho de mão que passara anos sem tocar. Meu pai e eu o compramos em uma farmácia para um trabalho da aula de artes quando eu estava no segundo ano. Ao pegá-lo, dei uma olhada na mensagem que eu entalhara na moldura de plástico.

Virei o espelho. Eu havia revestido a parte de trás com uma foto. Nela, eu tinha quatro anos de idade e estava usando um gordo casaco

de inverno, deslizando de trenó em um pequeno monte. Minha mãe estava no topo do monte, rindo, usando seu casaco de lã favorito do Smith College. Meu pai estava embaixo, de costas na foto. Era a nossa brincadeira: Bum no Papai. Eu escorregava entre as pernas dele, que se encolhia, uivando e fingindo sentir dor. Então eu voltava para o topo e fazíamos tudo de novo.

Eu sorri. Naquela época, eu achava essa brincadeira engraçada. Cada coisinha que fazíamos era divertida. A vida era perfeita antes de minha mãe morrer. Antes de eu começar a ter esses pesadelos. Antes de o meu pai decidir que nossa casa era um lugar a ser evitado.

Virando as costas para o grande espelho do banheiro, usei o espelho de mão para ver a parte de trás da minha cabeça. Foi então que me dei conta de que o cabelo louro não era louro — era branco. E não eram só alguns fios. Fui apalpando e descendo e notei uma forma, um V de cabeça para baixo. Tentei arranhar com as unhas, na esperança de que fosse algum tipo de mancha estranha. Mas não aconteceu nada. Meu cabelo havia simplesmente mudado de cor — como naqueles desenhos animados em que o cabelo de alguém fica branco de susto. Era isso que o Ugliosaurus tinha feito comigo? Não havia a menor chance de os garotos da escola ignorarem uma coisa dessas.

Pensei no que minha mãe diria: "Use um gorro".

Escovei os dentes com pressa. Enfiei o espelho na mochila, caso eu quisesse examinar mais na escola. Então corri para o quarto e peguei meu casaco de marinheiro no chão. Vi a ponta do meu gorro de lã debaixo de uma sacola da Wendy's. Tirei uma crosta de ketchup seco e de milk-shake de chocolate da lateral. Não estava cheirando tão mal, então enfiei o gorro na cabeça, meti o caderno de matemática na mochila e caí fora.

Eram 6h43.

Ao chegar ao topo da escada, meu celular tocou.

Pai!

Argh. Nossa sessão de Skype das quartas-feiras às 6h30. Eu tinha esquecido completamente — e ele estava atrasado! Como ele podia fazer uma coisa dessas em dia de prova?

Desci correndo as escadas. Meu pai sempre insistia que eu atendesse a ligação do sofá da sala de estar — com a câmera ligada, para ele ter certeza de que eu não havia destruído nada.

Ele é obcecado por arrumação. Eu sou obcecado por bagunça. E só tinha cinco toques antes de a chamada cair na caixa postal. Na sala, empurrei uma pilha de cabos e joysticks para o centro do tapete turco, assim como duas guitarras, algumas revistas em quadrinhos, três moletons, alguns pares de meia, embalagens de comida chinesa, uma caixa de pizza para dentro da qual eu tinha medo de olhar e um Kit Kat pela metade.

Bipe...

Do meio da pilha ergui um gancho preso a quatro cordas, que por sua vez estavam presas às pontas do tapete. Encaixei o gancho numa roldana que eu havia prendido no suporte do lustre. Dois ou três puxões fortes e o tapete subiu como um saco de brinquedo do Papai Noel, expondo o chão de madeira impecável.

Bipe...

6h44.

Eu me joguei no sofá e atendi a chamada.

— Oi, pai! Hummm, eu não tenho muito tempo para...

— *Cinco e vinte e cinco! Diga para venderem a cinco e trinta!* — Meu pai estava gritando com alguém no escritório. Tudo o que vi foi seu braço. — E feche a porta. Estou em uma teleconferência!

Então ele estava sorrindo para mim. O que me fez sorrir também. Ele estava no fim do dia em Cingapura. Parecia bastante cansado, como se tivesse acabado de correr uma maratona com um gorila morto preso às costas. Eu tinha muitas saudades dele. Queria que ele tivesse um emprego mais perto de casa.

Mas por que ele tinha de ligar bem agora?

— Oiii, Jack, desculpe o atraso! — disse meu pai com um sorriso tenso. — A sala de estar está ótima! Mas... ué, cadê o tapete?

Opa. Eu inclinei o telefone em um ângulo no qual só dava para ver a parede.

— Acho que a Vanessa mandou lavar. Mas, pai, olha, eu tenho que ir...

— Ela derramou alguma coisa nele? — perguntou.

— Eu tenho aquela prova de matemática hoje...

— Você vai se dar bem! — respondeu meu pai. — Ei, qual é o lema da família McKinley?

— Um problema é uma resposta esperando para ser descoberta — recitei.

— Bravo! Ei, você viu o artigo que mandei sobre aquele pobre garoto, Cromarty? Que morreu na pista de boliche perto de Chicago?

Ai. Atualidades. Isso sempre incluía histórias tristes com crianças e tragédias. Depois vinha um sermão. Era o jeito do meu pai de me meter medo para eu tomar ainda mais cuidado.

Dei uma olhada no meu relógio. 6h46.

— Acho que não vi. Mande o link de novo. Então, me deseje boa sorte! — Quando me levantei, me enrosquei em minha própria perna e quase derrubei o telefone. Tive de me agarrar ao braço do sofá para não cair.

— Jackie, você está bem? — A sobrancelha do meu pai agora estava toda torta. — Que marca é essa na sua testa? É um corte? Você caiu?

— Não! — eu disse. — Eu só usei um brinquedo voador no lugar do despertador.

Aquilo soou mais maluco do que eu esperava ao sair da minha boca.

— Você usou *o quê*? — meu pai perguntou.

Eu estava me sentindo fraco e zonzo. Respirei fundo umas três vezes e tentei me levantar, mas esbarrei na corda que estava presa à roldana.

Movimento errado. O tapete foi arremessado para baixo. Uma nuvem de poeira se ergueu quando tudo caiu ruidosamente no chão. Eu girei o celular para meu pai não ver.

— O que foi isso? — ele perguntou.

6h47. *Isso pode ficar ainda pior.*

— Nada! — fui logo dizendo.

Meu pai arregalou os olhos.

— Certo, já entendi. Tem alguma coisa errada. Vou fazer a reserva no próximo voo para casa.

— *O quê?* — Isso não era típico dele. Normalmente ele fica explicando nos mínimos detalhes como o trabalho dele é importante. Normalmente é ele quem corta a conversa. — Sério?

Meu pai estava olhando para mim com uma cara engraçada.

— Tome cuidado até eu chegar aí. Não deixe a Lorissa perder você de vista. Diga a ela para levá-lo para a escola.

— Vanessa — eu disse. — A Lorissa pediu demissão. E a Randi também.

— Certo, fique perto dela, Jack — disse meu pai. — Cuide-se. E boa sorte na prova de matemática.

— Obrigado! — eu disse. — Tchau, pai! Eu te... — a imagem sumiu — amo.

A tela ficou em branco.

6h48. Eu tinha que vazar.

— Vanessa! — gritei, correndo para a cozinha. Quando fui pegar dois pacotes de Skittles no balcão, vi um bilhete pendurado na porta da geladeira.

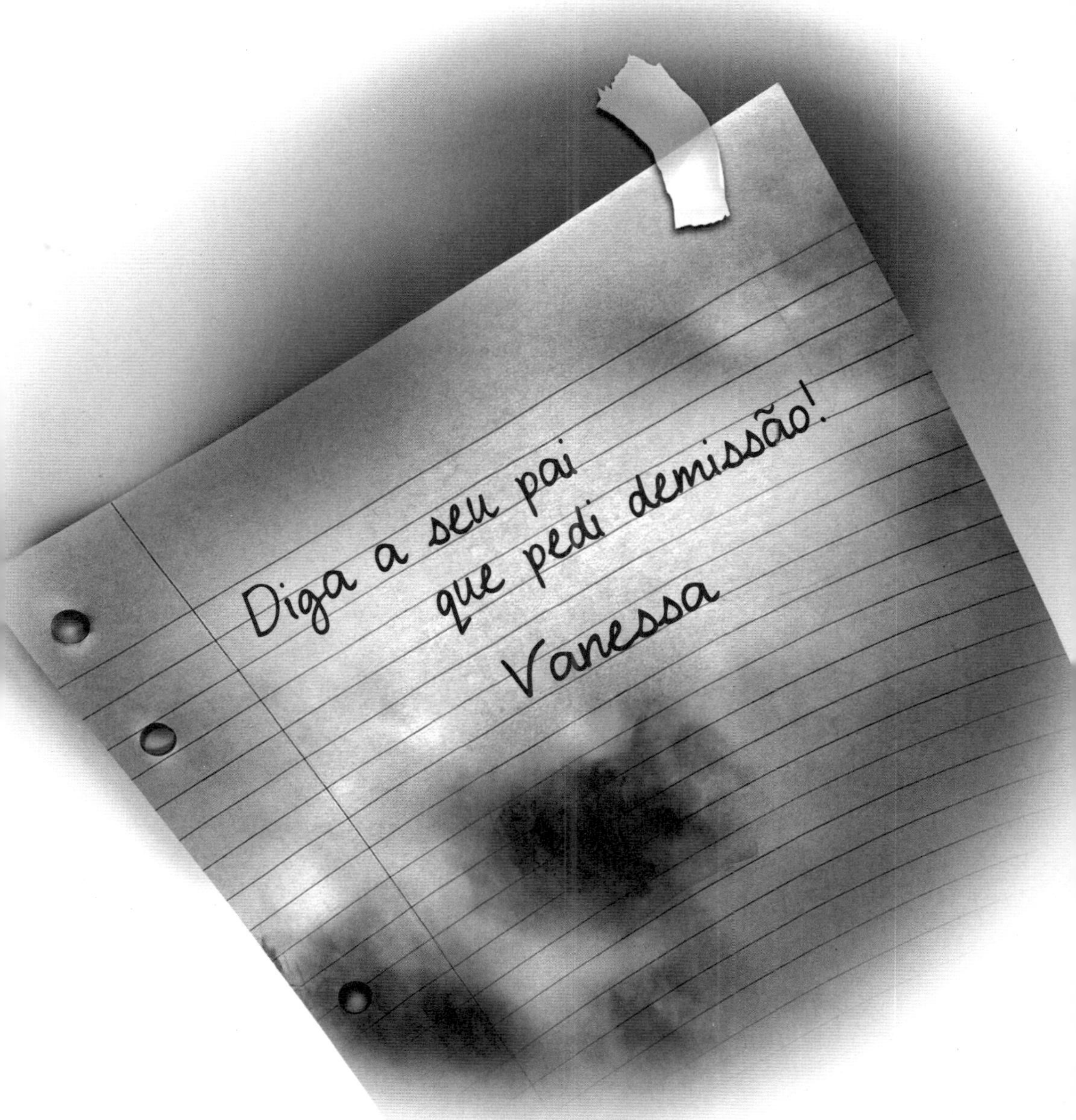

Saí correndo para o quarto da Vanessa e abri a porta. O quartinho estava todo arrumado. E completamente vazio.

Mais uma catástrofe para explicar quando meu pai chegasse em casa.

Tentando não pensar nisso, disparei até a porta dos fundos e peguei minha bicicleta na garagem. O ar estava frio e revigorante, e eu rapidamente abotoei o casaco.

Eu me apressei pela calçada, virei à direita e segui para a escola.

Se o Barba Ruiva estava lá, eu não o vi.

2
O ACIDENTE

— EI, ASTRONAUTA, cuidado!

Eu não ouvi o aviso. Eu estava no fim do meu percurso de bicicleta até a escola, o qual inclui uma curva fechada na esquina do prédio. Nessa parte é preciso empurrar a bicicleta, mas eu estava com muita pressa e continuei pedalando. Não que isso importasse, porque de qualquer forma a maioria das pessoas é esperta demais para ficar parada perto daquela esquina.

Mas a maioria das pessoas não inclui Barry Reese, o Fanfarrão da Escola de Ensino Fundamental Mortimer P. Reese.

Lá estava a cara canastrona do Barry, a poucos centímetros de distância, com seus olhos grandes feito bolas de beisebol. Como sempre, ele estava ocupado com seu hobby favorito: infernizar a vida dos garotos mais novos. Ele estava ameaçadoramente encurvado sobre um miudinho do sexto ano chamado Josh ou George.

Eu apertei os freios. A roda da frente travou. A traseira empinou, me lançando por cima do guidom. A bicicleta foi deslizando sob mim.

Conforme eu voava para frente, a cara de Barry foi se agigantando na minha direção a zilhões de quilômetros por hora. Pude ver três pelos saindo de uma mancha na bochecha dele.

Então a pior coisa que se pode imaginar aconteceu.

Ele me pegou.

Quando paramos de girar, eu estava pendurado nele feito um boneco de pano.

— Vamos dançar? — ele disse.

Tudo o que pude ouvir foram gargalhadas intensas. Os garotos estavam rolando de rir. Barry sorriu orgulhoso, mas eu o empurrei. Ele tinha bafo de banana e chulé.

Josh ou George se levantou do chão. Ninguém se ofereceu para ajudar a pegar seus livros, que estavam espalhados por todo o playground.

Não sei por que Barry era valentão. Ele era rico. Nossa escola tinha o nome do seu tataravô, que fez fortuna criando aquelas coisinhas de plástico que protegem a tampa do vaso sanitário de cair no assento. Eu, pessoalmente, se fosse rico e herdeiro de uma fortuna que veio de coisinhas de banheiro, seria muito feliz. Não ficaria pegando no pé de garotos menores.

— Não danço com gorilas — eu disse, me inclinando rapidamente para pegar minha bicicleta e prendê-la no bicicletário.

Dei uma olhada no relógio. O sinal ia tocar em um minuto.

— Peço desculpas. — O Barry me soltou e pegou minha bicicleta com exagerada gentileza. — Deixe-me ajudá-lo a se recuperar do seu passeio, Mario. Pelo corte na cabeça, acho que você teve alguns acidentes pelo caminho.

Eu tentei pegar o guidom de volta, mas ele foi mais rápido. Ele puxou a bicicleta com força e começou a caminhar apressado em direção ao bicicletário.

— Ei, aliás, você terminou o dever de casa de biologia? — perguntou sobre os ombros. — É que fiquei ajudando meu pai com os negócios ontem à noite e acabei perdendo a hora. Bom, não se pode colocar o dever de casa na frente dos rendimentos. Não que eu não fosse conseguir responder perfeitamente de qualquer forma...

Eu o empurrei para o lado e agarrei a bicicleta.

— Não, Barry, você não pode copiar o meu dever de casa.

— Eu acabei de salvar a sua vida.

Enquanto eu prendia a bicicleta, Barry se inclinou na minha direção com uma expressão retorcida, meio sorridente, no rosto.

— Não pense que não haverá certa compensação financeira...

Antes que eu pudesse responder, ele deu dois passos rápidos para o lado. Josh ou George estava fugindo para a segurança do pátio da escola, agarrando com força uma massa bagunçada de papéis e cadernos. Barry abriu os braços como se estivesse bocejando. Ele bateu bem no peito do garoto e o fez voar, espalhando os papéis de novo.

O sangue me subiu à cabeça. Não sei direito se foi por causa da pancada do Ugliosaurus, do percurso maluco de bicicleta, do quase acidente ou da extrema brutalidade do Barry. Com ou sem prova de matemática, ele não podia escapar impune.

— Aqui está o meu dever de casa! — falei, puxando do bolso uma lista de compras de supermercado. — Você fica com ele se pegar as coisas do Josh e pedir desculpas a ele.

— É George — o garoto disse.

Barry me olhou como se eu estivesse falando mongol.

— O que foi que você disse, McKinley?

Eu estava tremendo. Zonzo. Talvez fosse medo. Como eu podia ter tanto medo desse imbecil?

Foco.

Barry tentou pegar a folha, mas eu a puxei, recuando em direção à rua.

— Diga a ele que nunca mais vai fazer isso — insisti. — E nem pense em dizer não.

Abrindo e fechando os punhos, Barry se aproximou. Sua cara branca e gorda estava ficando da cor de um rosbife malpassado. O sinal tocou. Ou talvez não. Eu estava com dificuldade de ouvir. O que estava acontecendo comigo?

— Como você arrumou esse cortezinho na testa, McKinley? — A voz do Barry estava abafada, como se estivesse vindo de um longo túnel. — Porque acho que você está precisando de um corte maior.

Eu mal o escutei. Eu sentia como se algo tivesse se espalhado na minha cabeça e estivesse lutando kickboxing com o meu cérebro.

Eu me esforcei para ficar de pé. Agora eu mal conseguia ver o Barry. A parte de trás da minha perna bateu em um carro estacionado. Eu me virei para a rua, tentando manter o equilíbrio. O asfalto se apressou em minha direção e eu tentei aparar a queda com as mãos.

A última coisa que vi foi a grade de um Toyota último modelo vindo em alta velocidade de encontro à minha cara.

3
Parada cardíaca

BIPE...

Bipe...

Cordas de harpa? Que barulho era aquele?

A rua tinha sumido, e eu não estava vendo mais nada. Sentia como se estivesse flutuando em um túnel de ar frio. Eu havia sonhado com a minha própria morte e então ela de fato aconteceu. Abri os olhos bem rápido. Doeu, mas naquele momento eu me dei conta de algo terrível.

A vida após a morte era bege.

Tentei gritar, mas meu corpo estava imóvel. Estranhos sussurros flutuavam ao meu redor como ventos da pradaria.

Lentamente comecei a distinguir vozes, palavras.

Espiando mais uma vez, tive esperança de ver querubins e serafins, ou pelo menos algumas nuvens. Mas o que vi foram narinas peludas. E também sobrancelhas bem pretas e olhos azuis, presos à cara de um homem que se aproximava.

Senti uma mão virando minha cabeça para o lado. Tentei falar, resistir, mas não consegui. Era como se alguém tivesse apertado o botão de desligar de todas as minhas funções corporais.

— Caso extremamente estranho — disse o homem com voz muito grave. — Você disse que ele não tem diabetes? Ele recebeu todas as vacinas? Não há histórico de concussão?

— Correto, dr. Saark — foi a resposta. — Não há nada que justifique tais sinais vitais irregulares. Trata-se de um garoto saudável. Não fazemos ideia do que esteja errado.

Eu conhecia a segunda voz. Era a médica da minha família, a dra. Flood. Ela cuidava de mim desde que eu era bebê.

Então eu não estava morto, o que era um alívio e tanto. Mas ouvir a voz do seu médico não é muito animador. Eu estava afastado das vozes; tudo que via era um suporte para soro, cabos elétricos e uma cesta de lixo de metal.

Eu só podia estar no Hospital Belleville, no qual eu nunca mais estivera desde que nasci. Eu com certeza tinha sido atropelado por um carro.

A prova de matemática! Tive visões de uma folha de papel em branco com um zero grande e redondo. Eu me esforcei para abrir a boca. Para dizer que eu estava bem e que tinha de ir para a escola. Mas nada se mexeu.

— Um conjunto de sintomas muito raro — disse o dr. Saark —, mas se encaixa perfeitamente na pesquisa que venho fazendo ultimamente...

A dra. Flood bufou alto.

— Muita sorte vocês estarem na cidade e poderem vir assim, de uma hora para outra.

Senti dedos na minha nuca apalpando a área onde estava o V de ponta-cabeça. Senti uma onda de pânico. Imaginei que me tornaria o primeiro garoto do mundo com receita médica de loção tonalizante Grecin 2000.

Ouvi passos pesados adentrarem a sala.

— Com licença? — disse a dra. Flood. Ela pareceu confusa, talvez irritada. — O que está fazendo aqui?

— Capelão — uma voz tosca respondeu. — Novo na função.

Enquanto a dra. Flood lidava com o capelão, o dr. Saark virou de novo minha cabeça e enfiou algo na minha boca. Ele manteve minha boca fechada, me forçando a engolir. Sob a manga de sua camisa, vi que ele tinha uma tatuagem que parecia duas cobras entrelaçadas.

O que ele tinha acabado de me dar? Será que ele viu que meus olhos estavam abertos? Que tipo de médico tinha uma tatuagem dessas?

O que um capelão estava fazendo ali?

— Mas... eu não mandei chamar capelão nenhum — disse a dra. Flood, soando completamente confusa. — Tem certeza de que está no quarto certo?

— Sim, correto — respondeu o homem. — Para a extrema-unção. Regras do hospital. Essas situações... você sabe.

Extrema-unção? Tipo aquelas preces que as pessoas fazem quando alguém está à beira da morte... *Esse* tipo de extrema-unção?

Entrei em pânico. Sem dúvida eu estava em condições ainda piores do que imaginava. Então meu corpo se moveu violentamente e tudo ficou branco.

— Ele está tendo uma parada cardíaca! — gritou o dr. Saark. — Dra. Flood, notifique a sala de operação, preciso de uma maca imediatamente!

Meu corpo entrou em choque. Ouvi o barulho de alguém engasgando — eu mesmo. E passos apressados quando a dra. Flood deixou a sala.

A sala era um borrão de cores. Os dois homens — Saark e o capelão — estavam um de cada lado, segurando meus braços e pernas. Minha cabeça dava solavancos para trás, e achei que ela fosse se partir como um ovo.

Aguente firme. Não morra.

O dr. Saark me supervisionava, o rosto vermelho e pontilhado com gotinhas de suor.

— *Agora!* — ele disse.

O capelão era quase meio metro mais alto que o médico, e pelo menos vinte quilos mais pesado, mas ele se adiantou, procurando algo em seu bolso interno. Pela primeira vez pude ver seu rosto — olhos verdes, pele avermelhada e uma cicatriz profunda e torta que descia pela bochecha esquerda até desaparecer em meio à farta barba. Ele tirou uma longa seringa com uma das mãos e, com a outra, limpou meu braço com um pedaço de algodão embebido em álcool. Quando ele se inclinou, percebi que já o vira antes.

Tentei gritar. Abri os olhos o máximo que pude. Olhei fixo para a cara do sujeito, me esforçando para ficar acordado.

Uma palavra escapou da minha boca num rouco sussurro:

— Barba...

Senti uma pontada no braço esquerdo. Conforme a sala ficava escura, uma última palavra escapuliu:

— ... ruiva.

4
O SONHO

UM ANEL DE fogo, animais aos berros, o fim do mundo. Estou sendo atacado por um vromaski com bico de mangueira, cujo bafo é como um quarto cheio de corpos em decomposição. Sua cabeça é fina e comprida, com um focinho que mais parece uma tromba de elefante partida ao meio. Ele tem o corpo vigoroso de um guepardo listrado encolhido, com longas presas de tigre-dentes-de-sabre e escamas no lugar dos pelos.

Conforme se apressa em minha direção com passos trovejantes pela mata em chamas, suas pernas troncudas atropelam tudo que encontram pela frente. Ao longe, do alto de um vulcão, é expelida uma bola de fogo que faz o chão tremer.

A fera mostra os dentes. Seus olhos enlouquecidos estão cravados em mim, desesperados e assassinos. Mas, em vez de sair correndo, eu a encaro de cabeça erguida.

Acho que sou basicamente um idiota.

Tenho uma arma na mão direita, um sabre reluzente com o punho cravejado de pérolas. Deve pesar uns quarenta quilos, mas é tão bem balanceado que mal posso senti-lo.

Eu recuo. A lâmina polida do sabre reflete nos olhos vermelhos do vromaski. A criatura ruge, lançando-se no ar, os dentes expostos mirando meu pescoço.

Começo a balançar os dois braços. O sabre tine no ar fétido e abre um corte no peito da fera. O sangue respinga em meu rosto e meu uniforme, uma túnica bordada, com capacete e peitoral de bronze, agora banhados em carmesim.

Antes de a cabeça babada do monstro bater no chão, uma criatura vinda de cima surge de repente, com asas colossais, lançando uma lufada de ar quente em meu rosto. Com um grito, a criatura agarra a cabeça ensanguentada com as patas e alça voo. Eu cambaleio para trás. Só aquela asa dá três de mim. Observo, perplexo e assustado, reconhecendo a fera por alguma razão. Ela tem cabeça e asas de águia e corpo de leão.

NÃO.

O sonho não era para ser assim. Antes era mais como um jogo, o mais impressionante e assustador videogame em 3D de todos os tempos. Mas agora está diferente. O calor queima minha carne. O peso deforma meus músculos e o cheiro me enoja.

Eu me viro para correr e então... a vejo. A rainha. Mas ela também não é a mesma. Ela tem a pele mais escura do que antes, e o rosto comprido marcado por preocupação. Atrás dela, a terra se inclina subitamente e vejo uma vasta planície se esticando rumo ao horizonte. Mas sigo seu olhar, voltado para um vale profundo perto de nós, uma depressão no meio da mata. Ela aponta para a abertura de uma caverna e me olha como quem pede alguma coisa. Algo a atormenta profundamente, mas eu não sei o que — será que alguém a atacou? Roubou alguma coisa?

— O que quer que eu faça? — grito. Mas ela olha diretamente para trás.

O céu escurece de súbito. Ao longe, atrás da rainha e bem abaixo de nós, vejo algo crescendo. Uma massa úmida azul-escura às margens da vasta planície. Ela se move na nossa direção, mudando de forma, se agitando e cuspindo. Parece engolir a terra conforme avança, colide com o solo e sacode a terra.

No vale, a caverna está começando a desmoronar.

A rainha fica de boca aberta. Vejo uma rachadura crescendo na terra. Tenho de partir. Posso impedir a destruição. Mas juro pela minha vida que não sei como. Só sei que tenho de ir embora. Tenho de correr em direção ao oceano. Preciso encontrar alguém — alguém que pareça muito... comigo.

Eu corro. Mas a rachadura agora está se abrindo no meu caminho. Meu cérebro me diz que já estive aqui antes. É aqui que eu morro. Estou seguindo para o buraco.

Não posso sonhar com a minha morte de novo. Não posso.

Por alguma razão, sei que meu cérebro não aguenta mais uma vez. Se eu continuar, se cair no buraco e morrer, dessa vez vai ser de verdade.

A criatura alada desce de repente. Sinto suas garras me queimando a nuca. No formato de um V *de ponta-cabeça.*

5
CHEGADA

— UHHH! — dei uma guinada para cima e me arrependi no mesmo instante. Parecia que a minha nuca tinha sido arrombada, e tive medo de que meu cérebro caísse.

Eu estava virado de barriga para baixo. Eu me levantara e parara em posição de flexão, na cama com lençóis ensopados de suor. Desabei imediatamente sobre o colchão, soltando um gemido.

O que fizeram comigo?

Fizeram a festa na minha nuca, isso era óbvio. Eu estava com medo de me mexer, até de pensar. Fiquei deitado com a cara afundada no travesseiro úmido, recuperando o fôlego. Lentamente, a dor começou a diminuir. Ficar parado ajudou.

Está tudo bem com você. Você se levantou rápido demais. Respire... expire...

Tentei pensar positivamente. A última coisa de que lembrava era a dra. Flood correndo para notificar a sala de operações. Isso significava que eu tinha sido operado. Certo. Isso fazia sentido. Eu não estava mais tendo convulsões, vertigens nem alucinações. Não sentia mais fraqueza. Eu tinha voz. Podia me mexer e enxergar. Então o procedimento devia ter dado certo e eu estava com dor por causa da cirurgia. Só podia ser isso. Quando meu pai operou as costas, um ano atrás, ficou de cama por dois dias. Eu precisava me recuperar, era isso. Tinha de ver o lado positivo.

Então me dei conta de que a cirurgia era uma boa desculpa para perder a prova de matemática.

Respirei fundo. Será que eles haviam curado o que é que tivesse acontecido comigo?

Pouco depois virei a cabeça com cuidado. Pude notar que tinham me transferido para outra parte do hospital. Vestiram-me com uma calça de pijama e uma bela camiseta polo branca. Fazia silêncio ali, ao contrário da outra sala. Nada de bipes ou vozes, nem de barulho de trânsito. O quarto estava levemente iluminado por uma luz de alvorada. As paredes tinham um tom calmo de azul, talvez turquesa. O chão era de madeira encerada.

— Olá? — Minha voz saiu rouca, mal dava para ouvir. Eu me perguntava onde estaria. Quanto tempo havia se passado.

Senti uma brisa pungente e salgada.

Salgada?

Virei a cabeça mais um pouco até conseguir avistar a janela. Estava aberta. Uma lua quase cheia se esvaía do céu radiante e prateado. Eu só tinha visto aquela cor uma vez, no dia seguinte à morte da minha mãe. Meu pai e eu ficamos acordados a noite inteira e vimos o sol nascer.

Estava quente lá fora, mas eu estava usando casaco quando sofri o acidente.

Pensei no que o doutor dissera. "Um conjunto de sintomas muito raros." Pacientes com doenças raras muitas vezes tinham de ir a hospitais especiais com médicos e equipamentos adequados. Parecia a Califórnia ou o Havaí.

Havia uma porta fechada a uns três metros de distância. Com muito cuidado, eu me sentei na cama. Minha nuca parecia uma pancadaria épica entre John Henry e Thor. Fiquei sentado por um tempo, respirei fundo algumas vezes e me levantei.

Com passos tímidos, me arrastei até a porta. Eu estava bem; só não podia mexer muito a cabeça. Apoiando-me no batente, abri a porta e me deparei com um longo corredor.

Tinha cheiro de construção nova, de serragem e plástico. Um carpete se estendia corredor abaixo, até depois de algumas portas fechadas. No fim dele, um servente de hospital roncava sentado em um banco. Ele estava de costas para a parede, com o rosto afundado no próprio peito. Ele tinha ombros largos e maçãs do rosto pronunciadas. A aba de sua boina cobria os olhos, e usava uniforme militar e botas pesadas. No cinto, uma pistola no coldre.

Que tipo de hospital tinha funcionários *armados*?

Acordá-lo parecia arriscado. Voltei para o quarto. Precisava ligar para o meu pai. Eu me perguntei se ele já havia chegado e se sabia onde eu estava. Quanto tempo eu passei inconsciente? Desde quando eu estava fora de Indiana?

Voltei lentamente para o pé da cama. Alguém colocara minhas roupas, muito bem dobradas, e minha mochila sobre um baú. Procurei meu celular nos bolsos do meu jeans, mas ele havia desaparecido. Também não estava na mochila.

Mas o espelho de aniversário da minha mãe estava ali.

Eu o peguei. Seu sorriso parecia explodir da foto, atravessando a escuridão. Do outro lado do quarto, a porta do banheiro estava aberta, e pude ver meu reflexo em tons de cinza. O que exatamente tinham feito na minha nuca?

Quase não reconheci o garoto no grande espelho sobre a pia. Minha cara estava fantasmagoricamente branca, e minha cabeça, completamente raspada. Pela primeira vez, notei um monograma na camiseta polo — IK.

Virei-me e ergui o espelhinho para ver minha nuca refletida no espelho maior. Os cabelos brancos tinham sido raspados com o resto. Mas alguém desenhou uma figura com caneta preta onde antes estava o V de ponta-cabeça. Puseram ataduras nas bases de todas as linhas, logo acima da nuca. Toquei uma e comecei a apertar, mas a dor foi aguda demais. Devia haver pontos debaixo dos curativos. Incisões.

— Mas o que... — O espelho escorregou da minha mão e bateu na bancada. Ele se partiu no mesmo instante, bem como a moldura, que rachou ao meio de cima a baixo, me separando na foto, aos quatro anos de idade, da minha mãe, ainda viva.

Conforme estiquei o braço para alcançá-lo, ouvi um clique atrás de mim. Dei meia-volta e vi uma pessoa parada à porta. O cara tinha mais de um metro e oitenta de altura. Ele entrou e fechou a porta.

— Oi — disse ele. — Tudo bem?

Fui em direção à cama, quase sem dor agora.

— Bem, eu acho — respondi irritado. — Quem é você?

— Marco Ramsay. — Ele estava usando a mesma roupa que eu, só que três ou quatro números maior. Seus ombros eram largos, os pés enormes. Ele tinha maçãs do rosto salientes e marcadas, cobertas por manchinhas de acne. Cabelos castanho-escuros caíam-lhe sobre a testa, de modo que os olhos pareciam espiar de dentro de uma caverna. Ele voltou o olhar para a porta como se tivesse feito algo de errado.

— É que eu ouvi um barulho vindo daqui de dentro... — ele disse.

— Deixei cair um espelho, só isso — eu disse. — Ah, sou Jack.

Ele fez que sim com a cabeça.

— É, eu sei. Enfim, aquele cara lá fora... Você sabe, o Conan? Operações Especiais, Departamento do Sono? Ele deveria estar aqui para dar uma olhada em você, mas é difícil acordá-lo. E quando a gente o acorda, ele fica bem desagradável. Então resolvi dar uma conferida eu mesmo. Mas pelo jeito você está bem, então acho que vou... — ele começou a se virar em direção à porta.

— Espere! — eu disse. — Esse cara, o Conan. Desde quando armas em hospital são permitidas?

Marco encolheu os ombros, constrangido.

— Talvez algum paciente seja terrorista?

A porta se abriu mais uma vez e mais duas pessoas entraram; um magrelo e uma menina de cabelo tingido de rosa e um sinal de nascença na bochecha esquerda. Ela tinha mais ou menos a minha idade e parecia alguém com quem era melhor não se meter. O garoto parecia um pouco mais novo e era uma versão com cabelos cacheados de George, o garoto da minha escola que sempre sofria nas mãos de Barry Reese.

— É isso que vamos fazer? Marco, a gente vai se meter numa encrenca daquelas — disse o carinha.

— Acabou a brincadeira — acrescentou a garota, sua voz era um tenso sussurro. — Vamos lá, de volta para o canil, Pezão.

Marco riu.

— Ah, olha só, falou a senhorita Obediente! — disse ele, também sussurrando de um jeito estranho.

— Por que vocês estão sussurrando? — perguntei. — E do que estão falando? *Canil?*

— É uma piada — Marco disse. — A Aly é uma comédia ambulante.

— Hora de ir! — disse o baixinho, com a voz três vezes mais aguda que a dos demais. Ele abriu bem a porta e disse, acenando dramaticamente: — Vejo vocês no café da manhã!

— Cara, você vai acordar o Conan! — repreendeu Marco. — Da última vez que fizemos isso, ele furou minha bola de basquete.

— *Dá para me dizerem quem são vocês e o que estão fazendo aqui?* — gritei.

Do corredor, Conan roncou e resmungou. Marco congelou.

O menorzinho já havia dado alguns passos para fora da porta.

— Eu sou Cass Williams e esta é Aly Black. Olha, não tenha uma má impressão. Nós amamos este lugar, de verdade. Você também vai amar. É fantástico. Eles vão lhe contar tudo logo. Mas não era para estarmos aqui agora. É isso.

Aly fez que sim com a cabeça e saiu correndo pela porta. Marco recuou também, erguendo o polegar para mim.

— É sério, cara. É o melhor lugar do mundo. O café da manhã é ótimo. Pode comer à vontade. Somos todos felizes aqui. Até mais.

Antes que eu pudesse dizer outra coisa, eles sumiram.

Por um instante eu quis correr atrás deles, mas sabia que o esforço faria minha cabeça explodir. E eu não queria correr o risco de acordar o cara da pistola.

Além disso, aquela tinha sido a conversa mais horripilante que eu já tivera na vida. Quem eram aqueles otários? Esse negócio estava parecendo uma grande pegadinha. Algum *reality show* maluco. *Pegadinha Pós-Cirúrgica.*

Afundei na cama e belisquei meu braço direito, apenas para me certificar de que não estava sonhando. Sem chance de cair no sono agora. A luz da manhã começava a entrar pela janela e dava para ver o quarto com mais clareza. Notei uma bandeira na parede à minha direita, com um símbolo que coincidia com o da minha camisa:

Eu não conhecia aquelas iniciais. Procurei algum botão de alarme, algum tipo de campainha para chamar a enfermeira. Nada. Não havia botão nenhum, nem armário de remédios, nem mesinha com rodas, nem suporte de soro, nem televisão suspensa. Não havia nada nesse lugar que lembrasse um hospital.

Tentei me lembrar do que havia acontecido em Belleville. Alguém dissera alguma coisa sobre me levar para algum lugar?

Fiquei zonzo. Caí na rua. No hospital havia um especialista e a dra. Flood. Ela estava preocupada. Chamaram um capelão para fazer a extrema-unção, e ela não entendeu nada.

"Mas eu não mandei chamar capelão nenhum..."

O capelão agarrou meu braço. Eu me lembrei dele agora. Cara grande, nariz de batata. *Barba ruiva.* O mesmo cara que tinha passado na minha casa uma hora antes, descalço e sem colarinho clerical. Ele me amarrou a uma mesa e injetou alguma coisa em mim. Ele não era capelão. Ele estava ajudando o dr. Saark. Mas ajudando a fazer o quê?

Eu estava desesperado para entrar em contato com meu pai. Só um telefonema. Voltei-me em direção à janela. O céu estava clareando com o nascer do sol. Levantei-me com cuidado. A dor não estava mais tão intensa quanto antes. Então concluí que foi meu movimento brusco que me derrubou. Eu ficaria bem se fosse devagar.

Caminhei em direção à janela e dei uma olhada para fora. Diante de mim um longo e farto gramado se expandia, quase do tamanho de um campo de futebol, cortado por caminhos. Ao seu redor havia antiquados edifícios de tijolos, a maioria deles revestida com janelas com persianas brancas. Pareciam antigos, mas alguns tinham alas com teto de vidro. Se o gramado fosse um relógio, eu estaria na base, ou às seis horas. À esquerda, lá pelas nove, havia uma construção grandiosa parecida com um museu, com colunas e amplos degraus, como que o ponto central. Lá pelas duas horas do relógio, comprimida entre os edifícios de tijolos, havia uma construção de vidro e aço que parecia fora do lugar. A construção toda parecia calma, como um campus de faculdade jogado no meio da selva. Árvores cercavam o complexo como um grosso colarinho verde que se estendia por todos os lados até onde se podia enxergar. Menos para o lado esquerdo — oeste.

Bem depois do enorme museu, uma grande montanha de rochas pretas lançava sua enorme sombra sobre tudo. Ela avançava pela vegetação como um punho fechado no céu suave. Parecia quase líquida, mudando de forma com o movimento da neblina matinal.

Um murmúrio de vozes distantes me fez olhar para o outro lado do complexo. Dois homens de uniforme cáqui surgiram na lateral de um edifício distante.

— Olá — gritei, mas minha voz estava fraca demais para alcançá-los.

Quando alcançaram a luz turva, vi que os dois estavam carregando rifles. Dos grandes, com munição.

Eu me abaixei. Isso aqui não era um hospital. Eu estava confinado. Essas pessoas estavam vindo me pegar? Já tinham me sequestrado, feito buracos na minha nuca e tinham me prendido em uma espécie de colégio bizarro com um monte de zumbis sem cérebro. Por quê? E o que eles fariam agora?

Cruzei o quarto em silêncio. A janela do outro lado tinha uma vista bem diferente, para a direção oposta ao campus. A única coisa que separava o edifício da mata ao redor era uma clareira desordenada de cerca de vinte metros de solo rochoso. Depois dela, havia mata fechada. À luz do amanhecer, a selva parecia densa e quase preta. Mas pude ver um caminho que conduzia para dentro dela, e isso fez meu sangue bombear um pouco mais rápido. Todo caminho tinha um destino. Onde quer que fosse este lugar — Havaí, Califórnia, México, América do Sul —, em alguma parte tinha de haver uma estrada que levasse a uma cidade. Coisas tinham sido construídas aqui, o que significava que tijolos e materiais tinham sido transportados de caminhão. Se eu encontrasse uma estrada e pegasse uma carona, conseguiria achar um telefone público ou usar o celular de alguém. Ligar para meu pai. Entrar em contato com a mídia. Informar sobre este lugar.

Eu me sentei na cama e cuidadosamente vesti a calça jeans e calcei os sapatos. Então fui até a janela e coloquei o pé no parapeito. Girei as pernas e pulei para fora.

6
Dentro da mata

Foi só uma quedinha até o chão, mas, nas condições em que eu me encontrava, foi como se eu tivesse pousado em cima de pregos.

Sugando o ar, contive o impulso de berrar. Pressionei a cabeça com as mãos para impedir que meu cérebro explodisse. Eu tinha acabado de passar por uma cirurgia e ainda havia uma longa recuperação. Até olhar para os lados doía.

Não havia muita coisa ali: um pátio desordenado com terra e grama pisadas, algumas marcas de pneu de caminhão, uma caçamba. Eu estava sozinho e não tinha ninguém vindo atrás de mim.

Vá. Agora.

Cada passo era como uma pancada. Meus ouvidos zuniam. A distância da janela até a mata parecia de mais de um quilômetro. Qualquer um podia me ver da janela desse lado do edifício. Se alguém me visse e avisasse Conan, eu estaria em apuros. Por mais que eu tentasse, não conseguia ir muito rápido.

Mas ao pisar no caminho estreito não ouvi alarme nem vozes. Só o grasnado dos pássaros, o farfalhar de galhos e folhas. Um animal se mexeu na grama a centímetros dos dedos do meu pé, mal fazendo ruído.

Foco.

Fui mancando o mais rápido que pude. A adrenalina agora estava a todo vapor, me deixando menos ciente da dor na cabeça. O caminho dava voltas por estreitas árvores retorcidas. Espinhos picavam minha roupa e videiras chicoteavam meu rosto. O ar estava alaranjado com o raiar do sol, e gotinhas de orvalho pousavam como insetos cintilantes nas folhas.

Não sei quanto tempo fiquei me arrastando desse jeito — meia hora? uma hora? — antes de todos os sinais de tranquilidade se perderem. Minha roupa estava ensopada de suor e orvalho. Insetos rodeavam meu pescoço e meus tornozelos. Eu estava cada vez mais lento.

Até que pisei em algo duro e pontiagudo e caí.

Soltei um gemido. Não consegui me conter. Respirei fundo para não desmaiar. Tive de abrir bem a boca para não trincar meus próprios dentes. Eu estava enxergando tudo em dobro, então me esforcei para manter os olhos onde eu havia tropeçado. Era uma pedra achatada em forma de disco, escondida por videiras até meu pé afastar a vegetação. Uma linha sinuosa fora entalhada na parte superior.

Eu afastei mais videiras. A pedra era mais ou menos do tamanho de uma tampa de bueiro, coberta por fungos esverdeados, quase pretos. Mas o entalhe era nítido — uma versão tosca do que seria uma fera babona, uma assustadora cabeça de águia com garras.

Parecia muito o meu Ugliosaurus.

Esse negócio estava me deixando apavorado. Era como se alguém estivesse zombando de mim. Eu tinha de me controlar. Havia entalhes de feras mitológicas em toda parte do mundo — dragões e tal. O tipo de coisa que acaba nos museus de história natural. Eu não estava nem aí para nada disso.

Olhe para frente. Foco no objetivo.

O caminho estava se tornando estreito e sufocado. À minha direita, a montanha de topo preto se agigantava sobre as árvores. Ela parecia continuar exatamente do mesmo tamanho, o que provavelmente indicava que ela estava mais longe do que eu pensava. Qual seria a distância? Dois ou três quilômetros? Parecia que eu não estava indo a lugar nenhum.

Eu jurei não tirar o olho da montanha, sempre à minha direita. Assim eu seguiria reto. Mas reto para *onde*? E se o próximo povoado ficasse a meio continente de distância? Eu não fazia ideia de como sobreviver na selva — exceto pela leitura de *Hatchet* e de *My Side of the Mountain*, e mal me lembrava desses livros.

Conforme eu me arrastava, o dia foi escurecendo. As copas das muitas árvores tapavam a luz do sol como um teto amplo. Meu tornozelo doía da queda e minhas mãos estavam ensanguentadas por causa dos espinhos. Acima, grasnos e gritos soavam como provocações infantis: *Olha só! Presa nova! Quase nem anda!* A mata parecia se aproximar, densa e viva, farfalhando com o vento. Ou talvez não fosse o vento. Talvez fossem falcões, ou um bando de pumas por perto, ou uma tribo de canibais furiosos — ou isso tudo brigando pelo primeiro lugar na fila. O jantar é por ordem de chegada. Uma sombra passou, e uma ave de rapina pousou em um galho acima de mim, virando a cabeça com expectativa.

— Não estou morto! — gritei. — Está vendo minha boca se mexendo? Não morri!

O bicho se mexeu. Estava esperando. Pássaros são espertos. Sabem onde encontrar o jantar. Sabem quando alguém está prestes a morrer.

Minha determinação estava desmoronando. Eu tinha ido de "me tire daqui" para "onde é que eu estava com a cabeça". De repente a ideia de um colégio de zumbis não me pareceu tão ruim.

Hora de abortar a missão.

Mas, conforme me virei, senti meu coração cair como um coco. Não vi rastro de caminho nenhum. O complexo de prédios tinha sido engolido pelas árvores. A montanha estava invisível atrás da vegetação.

O sol e a montanha. Era por meio deles que eu mantinha o senso de direção. Mas eu não estava mais vendo nenhum dos dois.

— Socorro!

Meu grito soou fraco em meio ao coro de animais selvagens. Parei, na esperança de que isso me ajudasse a conseguir aumentar o volume.

— *Socorro!*

A ave de rapina sacudiu as asas.

Foi quando senti um indício de brisa. Ela me fez cócegas no nariz e me trouxe uma lembrança de verão — o convés de uma barca, uma cabana em Nantucket com meu pai e minha mãe, o ar tão úmido capaz de selar envelopes.

Eu podia ser de Indiana, mas conhecia o cheiro do mar. Mar significava litoral. Litoral é um caminho margeado por água. Eu podia seguir até encontrar um porto. Nadar se fosse preciso. Fazer sinal para um navio que estivesse passando.

Enquanto eu seguia na direção da brisa, deparei-me com uma pilha de galhos e videiras queimados. Excelente. Com material inflamável seco, sol forte e um pedaço de pedra dava para fazer uma fogueira e enviar sinais de fumaça. Juntei uns galhos, usei minha camiseta para transportá-los e a joguei sobre os ombros.

Segui adiante, me sentindo mais forte. Eu ia conseguir! Pensei em minha volta para casa. Meu pai devia estar apavorado. Ele ia arrumar um emprego na cidade e nunca mais sairia de casa. Nós dois trabalharíamos juntos para desmascarar esse lugar. Meu cérebro ia se recuperar do que quer que essa gente tivesse feito com ele.

Minha cabeça parara de latejar. O zumbido nos meus ouvidos havia sumido.

Infelizmente, o cheiro de mar também.

Eu parei. Não estava prestando atenção. Farejei para a esquerda e para a direita. Farejei até espirrar. Mas o cheiro tinha sumido. Completamente.

Pensei em refazer meus passos, mas eles haviam desaparecido sob a vegetação. Olhando desesperadamente para os lados, vi um vão entre as árvores. Fezes de animais. A possibilidade de um caminho. Ao longe, achei ter visto um brilho discreto. Reflexo do sol na água?

Meu coração disparou. Corri em direção ao brilho, sovando o mato denso para abrir caminho.

E então algo caiu do céu.

— IIIIIIIIIII! — Com um berro agudo, caiu bem no meu caminho. Eu dei um salto para trás. Conforme ele pulava na minha direção, pude ver uma série de dentes afiados feito facas e gengivas muito vermelhas.

O macaco aterrissou de quatro e se levantou, tagarelando com raiva. Em uma das mãos, carregava uma fruta comida pela metade. Na outra, balançava algo metálico.

Um molho de chaves.

Esfreguei os olhos. Eu estava vendo coisas.

O macaco não parecia querer atacar. Em vez disso, ele me deu as costas e caminhou mata adentro. Eu o observei se afastar, meu coração batendo como se fosse explodir do peito. Assim que consegui me recompor, o macaco apareceu de novo, me repreendendo. Ele acenou em direção à floresta.

— Quer que eu siga você? — perguntei.

— IIIIIIII!

Tomei isso como um sim.

Tentei obedecer, mas aquela coisa era muito mais evasiva do que eu. Ele desaparecia no mato e então ressurgia irritado, com as mãos na pequena cintura. Adiante, avistei a intensa luminosidade de uma clareira — e novamente aquele brilho. Estávamos nos aproximando de um ângulo diferente. Não era água. Era algo no meio de uma clareira na mata, algo metálico ou de vidro.

Apertei o passo, empurrando as videiras cheias de espinhos que encontrei pela frente. E então eu vi.

Um helicóptero.

Imaginei que tivesse caído muito tempo atrás, devia ser alguma relíquia de guerra. Mas, conforme fui me aproximando, percebi que parecia novo, e estava intacto. As palavras INSTITUTO KARAI adornavam a lateral com letras roxas.

IK — as mesmas iniciais estampadas na minha camiseta e na bandeira no meu quarto. Eu não fazia ideia do que "Karai" queria dizer. Mas "instituto"? Ninguém chama hospital de instituto. Algum tipo de laboratório, talvez. Um lugar onde gente inteligente se reúne para ter ideias inteligentes. O que eu estava fazendo nesse lugar? Eu era algum tipo de cobaia?

Eu me aproximei com cautela. O macaco deixou o molho de chaves cair no chão, perto da porta do helicóptero, e estava pulando, histericamente animado.

— O que quer que eu faça? — perguntei. — Que eu faça essa coisa voar?

O macaco bateu palmas e dançou.

O único helicóptero que eu já havia pilotado antes tinha sido em um videogame. Eu fugi para pedir ajuda, não para acabar morrendo.

Talvez houvesse algo dentro do helicóptero que pudesse ajudar — um mapa, um radio, um GPS. Mancando, apanhei as chaves.

— Obrigado, parceiro. Se eu sair vivo daqui, vou lhe mandar umas bananas.

Segurei a maçaneta da porta da aeronave e me levantei. De pé na plataforma, abri cuidadosamente a porta.

E quase caí no chão de novo.

No banco do motorista havia um homem enorme com camisa de manga curta. Estava com as pernas cruzadas, revelando a sola grossa e escura do pé descalço. Em seu braço havia uma tatuagem com as letras IK, em forma de serpentes entrelaçadas. Quando ele se virou com um suspiro, dois olhos verdes, duros feito aço, me fitaram a partir um rosto familiar, com uma cicatriz.

Eu disse as únicas palavras que meu cérebro permitiria.

— Eu conheço você.

Barba Ruiva me pegou pelo braço e me puxou para cima. Com a outra mão, tomou as chaves.

— Da próxima vez — ele disse —, dou um tiro nesse macaco.

7
YODA DE TERNO

EU NÃO TIVE chance. As mãos do Barba Ruiva eram como faixas de aço. Ele me enfiou no helicóptero com um único gesto, sem esforço. O movimento foi tão chocante e abalou de tal forma meu corpo fragilizado que desmaiei.

Quando recuperei os sentidos, estávamos sobrevoando a mata ao som de um coral de gritos de símios. Tentei abrir os olhos, mas até a luz doía. Parecia que alguém tinha soprado ar no meu cérebro até ele encher.

— Cinto de segurança — resmungou o sujeito.

As hélices do helicóptero eram ensurdecedoras. Eu estava voltando. Voltando para o instituto. Levado pelo mesmo homem que me injetou sei lá o que enquanto se passava por padre. Ele passou descalço pela calçada da minha casa. Agora ele estava usando fones de ouvido, mexendo nos controles e cantarolando sem a menor afinação para si mesmo. Seus olhos estavam injetados de sangue, o rosto parecia cansado.

Puxei sua camisa para chamar sua atenção.

— Me leva pra casa!

— Como é que é? — Ele virou o pescoço, um pouco assustado, como se já tivesse esquecido que eu estava ali. Tirou o fone da orelha esquerda e disse: — Não dá. Tenho que voltar. Cinto de segurança!

Minha visão estava clareando lentamente, e a dor de cabeça estava diminuindo. O que ele estava fazendo nesse lugar — no meio de uma floresta? O que ele estava fazendo em frente à minha casa... no hospital?

O que estava acontecendo?

— Você... você me deu uma injeção... — eu disse.

Ele deu de ombros.

— Trabalho.

— Por quê? Por que você me quer?

— Faça o que eu disse — respondeu ele.

— O que é o Instituto Karai? — insisti.

— Chefes — disse ele, como se fosse a resposta mais óbvia do mundo.

Dei uma olhada através da janela. De um lado, a montanha era como uma ferida preta. Ao longe, o mar se espalhava em um lençol prateado. Pude ver o ponto onde o helicóptero havia estado aguardando. O local era cercado por acres e mais acres de selva. Quais seriam as chances de eu caminhar diretamente até ele?

— Então... você estava apenas esperando em um lugar aleatório no meio da mata? — perguntei. — E se eu não aparecesse?

O sujeito fechou a cara.

— Maldito macaco ladrão! — Ele abaixou o braço com raiva, e o helicóptero balançou. — Roubou as chaves!

Minhas pálpebras desabaram e meu estômago deu um pulo. *Não o deixe com raiva. E não vomite.*

Não demorou para descermos. Olhei para baixo e vi um heliporto redondo escondido atrás do maior edifício do complexo do Instituto Karai.

— Torquin — o cara disse.

Achei que ele tivesse começado a falar em sueco.

— Como é?

— Meu nome. Torquin.

— Ah! — respondi. — Meu nome. Jack.

Ele inclinou a cabeça de um jeito curioso.

— Você fala engraçado.

O helicóptero aterrissou e eu alcancei a maçaneta da porta. Mas Torquin resmungou e me segurou.

Cinco funcionários uniformizados, três homens e duas mulheres que pareciam a equipe de levantamento de peso dos jogos olímpicos, saíram correndo do edifício. A porta do helicóptero se abriu e uma mão com luva entrou ali. Tentei empurrá-la, mas ela me segurou com força. Ouvi um clique metálico e afiado.

Algemas.

— Espere aqui. — No porão de um dos edifícios do IK, Torquin abriu a porta de uma sala de conferências. Desenganchando minhas algemas, os guardas me fizeram entrar. O lugar tinha cheiro de cimento fresco.

— Vai — gritou Torquin. Por um instante, achei que ele estivesse falando comigo. Mas imediatamente os guardas começaram a resmungar e saíram da sala. Foram caminhando até desaparecerem no longo corredor, e então Torquin fechou a porta.

Ele me empurrou por uma longa mesa de madeira que terminava do outro lado da sala. O lugar não tinha janelas e as paredes eram imaculadamente brancas, cadeiras giratórias, uma cafeteira e um monte de comida sobre a mesa. Com sua barba de visigodo, pés descalços e roupa camuflada, Torquin parecia bem deslocado.

— Gente demais. Não gosto de multidões — ele disse.

— Nem eu — concordei. — De algemas também não. Dá para você tirá-las?

— Senta. — Ele puxou a cadeira de couro na cabeceira da mesa. Meus olhos foram direto para o monte de comida: frutas frescas e secas, donuts e bolos. No topo de tudo, um enorme muffin de chocolate com pedaços de chocolate. Parecia incrível, e eu estava faminto.

Enquanto tirava minhas algemas, Torquin aguçou os ouvidos.

— Que barulho é esse?

— Meu estômago — respondi.

— Fique aqui — ele disse. — Coma. O professor está vindo.

Antes de sair, ele pegou o muffin do topo e enfiou tudo na boca de uma só vez.

Fiquei com ódio dele.

Ao clique da porta se fechando, comecei a encher a boca de donuts. Eu os engoli com abacaxis frescos e fatias de manga suficientes para alimentar uma pequena nação caribenha.

Depois de não aguentar nem mais uma migalha, me acomodei na aconchegante cadeira de couro e fechei os olhos. Acho que teria caído no sono e dormido direto por uma semana se ninguém tivesse aberto a porta cinco segundos depois. Desta vez não era Torquin.

Parecia mais o Yoda de terno de tweed.

— Bem, isso deve ter sido um martírio — disse o homem, com uma voz aguda e desafinada. — Saudações e cordiais boas-vindas, Jack.

Ele era um cara mais velho, baixo e pesado; tinha pele escura e enrugada, e o nariz largo coberto por veias. Seus olhos eram caídos e tristes, e seu cabelo grisalho parecia ter escorregado do topo da cabeça e parado logo acima das orelhas, formando dois bagunçados montes de palha nas laterais.

Ele caminhou atrás de mim, se aproximando demais e observando minha cabeça como se eu fosse uma cobaia. Ele colocou os óculos de lentes grossas e perguntou:

— Estamos nos sentindo bem?

— Estou preso nesta sala com você — eu disse. — Fui sequestrado e algemado. Ninguém me diz onde estou e nem por que estou aqui. Pegaram meu celular...

— Sim, sim, é muita coisa para lidar, não é mesmo? — disse o homem, ainda observando minha cabeça. — Mas você não foi sequestrado. Você foi encontrado perambulando pela mata. Nosso caro Torquin salvou sua vida. Agora, por favor, queira se virar e permitir que eu veja direito os pontos. Prometo que não vou machucá-lo.

Ele se aproximou de mim. Eu me encolhi, mas ele segurou meu queixo e o empurrou delicadamente para o lado. Com a outra mão, ergueu um dos curativos na minha nuca.

— Esplêndido! Os cirurgiões fizeram um ótimo trabalho. Ainda sente muita dor?

Minha paciência se esgotou. Sempre me ensinaram a ser educado com os mais velhos, mas cheguei ao meu limite.

— Eles me apagaram e escavaram meu cérebro, então *é claro que sinto dor*! Quero que você chame o meu pai. Por que estou aqui? E quem é você, caramba?

O homem puxou uma cadeira. Ele estendeu a mão e seus óculos fundo de garrafa escorregaram até a ponta do nariz.

— Perdoe meus maus modos. Como eu costumava dizer a meus alunos em Yale, tenho três nomes, professor Radamanthus Bhegad, mas, ao contrário da maioria dos acadêmicos, eu permito que me chamem pelo primeiro nome. De modo que você pode me chamar de... *professor Bhegad*!

Ele fungou e fez uma cara de enorme satisfação.

— É para rir? — resmunguei.

— Em Yale eles ficavam doidos — ele disse, suspirando. — Peço desculpas por tanto mistério. Veja bem, Jack, é muito simples. Você precisa de nós. Você tem uma disfunção genética rara que está prestes a matá-lo, e nós do Instituto Karai somos os únicos que sabemos tratá-la.

Olhei para ele com cautela.

— Achei que vocês já tinham tratado a disfunção.

— Ainda não acabamos. Sua situação é complexa. Isso ficou adormecido em você até agora. Se não for tratado, vai sobrecarregar seus circuitos, por assim dizer, e causar sua morte. — Ele deu um suspiro e limpou os óculos. — A boa notícia é que, quando terminarmos, você vai ter adquirido superpoderes que vão além dos seus sonhos mais extravagantes.

— Isso é uma piada? — perguntei.

— Perdão?

— Você quer dizer superpoderes do tipo *superpoderes*? — eu quis saber. — Tipo, voar, parar balas no ar, ficar invisível, ter visão de raio X?

— Meu caro garoto — disse o professor Bhegad, balançando a cabeça com um sorriso muito pouco tolerante —, a radioatividade da visão de raio X causaria um pandemônio, não é mesmo? Trata-se de um mito bobo de revistas em quadrinhos.

— E há algum superpoder que não seja? — perguntei.

Bhegad balançou a cabeça. Seu olhar começou a adquirir um aspecto estranho e distante.

— O cérebro é impressionante, Jack. Muito empolgante para um garoto, não? Vush... vush... Gerônimo! — Ele parecia estar se inflamando por dentro. Gotinhas de suor cobriam sua testa. — É claro que isso é uma via de mão dupla. Sabe, nós também precisamos de *você*. Razão principal pela qual estou aqui. Para explicar sua ligação com uma antiga civilização perdida.

— Espera. Civilização perdida? — eu disse. — Ainda estou na parte dos superpoderes.

Sem explicar, ele começou a erguer alguns donuts e frutas, dando uma olhada debaixo deles. Percebi que ele tinha unhas amarelas e quase totalmente roídas.

Foi quando finalmente me toquei. O sujeito era doido. E eu estava sozinho com ele. Esse lugar não era um laboratório nem hospital. O "Instituto Karai" era um *hospício*!

— Com licença, professor... senhor... — eu disse lentamente, tentando me controlar. — Preciso falar com seus chefes. Por favor. Diga a eles onde estou. Diga que houve algum engano. Diga que estou sem meu celular e preciso entrar em contato com meu pai agora. Porque, se não fizerem isso, *ele vai processá-los até arrancar as calças deles*!

Bhegad ergueu os olhos do prato de comida. Seus dedos estavam melados de cobertura de chocolate.

— Parece que você está frustrado. Mas não precisa se preocupar. Nós cuidamos de todos os detalhes.

— E o que isso quer dizer? — indaguei em resposta.

— Por razões que ficarão claras, é preciso discrição. Você vai entender quando eu lhe mostrar essa apresentação de slides informativos, se eu achar o maldito controle remoto... — Ele deixou de lado a pilha de comida e apertou um interruptor na parede, então uma tela começou a descer do outro lado da sala. Ele se ajoelhou para espiar debaixo da mesa. — Francamente, ninguém deixa mais as coisas em seus devidos lugares...

Eu tinha de sair daquele lugar. Eu me levantei lentamente. A saída ficava bem atrás dele. Eu estava sentado na outra ponta da mesa, do lado direito. No chão atrás de mim, à esquerda, havia uma pilha de papéis.

— Ah! É aquela coisinha preta ali? — eu disse, apontando para o canto. — Atrás da pilha de pastas?

— Ah, obrigado... deixe-me ver... — disse ele, mancando ao redor da mesa.

Esperei que ele se debruçasse e olhasse para o outro lado.

E caí fora.

8
G7M

SAÍ CORRENDO POR um corredor vazio e acarpetado. No fim dele havia uma placa de saída apontando para a esquerda, com um pequeno gráfico que indicava uma escada. Fiz a curva no canto a toda velocidade.

Eu não esperava que a escada estivesse tão perto. Nem esperava me deparar com um jogo de cartas bem no meio dela.

— Ei, aonde você vai? — gritou Aly. Ela, Marco e Cass recuaram enquanto eu tropeçava nos degraus.

Marco me pegou em plena queda, mas não me soltou.

— Qual é, Jack? O Bhegad não explicou tudo?

— Você quer dizer a parte sobre ele salvar minha vida? — eu disse, lutando para me soltar. — Ou me transformar num herói de história em quadrinhos?

— Você é um herói de história em quadrinhos? — perguntou Cass. — Etnanoisserpmi!

— Quer dizer *impressionante*. O Cass gosta de falar de trás para frente — explicou Aly. — Sou fã da antiga série do *Super-Homem*... com George Reeves, sabe?

Eram todos loucos.

— Me tirem daqui! Eu quero ver o chefe desse lugar!

— Você acabou de ver — disse Cass. — Bem, ele não é o chefe da coisa toda...

Mas Marco já estava me puxando de volta para a sala.

— Coopere, ok? — ele disse entre dentes. — Não torre a paciência.

— *Pela Grande Qalani, o que você está fazendo com ele?* — A voz de Bhegad trovejou enquanto ele fazia a curva no fim do corredor. — Se os pontos estourarem, o perdemos!

Marco me soltou. Eu corri para cima e abri a porta, acionando um alarme agudo.

Três guardas giraram sobre os calcanhares e me encararam com as mãos nas respectivas armas.

Parei na hora. Eu estava preso.

— Jack — disse Bhegad suavemente, do fundo da escada —, tenho ph.D. por Yale e Cambridge. Se pensa que sou louco, então deve achar o mesmo dos seus três amigos aqui. E também de Torquin e dos guardas. E de setenta e nove especialistas internacionais em genética, biofísica, arqueologia clássica, geografia, informática, mitologia, medicina e bioquímica. Isso sem mencionar uma equipe de apoio de duzentas e vinte e oito pessoas. O Instituto Karai é um dos maiores órgãos de pesquisa do mundo. E somos pacientes. Podemos esperar até que você esteja pronto para ouvir. Mas você não vai escapar. Então é agora ou mais tarde. A escolha é sua.

— Não acredito em uma palavra do que você disse — falei.

Bhegad acenou para que eu descesse a escada.

— Marco, Cass, Aly... podem fazer a gentileza de virar de costas?

Marco foi o primeiro a se virar — e meu queixo quase caiu. Afundado num punhado escuro de cabelos havia um Λ branco.

No Cass também.

— A minha está por debaixo da tintura — explicou Aly.

Eu engoli em seco. Dei dois passos para baixo. Os guardas bateram a porta.

— Então... vocês todos são...

— O lambda é um sinal físico único — explicou Bhegad. — Não entendemos sua mecânica. O cabelo muda com bastante rapidez e praticamente na mesma idade entre todos na mesma condição. Mas sabemos seu significado. É comum a um grupo de pessoas que chamamos de Escolhidos.

— Escolhidos? Somos escolhidos para quê, alguma coisa boa? — perguntei.

— Sim e não — respondeu o professor. — Cada um de vocês tem uma marca genética rara. Trata-se de um dom extraordinário, mas também é uma bomba-relógio. Jack, esperamos ter cinco de vocês aqui, inclusive um jovem chamado Randall Cromarty. Conhece esse nome?

Eu estava prestes a dizer não. Mas o nome fez uma luz se acender na minha cabeça. Notícia de jornal. Um vídeo granulado que andava circulando fazia mais ou menos uma semana. Um garoto que mandou uma bola na calha da pista de boliche, levantou os braços e caiu duro no chão. A história que meu pai me contou.

— O garoto que morreu na pista de boliche?

Bhegad balançou a cabeça.

— Aos treze anos, em Illinois. Causa desconhecida. Antes dele, uma menina chamada Sue Gudmundsen entrou em coma e morreu em um shopping center de San Diego, também aos treze anos. E Mo Roberts, brincando de pega-pega com a irmã mais nova. Em todos os casos, nossa equipe médica chegou tarde demais. Mas encontramos você a tempo.

— Torquin... — eu disse. — Dr. Saark... Mas como eles sabiam?

— Quanto a isso, pode agradecer a nossa equipe de TI — disse Bhegad. — Depois do seu último *checkup*, a dra. Flood deixou uma observação em seus registros médicos sobre o começo do lambda. Nosso software de rastreamento captou a anotação.

— Você hackeou meus registros médicos. — Meu *checkup* acontecera mais ou menos uma semana antes da prova de matemática, um dia antes de meu pai partir para Cingapura. Será que a dra. Flood comentou sobre a marca na minha nuca? Eu não conseguia me lembrar.

— "Hackear" é um termo tão feio — respondeu Bhegad, cansado.

— Então... o que o lambda significa? — perguntei.

— Pense nessas manchetes noturnas, nas histórias que circulam loucamente pela mídia. — Bhegad sorriu. — Uma pessoa comum levanta sozinha um carro para libertar a pessoa amada! Uma criança considerada mentalmente deficiente desenha catedrais elaboradas de memória, nos mínimos detalhes. Como humanos, temos acesso apenas a parte da capacidade de nosso cérebro. Mas essas pessoas tiveram acesso a uma vasta área sem uso do cérebro que chamamos de *ceressacrum*.

— E o que isso tem a ver com a gente? — perguntei.

— Algumas pessoas abrem uma brecha temporária no ceressacrum em resposta a alguma crise — respondeu Bhegad. — Alguns nascem com um pouco de acesso, não muito. Mas e se pudéssemos abrir o portal do ceressacrum? Não só o raro flash de genialidade nem a proeza de força momentânea, e sim acesso total? Imagine! Em cada um de nós jaz o potencial de realizar façanhas sobre-humanas. Façanhas de grande ousadia nas artes e nas ciências. A capacidade de desafiar as leis da natureza. Estou sendo claro, Jack?

Aly, Cass e Marco estavam sorrindo para mim agora. Minha mente era uma grande neblina de *dã*.

— Não.

— Alguns genes estão profundamente gravados em nosso DNA — Bhegad continuou. — Por exemplo, todos nós possuímos o código para cauda... para brânquias! Mas os códigos não são *expressos*, como dizemos. A natureza travou o mecanismo, exceto em casos extremamente raros. Ser capaz de abrir o portal do ceressacrum é como ter uma cauda. A habilidade genética está ali, mas noventa e nove vírgula nove nove nove nove por cento das pessoas no mundo não conseguem expressar isso. Vocês quatro — ele olhou lentamente para cada um de nós — são o zero vírgula zero zero zero um.

Agora estava ficando claro. E a claridade doía.

— Você quer dizer... que somos mutantes genéticos?

— Sim, no bom sentido — disse Bhegad. — Vocês quatro possuem o que chamamos de G7M. É um marcador. Um pedaço de código genético. Não entendemos como funciona, mas sabemos o que indica. Vocês são a elite. O topo do topo. Aqueles cujo ceressacrum pode ser totalmente aberto. Milênios atrás, essa habilidade deve ter existido em muitos, se não em todos os seres humanos.

— Espere — eu disse. — A evolução é a sobrevivência do mais forte. Então, se havia super-humanos muito tempo atrás, por que não sobreviveram até os dias de hoje?

— Porque aqueles que morrem mais cedo não são, por definição, os mais aptos — Bhegad se inclinou para frente. — Jack, nós fizemos um mapa genético do DNA de Randall Cromarty depois que ele morreu. E de Sue Gudmundsen e de Mo Roberts. Todos tinham o G7M.

Olhei para Aly, e para Marco e Cass. A cara deles estava tensa.

— Então eu... nós quatro... vamos morrer?

— Ninguém que tenha essa marca jamais passou dos catorze anos de idade — disse Bhegad. — Por alguma razão, os genes despertam por volta dessa idade, e suas ações são poderosas demais para que o corpo suporte. Por isso trouxemos você para cá. Nós desenvolvemos um tratamento. A operação na sua cabeça foi o primeiro passo. Você terá de passar por certos procedimentos regulares a cada dez dias, mais ou menos. O primeiro procedimento será feito em setenta e duas horas. Mas nós não podemos mantê-lo vivo para sempre. Existe um ponto depois do qual nada pode ser feito, uma espécie de data de validade que podemos ler em seu genoma. E é isso que me assusta. O fato de toda a nossa ciência ainda não bastar para mantê-los vivos.

Eu afundei na escada. O carpete me pareceu pegajoso. As paredes pareceram frias. Era como se a escada fosse meu caixão. Eu não sairia dela com vida. Nunca mais veria meu pai. Podia desenvolver um ou dois poderes no meio-tempo. Talvez pintar uma catedral ou girar um helicóptero com as mãos. E depois...?

— Então sua função é nos estudar — eu disse. — Nós somos seus ratinhos de laboratório super-heróis. E o que acontece quando a gente morre? Você chama nossa família e amigos, ou só manda o Torquin jogar nosso corpo no mar?

— Ei, escuta o cara, irmão — disse Marco.

— Eu não sou seu irmão! — repreendi. — O negócio é o seguinte, professor Bhegad. Ligue para o meu pai. Diga a ele como chegar aqui. Deixe que ele venha até aqui para que eu o veja e...

— Jack, por favor — disse Bhegad. — Seu pai levaria você de volta no mesmo instante, o que seria a pior coisa que poderia lhe acontecer. Além disso, seria impossível lhe passar as coordenadas. Este lugar não é visível da forma convencional. Radar, sonar, GPS, nada disso funciona aqui. Há forças nesta ilha que nem nós mesmos entendemos...

— Então vá pegá-lo e traga-o aqui — eu disse. — Se ele souber que eu preciso de tratamento, vai ficar. Ele vai ajudar!

— Não podemos correr esse risco! — Bhegad gritou. — Seus pulmões precisam de ar, seus olhos precisam de luz, mas seu ceressacrum precisa de algo daqui, desta terra. Em eras longínquas, esta ilha era um continente. Seu povo criou uma arquitetura grandiosa, fazia músicas extraordinárias, governava com justiça e sofisticação. O lugar era protegido por um curioso ponto de fluxo de forças naturais dentro da terra, eletromagnéticas, gravitacionais, talvez extraterrestres. Quando o local foi destruído, as forças também foram. — O celular de Bhegad bipou. Ele o tirou do bolso com raiva e olhou para a tela.

— Cara, encare a coisa — Marco me disse. — Estamos no que restou de Atlântida. E somos, tipo, descendentes deles em zilhonésimo grau.

— Atlântida? Muito engraçado — eu disse, forçando uma risada.

Ninguém mais riu comigo. Olhei para o professor Bhegad, mas ele estava digitando uma mensagem no celular, o rosto marcado de preocupação. Ao fechar o aparelho, ele disse:

— Tenho de ir. Mas, sim, o Marco tem razão. Você tem ligação de sangue com Atlântida. Seu ceressacrum precisa se alimentar do antigo poder para sobreviver. Mas esse poder tem de ser encontrado.

Eu engoli em seco. Aly e Cass estavam pálidos e assustados.

— Como? — perguntei.

Bhegad se levantou. Enfiou o celular no bolso e começou a subir as escadas em direção à saída.

— Nós não sabemos onde ele está agora. O poder de Atlântida foi roubado. Foi fragmentado e suas partes escondidas por todo o mundo. Vocês precisam descobrir o que foi levado. A vida de vocês será salva,

Jack, se vocês localizarem todos os elementos desse poder. Vocês devem juntá-los e devolvê-los a Atlântida.

O telefone de Bhegad bipou de novo, e, antes que eu pudesse dizer qualquer coisa, ele já estava no topo da escada e desapareceu.

9
Os Escolhidos

Eu me sentia como se tivesse sido atropelado por um tanque de três toneladas. Ou esmagado pelo pé do Torquin.

Aly, Cass e Marco falavam ao mesmo tempo. Bem alto. Estávamos saindo do edifício e entrando no caminho que dava a volta pelo pátio. Eles estavam me dizendo que Bhegad era um cara muito inteligente, que era a nossa única esperança e que ficaríamos muito famosos.

Metade de mim se sentiu um orangotango preso no zoológico. A outra metade queria cair na risada. Ou Bhegad salvaria a minha vida, ou então eu estava nas mãos de um Yoda ilhéu completamente maluco.

— Atlântida... — murmurei. — Superpoderes... Vocês querem que eu acredite nisso?

Aly colocou o braço no meu ombro.

— Olha, nós também duvidamos! — ela disse num tom alto e assertivo, como se estivesse falando com alguém do outro lado da sala. — A transição não é mole, não!

Olhei para o Cass.

— Acho que o Bhegad é doido. Sem querer ofender, mas também não tenho certeza se vocês são muito certos das ideias. Vocês não sentem falta dos seus pais?

— Hum, não. — Cass fechou a cara. — Não muito. Bom, eu sinto, acho. Quer dizer, *sentia*.

Meu coração se apertou. Eu me senti um idiota por ter perguntado.

— Ah, desculpa. Eles estão...?

— Não! — Cass revidou. — Eles não estão mortos. Mas nós... Eu e a minha família não somos próximos.

Marco saiu correndo na nossa frente pelo caminho. Ele pegou uma bola de basquete encostada na lateral de um edifício e começou a driblar.

— Confie na gente — disse Aly. — Isto aqui não é o *Show de Truman*.

— Ela gosta de filmes antigos. — Cass pisou no estreito contorno de pedra do caminho e começou a balançar os braços de modo ritmado. — Agradeça, Jack. Imagine o que teria acontecido se não tivessem encontrado você.

Isso eu tinha de reconhecer.

— Certo, eu podia ter morrido. Mas agora eu me sinto totalmente curado. Vocês realmente acreditam nessa história sinistra de que estão nos mantendo vivos para descobrirmos nossos superpoderes interiores, sendo que antes temos de descobrir o poder perdido de Atlântida?

— Eu acredito nele! — exclamou Aly.

— Jack, meu irmão, estamos cercados por especialistas mundiais — disse Marco, girando a bola de basquete sobre um dos dedos. — É um pessoal fera mesmo. Se só quisessem uns patetas para sair procurando pelos poderes de Atlântida, arrumariam. Eles arrumaram o Torquin, não arrumaram?

Dei uma olhada em volta. Equipes trabalhavam duro, aparando gramados, consertando telhados, pavimentando calçadas. Um grupo instalava na lateral de um edifício a metade de um pequeno globo marrom. Parecia uma daquelas câmeras de vigilância do edifício do antigo escritório do meu pai. Eles acenaram quando passamos.

— Eu costumava sentir o mesmo que você, Jack — disse Aly, baixando o tom de voz. — Eu estava voltando para casa em um voo de Washington, assistindo a *Cidadão Kane*, tipo, pela terceira vez, e assim que cheguei à cena da eleição tive uma convulsão, e então acordei aqui. A única pessoa que havia aqui era o Marco. *Isso sim* foi deprimente.

— Valeu mesmo. — Marco lançou a bola de basquete na cabeça de Aly, mas ela a pegou. — Em um instante estou quase quebrando o recorde de pontos em pleno jogo de basquete na escola, e no instante seguinte desmaio na quadra e acordo aqui. Eu fui o primeiro.

— Você está no ensino fundamental? — perguntei. Tinha presumido que Marco tivesse pelo menos quinze anos.

— Tenho treze anos. Sou grande para a minha idade. Acho que quase me mandaram de volta para casa, só para ficarem livres de mim. Mas então comecei a receber os tratamentos. — Marco fez que ia para a esquerda, passou pela minha frente e rapidamente pegou a bola de volta de Aly. — Mal posso esperar para ficar invisível.

Cass havia deixado o caminho e estava seguindo para a direita na diagonal.

— Para onde está indo, irmão Cass? — perguntou Marco.

— Para lugar nenhum. Só estou tentando refazer o caminho exato que fiz às três horas, mais ou menos. — Cass deu de ombros. — Eu memorizei a localização dos meus passos. Os padrões das pedrinhas no asfalto. E na amarg.

— Amarg? — perguntei, mas logo entendi. — Ah. Grama.

— Melhor não contrariar — Aly murmurou. — Ele é assim mesmo com direções, cultura inútil, e o que mais você quiser. Memória de primeira.

— Acho que a única coisa que não lembro é como vim parar aqui — disse Cass. — Eu estava em um estacionamento e de repente me vi aqui. Ei, diz aí o nome da sua cidade, Jack. Depois me diz o nome de qualquer lugar do país.

— Belleville, Indiana — eu disse. — E... hum, Nantucket, Massachusetts.

Cass ficou imóvel por uns trinta segundos.

— Belleville. Pegue a Rota Trinta rumo ao leste para Fort Wayne; a Rota Sessenta e Nove rumo ao norte até a Rota Oitenta, depois direto até Ohio, Pensilvânia, e de New Jersey para a Ponte George Washington até a Rodovia Cross Bronx; do Hutch para o Merritt, descendo para a Noventa e Cinco via Rota Um em Milford; Cento e Noventa e Cinco em Rhode Island, Quatrocentos e Noventa e Cinco para Cape, e Seis para Cento e Trinta e Dois para pegar a balsa em Hyannis.

— Qual canal marítimo a balsa pega? — perguntou Marco.

— Açarg mes — Cass respondeu.

Eu não podia acreditar no que acabara de ouvir.

— Ele tem razão. Eu costumava seguir essa rota com um mapa nas férias. Que doideira.

— O ceressacrum pega o seu maior talento e o deixa incrível — disse Aly. — Os tratamentos permitem que o G7M faça sua parte.

— Qual é o seu maior talento? — perguntei. — Algo relacionado a filmes?

— Isso é só um hobby dela — disse Cass. — Frequentemente bastante *etnatirri*.

— Eu mandei lindas fotos de gatinhos para os membros do Conselho de Segurança Nacional — Aly disse, rindo. — O que não parece muita coisa, só que eu invadi o sistema deles para fazer isso. Passei por um *firewall* de nível militar e o tipo mais difícil de codificação. Eu estava entediada após terminar meu dever de casa. Isso me pareceu, tipo, um projeto divertido.

— Você foi presa? — perguntei.

— Eu tinha nove anos de idade. — Ela deu de ombros. — Eu não sabia que estava fazendo algo ilegal. Eles não me prenderam, eles me contrataram. Para reforçar o sistema deles. E... — Ela fechou a cara. — Também para fazer algumas outras coisas. Fui a funcionária mais jovem que já tiveram.

— Que outras coisas? — perguntei.

Ela ignorou a pergunta e apontou o polegar para Marco.

— Acredite ou não, o Preguiçoso aqui também tem um talento.

Marco estava olhando fixo para a quadra de basquete do outro lado do pátio, perto do edifício principal. Ele arremeteu a bola duas vezes, balançando para frente e para trás sobre os pés.

— A venda, por favor.

Aly tirou uma bandana do bolso de trás de Marco e amarrou sobre os olhos dele. Ele recuou lentamente com a bola de basquete.

A quadra ficava a meio campo de futebol de distância. Era como tentar atingir um avião com uma bola de neve. Marco se agachou e então emitiu um alto grunhido. A bola disparou no ar. Subiu a uma altura assustadora.

Marco tirou a venda e observou enquanto a bola caía como uma bala de canhão. A bola rasgou a rede ao passar pela cesta.

— Três pontos — disse Aly.

— Droga — disse Marco, decepcionado. — Relou no aro da cesta.

Meu queixo quase caiu no chão.

— Eu não vi isso.

Cass tinha memória fotográfica e sabia falar de trás para frente. Aly era uma hacker genial e especialista em filmes. Marco era o Michael Jordan com esteroides, sem os esteroides.

Eu era um zero à esquerda.

Eu me sentei no meu quarto, vestindo de mau humor uma calça cáqui e uma camisa de abotoar com o logo do IK. Eu não tinha talento. Eu era uma negação na escola e nos esportes. Eu sabia usar o computador, mas não sabia como eles funcionavam de verdade. Eu sabia montar um falso vulcão para disparar um brinquedo de plástico. Talvez meu talento fosse esse. Dispositivos idiotas. Quem sabe eu não conseguiria ligar um carro usando palmeiras.

Eu era o oposto dos Escolhidos. Eu era o Descarte. Não era bom em nada. Talvez minha marca em forma de lambda fosse apenas envelhecimento precoce. Eu era um engano.

E agora eu tinha de ir a um jantar em minha homenagem. Será que esperavam que eu me exibisse como Cass e Marco fizeram?

— Pronto? — Aly me chamou do corredor, batendo à porta.

Eu abri. Ela estava usando uma blusa de malha listrada e uma saia de couro preto. Seus pulsos estavam cheios de bijuterias maneiras e ruidosas combinando com o cabelo cor-de-rosa, e ela estava usando um pouco de maquiagem.

— Você está *levírcni* — eu disse.

— Você também não está nada mal — disse ela.

Ela estava sorrindo vivamente, como se estivéssemos prestes a ir a um baile de formatura ou algo assim, o que me deixou bastante sem jeito.

— Eu estava... brincando — eu disse —, ao falar de trás para a frente como o Cass. Não que você não esteja *levírcni*. Quer dizer, incrível. Você sabe.

— Pare enquanto é tempo, McKinley. — Aly segurou meu braço conforme descíamos o corredor.

— Láááá vem a noiva... — cantarolou Marco, saindo de seu quarto.

Aly fez cara de desprezo.

— Maturidade não é um dos talentos do Marco.

Nós pegamos Cass em seu quarto e o professor Bhegad nos encontrou do lado de fora do nosso dormitório.

— Todos estão muito animados para conhecê-lo, Jack. Venha.

Conforme ele caminhava, seu enorme molho de chaves ficava batendo contra seu quadril como pequenos címbalos. Ele apontou os vários edifícios — uma biblioteca com janelas enormes, uma moderna academia de ginástica, um museu. As pessoas se juntavam a nós quando passávamos, todos usando roupas com a insígnia IK sobre o bolso à esquerda do peito. Marco parecia ter um aperto de mão secreto diferente para cada um deles. Como se os conhecesse desde sempre.

Vozes estranhas me chamavam:

— Ei, Jack, como está se sentindo?

— O clube do livro se reúne às terças!

— Ioga...

— Aula de *spinning*...

— Clube do surfe...

Antes de chegarmos ao salão do jantar, Marco parou repentinamente.

— Ei, p. Beg, quero mostrar a sala de mídia ao Jack.

— É *professor Bhegad* — disse o velho. — E acho que não temos tempo. O *chef* preparou...

— Um minuto, nada mais — Marco insistiu.

Enquanto Bhegad continuava se opondo, Marco tirou um cartão de plástico de uma bolsa protetora que pendia de um grande chaveiro no cinto do professor. Ele saiu correndo em direção a um edifício de tijolos em estilo colonial, quase arrombou a porta e anunciou:

— Bem-vindo ao máximo do legal.

Apesar de o edifício parecer velho, o interior era impressionante — longo e retangular, com uma área aberta no alto e um teto de vidro bem acima. Para onde eu olhava, havia controles e monitores, videogames e máquinas de fliperama. Os bipes e efeitos sonoros faziam o lugar parecer uma estranha floresta repleta de roedores eletrônicos que chiavam sem parar.

— Paraíso nerd — o Cass continuou. — Com direito a jogos de tabuleiro e quebra-cabeças.

— Vamos ganhar uma mesa de pebolim na sexta-feira — disse Aly, satisfeita. — E nós estamos tendo o Festival Preston Sturges. *Herói de mentira* no sábado à noite.

Nós? Eu jamais, em tempo algum, seria capaz de pensar em mim e no Instituto Karai como *nós*.

— Hora do jantar! — disse Bhegad, voltando para a porta. — Ah, meu Deus, onde foi parar o cartão-chave?

— Eu devolvi, p. Beg — disse Marco.

Agora Bhegad estava olhando para o chão, desolado.

— Ah. Estou com esse problema desde que cheguei aos sessenta. Francamente, eu simplesmente perco *tudo*! Ah, bem, vai aparecer. Não podemos nos atrasar. Temos uma surpresa para você, Jack. Venha.

Conforme Bhegad foi se encaminhando à porta, Cass e Aly o seguiram. Eu me virei para ir também.

Atrás de mim, senti Marco enfiando algo retangular e achatado no meu bolso.

10
Mensagem secreta

Marco não disse nada. Nem sequer olhou para mim.

O que eu estava fazendo com o cartão-chave? Eu não queria aquilo. Não queria ser pego com ele. Será que Marco queria me envolver em alguma enrascada? Por quê?

Tentei olhar para ele para receber algum tipo de sinal. Ele estava sentado do outro lado de uma mesa cheia de gente, na minha frente, enchendo a boca de comida e conversando com uma jovem funcionária que, segundo o crachá, se chamava Ginger.

A mesa do banquete era enorme, ia de um lado a outro do vasto salão octogonal. As cadeiras eram bem próximas e parecia que todo o IK estava presente — velhos gordos com barbas ao estilo da banda ZZ Top, hipsters com óculos de armação estreita, todo tipo de gente. Muitos tinham tatuado no braço o logotipo do IK com as serpentes entrelaçadas. Todos pareciam se conhecer muito bem, e as risadas e conversas pairavam feito uma nuvem de som.

O lugar era chamado de Comestíbulo. Bhegad disse que significava "refeitório" e não me respondeu quando perguntei por que não chamavam de refeitório mesmo. As paredes, revestidas de madeira clara, se elevavam de modo vertiginoso em forma de torre. Ao nosso redor havia retratos de cientistas de feições severas que pareciam me encarar como se eu estivesse lhes devendo dinheiro.

Um enorme lustre feito de tubos de vidro curvos, que lembrava a cabeça de serpentes da Medusa, inundava a sala com luz. Em uma faixa pendurada nas vigas, cruzando quase o salão todo, lia-se:

BEM-VINDO A SEU LAR NO INSTITUTO KARAI, JACK!

O professor Bhegad fez um enorme alarde sobre o *chef* que estava preparando codorna para o jantar. Só de pensar fiquei enjoado.

Cass se debruçou sobre mim e murmurou uma longa sequência de palavras que não faziam o menor sentido.

— Cara, para com isso — eu disse. — Eu não consigo fazer esse negócio de falar de trás para frente.

Ele me encarou parecendo irritado; ouvi a voz de Marco se dirigindo em altos brados para uma garçonete que estava passando.

— Com licença, você tem mais comida? Não tem muita carne nessa coisa.

— Se você comer outra codorna, vai sair voando — a moça respondeu.

— Fique com a minha — eu disse.

Marco limpou meu prato feito um aspirador de pó.

Fiquei esperando que as pessoas me perguntassem sobre meu Grande Talento, mas ninguém fez isso. Felizmente, todos pareciam bem normais. Simpáticos.

Um aviso sonoro tocou e o professor Bhegad se levantou.

— Senhoras e senhores e acadêmicos do Instituto Karai! Nosso Comestíbulo hoje é um lugar de grande alegria. Nós salvamos uma jovem vida e continuamos nossa aventura com força e esperança renovadas. Esta noite e pelas semanas seguintes, vocês terão a oportunidade de conhecer nosso novo jovem gênio, Jack McKinley!

— Discurso! Discurso! — gritou Marco, em meio aos aplausos.

Meu coração disparou, parecendo um jogo de pingue-pongue. Eu ainda não tinha conseguido me acostumar com isso. *Semanas?* Neste lugar?

Senti uma cotovelada na lateral.

— Ei, cara, acorda — murmurou Aly. — Você está sendo aplaudido de pé.

As pessoas ao redor da mesa estavam se levantando e aplaudindo. Olhando bem para mim. Todos, menos Cass, que estava mexendo em um guardanapo.

— Levante-se! — disse Aly.

Minha cadeira era pesada e difícil de empurrar. Eu me senti o maior otário de todos os tempos. Acenei desajeitadamente e me sentei de novo.

— Que inspirador — disse Marco, com a boca cheia de codorna.

Ao me sentar, notei um guardanapo de papel e uma caneta na minha cadeira.

— É seu? — perguntei ao Cass.

Ele arregalou os olhos. Olhou para o lustre em forma de Medusa. Eu fitei o louco turbilhão de brotos de vidro, mas não soube dizer por que ele estava agindo de modo tão esquisito.

Não esquisito. Amedrontado, talvez. A cara dele estava tensa e seus dedos tremiam.

Eu virei o guardanapo ao contrário e vi umas anotações. Um monte de números.

— A faixa é da hora! — soltou Cass. — "Bem-vindo a seu lar no Instituto Karai, Jack!" Cara, nunca tive nada assim. Vou me lembrar dessas palavras para sempre. Uau. "Bem-vindo a seu lar no Instituto Karai, Jack!"

Ele estava tentando me dizer alguma coisa. Dei uma olhada no bilhete e percebi que tinha de lê-lo quando estivesse sozinho.

— Eu... eu acho que vou lavar as mãos — eu disse, empurrando a cadeira para trás.

O banheiro masculino ficava fora do salão de jantar, do outro lado de um pequeno corredor com vista para a cozinha. Eu corri para dentro do banheiro, entrei em uma cabine e fechei a porta. Abri cuidadosamente o guardanapo e li a mensagem:

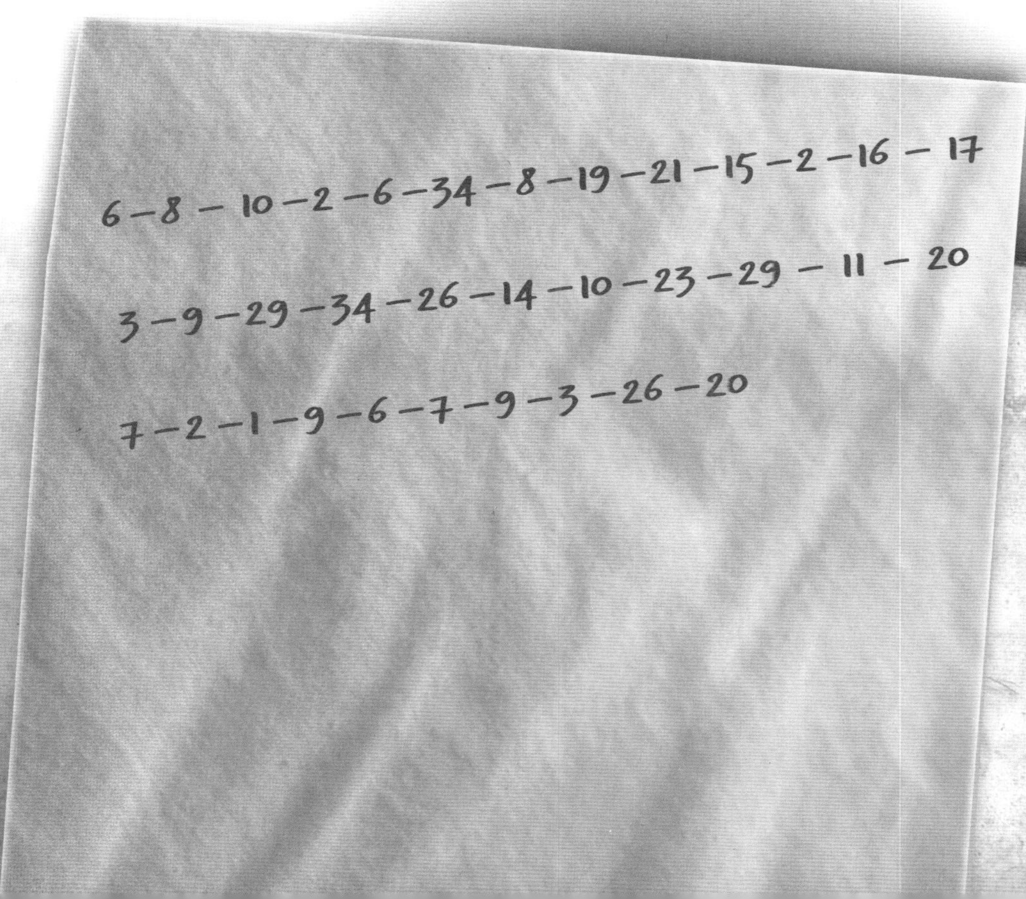

Pareciam números de loteria. O que significavam? Seria algum tipo de código? Talvez uma espécie de substituição de letras por números. Do tipo A = 1 e B = 2.

Não. Não funcionava. Alguns dos números ultrapassavam vinte e seis, e só há vinte e seis letras no alfabeto.

Sentei-me suspirando. O que o Cass estava me dizendo? "A faixa é da hora! Vou me lembrar dessas palavras para sempre." Ele leu o que estava escrito na faixa em voz alta. Duas vezes.

Esquisito.

Eu escrevi a mensagem da faixa no topo do guardanapo: BEM-VINDO A SEU LAR NO INSTITUTO KARAI, JACK.

Olhando para o papel, imaginei se ele não quis dizer que havia relação com o código. Comecei a numerar letra por letra da mensagem na faixa.

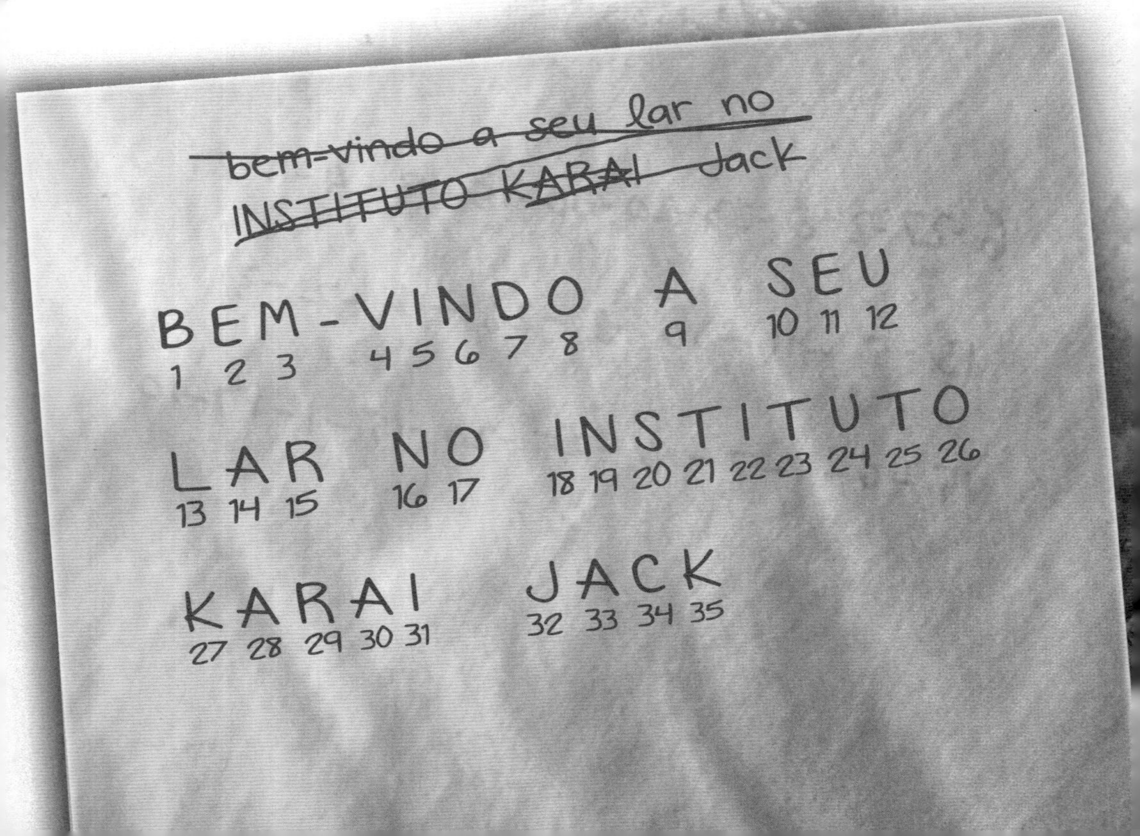

O primeiro número na mensagem codificada de Cass era 3, que correspondia ao M na mensagem do banner. Segui seus dígitos, um por um: 6, 8, 10, 2, 6, 34, 8, 19, 21, 15, 2, 16, 17, 3, 9, 29, 34, 26, 14, 10, 23, 29, 11, 20, 7, 2, 1, 9, 6, 7, 9, 3, 26, 20.

NOSENCONTRENO
MARCOASTRES
DEBANDAMOS

Nos encontre no Marco. Às três debandamos.

Respirei fundo, rasguei o guardanapo, joguei os pedaços no vaso e dei descarga.

II
Três da madrugada

Quando a porta do meu quarto se abriu, eu despertei. Não sabia que horas eram. Fazia um tempo que meu cérebro adormecia e despertava. A noite tinha me deixado apavorado. Eu não confiava naqueles rostos sorridentes e imaculadamente limpos que estavam no jantar. Ou no professor Bhegad.

— É o Marco — ouvi um sussurro. — Hora de levantar.

O pequeno relógio reluzente na minha mesa de cabeceira mostrava a hora: 2h56. Meu cérebro nebuloso estava despertando. *Às três debandamos.*

— Chegou cedo — murmurei.

Ele entrou. Estava com a mochila pendurada no ombro.

— Só queria ter certeza de que você estava acordado. Sou meio controlador. Mas você já deve ter reparado. Vamos antes que seja tarde demais. A Aly desativou os microfones embutidos.

Eu olhei para a cara dele.

— Os *o quê*?

Marco fez um gesto para indicar a bandeira com o símbolo IK.

— Acorde pra vida, meu filho. Eles têm gravadores em todas essas bandeiras. E em outros lugares também. Gravam só o som, em respeito à nossa privacidade, eu acho. As câmeras ficam do lado de fora do edifício. Agora vamos. Não me faça carregar você.

Eu estava de pé. Não tinha tirado a roupa do jantar, então só precisei calçar meus tênis All Star.

Marco abriu a porta. Conan estava desabado na cadeira no fim do corredor, roncando de boca aberta.

— A Aly hackeou a segurança da farmácia e conseguiu umas pílulas para dormir — explicou Marco enquanto caminhava até seu quarto. — Dose cavalar para o Conan. Não que ele realmente precisasse. O sono é seu estado natural.

O quarto de Marco era a segunda porta à direita. Cass e Aly já estavam esperando lá dentro, e pareciam preocupados e irados. O sorrisinho que vivia estampado na cara deles sumira.

— Nós lhe devemos uma explicação — disse Aly, falando muito rápido. — Você acha que somos idiotas. Como zumbis do filme *Colheita maldita*. A gente tinha que parecer empolgado. Estamos sob vigilância, dentro e fora daqui, vinte e quatro horas por dia. Venho tentando hackear o sistema desde o primeiro dia. A criptografia faz o governo americano parecer um bando de amadores, mas finalmente consegui.

— Então... tudo que vocês me disseram... que eram felizes aqui, que adoravam o lugar... — eu disse.

— Mentiras — disse Cass. — No jantar eu quis sussurrar o plano para você, mas aquele lustre é cheio de microfones unidirecionais. Então tentei falar com você em Trás Para Frente, mas você me deu um fora. Desculpe pelo código. Era a minha única opção. Por mim todos nós falaríamos em código, só pela diversão. *Ednetne em euq é es.*

— Estou me acostumando à ideia de vocês serem todos normais. Não estrague tudo. — Sorri. — Então eu tinha razão... Eles são do mal, estão nos enganando.

— Mais tarde a gente conversa, irmão — disse Marco. — Temos de ir antes que percebam que o sistema foi desativado.

— Eu substituí o som ao vivo por uma gravação — explicou Aly. — Está sendo transmitida uma repetição sem fim de uma hora de gravação do que aconteceu entre uma e duas da manhã. Se capturarem o som do quarto do Marco agora, ouvirão nosso amigo roncando, aninhado a sua ovelha de pelúcia, a Daisy.

— Deixe a Daisy fora disso — Marco resmungou.

Cass estava espiando pela janela.

— Às duas eles passam a ficar com um único guarda lá fora. Nós o observamos na semana passada e ele sempre dá uma saída para pegar um lanche às 3h05 no máximo. M&M's e Dr. Pepper Diet. É como um mecanismo de relógio.

— É só isso? — perguntei. — Só um guarda? Em um lugar cheio de tecnologia de ponta?

— É *por causa* da tecnologia de ponta que eles não precisam de muitos guardas — disse Marco. — Você consegue passar por guardas, mas não por fotossensores.

Eu devo ter ficado branco, porque a Aly imediatamente acrescentou:

— Eles desativaram o sistema quando você escapou, Jack.

— Eles *sabiam*? — perguntei. — Mas... mas ninguém me impediu!

— Até...? — disse Marco.

— Que apareceu um macaco do nada — eu disse —, com um molho de chaves...

— E levou você até uma clareira no meio da floresta, não é? — disse Marco. — Havia um enorme helicóptero esperando com o nosso bom e velho Bochechinha no banco do piloto? Aconteceu a mesma coisa comigo. Eles *deixaram* você ir, Jack, e depois manipularam sua volta. Para lhe dar uma lição. Para você ficar esgotado. É assim que eles agem.

Eu me senti como se estivesse emergindo de um nevoeiro. Pela primeira vez desde que cheguei a esse lugar eu estava ouvindo coisas que faziam sentido de verdade.

— E toda aquela baboseira sobre superpoderes? Como você fez aquela cesta a cinco metros de distância, Marco? Usou cordas invisíveis?

— Ele fez mesmo aquilo — disse Aly, segurando gentilmente meu braço. — Olha, acho que o marcador G7M é real. A cada tratamento ficamos mais espertos, mais fortes, mais sei lá o quê. Eu acho que *esse* é o objetivo deles, Jack: criar uma raça de super-humanos, não nos salvar da morte. Eles nos querem superpoderosos para ajudá-los em suas missões malucas. Depois desse negócio de Atlântida, sabe lá o que vão inventar. Vai que resolvem encontrar o Abominável Homem das Neves.

— A Aly devia estar fazendo o tratamento dela agora — disse Cass. — Ela foi às onze horas e deveria ficar ligada às máquinas a noite toda. Mas, quando os médicos saíram, ela mexeu nos cabos dos monitores do hospital para parecer que ainda está lá.

Aly sorriu.

— E olhe para mim. Perdi o tratamento e me sinto ótima! Meu corpo está bem, minha mente está afiada. Me peça para recitar as primeiras falas de *Guerra nas estrelas V*.

— Quando escaparmos daqui, vou correndo para a peneira da NBA — disse Marco.

Cass havia tirado doze folhas soltas de papel de debaixo do tapete e cuidadosamente as prendeu com fita adesiva. As folhas combinadas formavam um mapa arduamente desenhado a lápis. Na parte de baixo havia uma réplica do campus em miniatura, com os edifícios intitulados. Acima, à direita, havia uma nuvem de densas árvores com um caminho pontilhado que terminava em uma clareira. Cass desenhara uma chave e um macaco no caminho e um helicóptero no fim.

— Como você sabe de tudo isso? — perguntei.

— Nós saímos, fazemos caminhadas — ele respondeu. — Às vezes, o guia nos deixa sair do caminho trilhado. Eu me lembro de tudo. Se eu tiver informações suficientes, posso mapear mentalmente uma área maior de acordo com o tamanho e a variedade da vegetação e da dispersão da luz. E também dos rastros. Padrões de cocô de animais também podem ser geograficamente significativos. Aliás, cocô é quase um palíndromo. Quase dá para ser lido de trás para frente.

— Obrigado — eu disse, indiferente.

Cass traçou com o dedo um caminho pela mata na parte superior esquerda, uma direção diferente do caminho para o helicóptero. No topo do mapa, havia uma costa com um cais e um barco.

— Vamos para lá, para uma praia que os guardas usam. Onde tem um barco.

No caminho, seu dedo cruzou uma linha com marcas irregulares.

— Essa é a cerca elétrica? — perguntei.

Aly balançou a cabeça.

— Não é uma cerca. Filamentos. Finos como teias de aranha. Você só sabe que passou por eles quando está se retorcendo no chão. Eles não podem te matar, mas você iria preferir que pudessem. A eletricidade dos filamentos foi desativada quando você tentou fugir.

— E agora? — perguntei.

— Foram ativadas de novo — disse Aly, balançando a cabeça. — E são difíceis de desativar. O sistema de segurança é descentralizado. Consegui hackear os gravadores e as câmeras ao redor do dormitório.

Mas as antigas câmeras do campus ainda funcionam, assim como os filamentos.

— Dora, a Aventureira, aqui, sabe onde estão todas as câmeras de vigilância — disse Marco, indicando Cass com um gesto. — Vamos seguir uma rota longe da vista dos guardas até o edifício de controle.

— Quando chegarmos lá, vou trabalhar no sistema de segurança — Aly disse.

— Como vamos conseguir entrar? — perguntei.

Os três sorriram para mim.

— Cara, você tem que ter *algum* tipo de talento, não é? — disse Marco.

12
O QUADRANTE "TÊ"

— TEM CERTEZA de que isso vai dar certo? — sussurrou Aly enquanto corríamos ao longo da parede de trás do edifício do refeitório.

— Não! — respondi sem pensar. — Quer dizer, não sei!

A lua era um borrão fantasmagórico sob a cobertura de nuvens, mas podíamos ver o Cass um pouco à nossa frente, seguindo um caminho preciso, fora do alcance das câmeras.

— Por aqui — disse ele.

Eu apalpei meu bolso com ansiedade. Dentro dele havia dois cadarços que eu havia tirado de um par de sapatos reserva que estava no meu armário e uma pedra grande. Eu estava tremendo de medo.

Eles estavam contando que eu fizesse minha parte no plano de fuga. Mas minha ideia parecia idiota.

— Certo, fiquem perto do muro e depois vão para a saída de emergência do Edifício D — disse Cass.

Corremos escuridão adentro, tomando cuidado com o único guarda, as câmeras e qualquer coisa que pudesse nos entregar. O Cass nos conduziu até o Edifício D, uma construção de tijolos isolada do campus principal. Pouco acima de nós havia uma saída de emergência retrátil. Marco esticou o braço e agarrou o degrau de baixo. Sua mochila estava cheia de coisas, mas em seus ombros parecia sem peso algum.

— Será que não vão ouvir isso? — ele questionou.

— Eu usei WD-40 — sussurrou Cass. Enquanto Marco baixava a escada em silêncio, ele acrescentou: — Então, pessoal, escutem só o que vocês precisam fazer quando chegarem ao topo...

— Você não vem com a gente? — perguntou Aly.

Cass deu de ombros.

— Eu tenho medo de a-a-altura.

Marco agarrou Cass pela cintura, jogou-o por cima do ombro e subiu a escada.

— Não olhe para baixo — avisou.

Aly e eu fomos atrás. Seguimos até o terraço, pisando devagar. Ao passarmos por um pequeno teto solar, olhei para baixo. O lugar zunia com a vida mecânica. Uma prateleira com computadores bipava e piscava. Telas de laptops brilhavam com o logotipo do Instituto Karai. Nenhuma pessoa.

Marco e Aly estavam agachados do outro lado do terraço, olhando para baixo. A poucos passos estava Cass, de costas para o parapeito.

— Acho que estou ficando enjoado — ele murmurou.

— Primeiro diga ao Jack o que ele tem que fazer, Cass — disse Marco. — Depois você vomita.

— Tá-tá-tá bem. Veja se consegue localizar a câ-câ-câmera — disse Cass, apontando vagamente para baixo com o polegar.

Dei uma olhada na lateral do terraço. Lá estava ela. Presa à lateral do muro. Eu calculei a distância para baixo enquanto tirava os cadarços do bolso.

— Contamos com você, MacGyver — disse Marco.

Engoli em seco. Um enorme sinal de fracasso espetacular se acendeu em minha mente enquanto eu respirava fundo. Prendi os cadarços um no outro e amarrei a pedra em uma das pontas. Pude sentir meus três parceiros me encarando.

— Tudo bem, não é nenhuma *Missão impossível* — eu disse.

Debrucei-me ligeiramente sobre o terraço e vi a câmera marrom. Com o cadarço nas mãos, larguei a pedra. Tentando avaliar a distância, balancei a pedra para fora para que ela ganhasse impulso e batesse na lente.

Toc.

A pedra bateu lentamente na parede, a mais ou menos meio metro da câmera.

— Me deixa tentar. — Marco tomou o cadarço da minha mão e puxou a pedra para cima. Segurando o laço com a mão direita, usou a esquerda para arremessar a pedra para o alto. Ele ficou parado observando, sem mexer um único músculo enquanto a pedra chegava ao fim de sua trajetória, e em seguida a corda ricocheteou.

Ela bateu bem no meio da lente, lançando ao chão uma rajada de cacos de vidro e pedaços de plástico.

Meu queixo caiu. Deu certo!

— Bem pensado, Marco — disse Aly.

— Marco? — repeti. — Foi ideia *minha*...

— Abaixem-se! — sussurrou Aly. — O barulho foi alto. E se o guarda ouviu? — Nós nos agachamos atrás do parapeito, ao lado de Cass, nosso bafo formando fumaça no ar frio e úmido.

Prestei atenção para ver se ouvia um carro, uma porta se abrindo, uma voz.

Nada.

Após um instante, dei uma espiada por cima.

— A área está livre. Vamos nessa.

— Meus joelhos estão tra-travados — reclamou Cass.

— Pelo menos você não está falando de trás para frente — disse Aly.

Marco jogou Cass nos ombros de novo e nos conduziu pela saída de emergência. Demos a volta correndo até a entrada, sob os restos da câmera. A porta que dava para o edifício tinha uma entrada para cartão-chave que emanava um brilho vermelho.

— Você está indo bem, irmão Jack — disse Marco. — Agora use o cartão que roubei do Bhegad. Ele dá acesso a todos os edifícios.

Fisguei o cartão roubado que estava no meu bolso e o passei na entrada. A luzinha passou de vermelho para verde e Marco abriu a porta.

Corremos para dentro. Aly tocou uma tela, que se acendeu:

BEM-VINDO AO INSTITUTO KARAI

REDE DE SEGURANÇA

POR FAVOR INSIRA DIGITAL PARA VERIFICAÇÃO

— Ah, q-q-que maravilha — disse Cass.

— Vocês deviam estar cientes disso — sibilei.

— Nós estamos. — Aly apareceu com um pen drive. — Para o computador, uma digital é uma combinação de dados, ou seja, zeros e uns, como tudo o mais. Eu dei um jeito de entrar no banco de dados das identidades arquivadas e fiz download da digital do Torquin. O sistema vai fazer o upload automaticamente e concluir que ele colocou o dedo no leitor de digitais.

Ela inseriu o pen drive e a tela mudou para um fundo com o logotipo do IK e uma nova mensagem cintilante: OLÁ, O PODEROSO SALVADOR DE TODAS AS COISAS FELPUDAS E FEROZES.

— Esta é a mensagem de boas-vindas do Torquin? — perguntou Marco.

— Ele tem uma ideia esquisita a respeito de sua missão pessoal. — Os dedos de Aly voavam sobre o teclado. A tela começou a exibir sequências de circuitos complexas. — Cafeteria... biblioteca... rede de esgoto...

— Nada de canais de esgoto — Cass reclamou. — Tenho medo de altura *e* de profundidade.

Aly digitou violentamente no teclado.

— Aqui está a cerca de segurança. Mas só vão me deixar acessar um quadrante por vez.

— Como sabemos qual é o quadrante certo? — perguntei.

— Aquele que não nos matar — respondeu Aly. — Uni, duni...

"Tê" era o quadrante que dava direto na casa de Bhegad. Ele morava atrás da biblioteca, em uma casinha de arquitetura vitoriana que parecia saída do conto de fadas "João e Maria". Todas as luzes no interior estavam acesas.

— Não podemos fazer isso! — sussurrou Cass.

— Ele está roncando — Marco observou. — Nem *eu* consigo ouvir a gente!

Conseguimos passar despercebidos, um por vez, nos agachando para entrar por uma janela aberta. Cass foi o último. Ele parou ao lado da casa.

— Aaaaa... — ele disse, apertando os olhos para espirrar.

— Ah, não — murmurou Marco. — Por favor, não...

— Segura isso! — sussurrou Aly.

— TCHIIIM!

Todos nós congelamos. Ouvimos alguém fungar dentro da casinha do professor Bhegad. E então um som agudo.

Ele continuava roncando.

Marco se apressou e agarrou Cass pelo ombro, puxando-o por debaixo da janela. Seguimos para a mata, correndo por um pequeno pátio e depois por um amplo e farto gramado.

Aly encontrou um caminho bem gasto e pisado matagal adentro. Após algumas dezenas de metros, ela parou.

— Ali — disse ela, apontando para o que parecia uma muda de planta. — Cuidado.

Os filamentos elétricos desativados pendiam como teias de aranha.

Conforme Aly adentrava na mata, Marco conduzia Cass pelo braço.

— Certo, irmão Cass — disse —, você é o cara da navegação. Vá na frente.

Cass respirou fundo e fechou os olhos por um instante. Então começou a caminhar de modo hesitante para a direita.

— Por aqui. E, se alguém vir alguma coisa, diga alguma coisa.

Aly e eu fomos acompanhando logo atrás, com Marco na retaguarda. A mochila dele fazia barulho conforme ele caminhava, e pela primeira vez ele pareceu inseguro.

— Queria estar com a minha bola de basquete — murmurou. — Eu me sinto mais à vontade com ela.

A lembrança da floresta me revirou o estômago. As videiras estavam tão afiadas quanto no dia anterior, e as raízes agarrando com a mesma força, mas a escuridão tornava tudo pior. Tínhamos apenas a luz obstruída da lua, e logo as copas das árvores a cobririam. Pelos arbustos dava praticamente para sentir Cass tremendo. Ele soava como uma voz de GPS em curto-circuito:

— V-vamos vi-virar à di-direita aqui, eu a-acho...

— Você está bem? — perguntei.

— Odeio o escuro — disse ele. — Certo, vamos na direção da sombra daquela mármore malta e turva. Hum, desculpe. Árvore alta e curva.

Ninguém quis falar muito enquanto caminhávamos. Os besouros pulavam em cima de nós, que nos ocupávamos de enxotá-los a tapas.

— Hum... esse caminho para a esquerda parece certo — disse Cass. — Eu acho.

— Como assim, você *acha*? — Marco levantou a voz. — Pensei que você fosse perfeito.

— Não quando fico nervoso — disse Cass.

— Podemos diminuir o passo? — pediu Aly. — Estou sem fôlego.

— Se a gente for mais devagar, vamos andar para trás... *Tooooma, mosquito!* — disse Marco, batendo na testa.

Respirando com dificuldade, Aly se sentou em um pedaço de tronco achatado.

— Estou... me sentindo... um pouco... zonza.

Marco foi dar uma olhada nela de perto, balançando os braços em um ritmo regular para espantar os mosquitos.

— Ei, descanse aí, irmã Aly — disse ele. — Logo vamos sair desse buraco horrível. Na noite em que desapareci, minha mãe ia fazer uma lasanha enorme. Tomara que ela tenha congelado, porque vocês todos estão convidados.

Eu concordei com a cabeça.

— Meu pai estava interrompendo uma viagem de negócios para vir me ver. Deve estar preocupado e louco da vida.

Aly estava curvada, com a cabeça entre as pernas. Tivemos de nos agachar para ouvi-la.

— Desculpem, não sei o que há de errado comigo. Mas assim me sinto melhor — disse ela. Após um instante, continuou, falando baixo. — Minha mãe? Ela sabe que estou viva. Simplesmente sinto que ela sabe. Nós temos uma ligação forte. Mas estou preocupada com meu pai. Ele é mais velho. O estresse provavelmente está acabando com ele.

— O meu não deve nem ter reparado — disse Marco. — Estamos no meio da temporada de futebol. Ele vai se dar conta depois do Super Bowl. Só espero que ele não descongele a lasanha.

— E seus pais, Cass? — perguntou Aly.

Cass estava avançando pelo caminho.

— Hum, temos de seguir por aqui...

— Olha lá quem tomou remédio para criar coragem — disse Marco. — Ei, espere aí, Davy Crockett, a Aly está mal!

— Tudo bem — insistiu Aly. — Estou pronta.

Quando ela se levantou, vi no que estava sentada: um tronco cortado.

— Pessoal — eu disse. — Vocês não acham isso esquisito? Um tronco liso no meio do mato? Quer dizer, árvores não se cortam e se alisam sozinhas. Com certeza alguém fez isso.

Marco pegou uma lanterna da mochila e iluminou o tronco:

— Cara, alguém fez isso — disse Marco.

Cass se aproximou com passos vagos e se debruçou sobre o tronco. Quando ele passou o dedo nos sulcos, ouvimos um grito abafado vindo do mato.

Aly.

Nós nos viramos e corremos. Ela estava uns seis metros à nossa frente; parecia dura e suas mãos cobriam a boca.

— Eu não vi aquilo... estou enjoada... meus olhos estão me zoando... eu não vi aquilo — murmurava ela.

— Viu o quê? — perguntou Cass.

Aly engoliu em seco.

— Nada. Provavelmente um gambá, ou uma marmota, um tatu, uma hiena, ou sei lá que diabo tem numa floresta. É que... no escuro parecia uma pantera ou algo assim, com cara de porco. E dentes.

Eu congelei.

— Cara de porco?

Marco envolveu o ombro dela com o braço.

— Ei, tudo bem. Muito estresse aqui esta noite. Estamos quase chegando, não é, irmão Cass?

— Devemos chegar dentro de uns vinte minutos — disse ele.

Aly balançou a cabeça, e ela e Marco voltaram a seguir Cass.

Eu fiquei perto, tentando manter aberta minha visão periférica. Mas não conseguia parar de pensar no meu sonho recorrente. O sonho da perseguição, explosão e terremoto. E a fera que tantas vezes vi na minha imaginação, o vromaski com bico de mangueira.

A criatura com corpo de animal de caça, focinho de porco e dentes.

Seguimos andando com dificuldade, até eu sentir que não me restava nenhum pedaço de pele sem picadas de mosquitos. A lua ainda estava alta, mas embotada pelas nuvens que surgiram de repente. Não demorou e a brisa do mar ficou ainda mais fria. O ar me fazia cócegas nos pulmões e comecei a tossir. O solo estava ficando arenoso. Agora eu podia ouvir ondas quebrando na areia. Cass parou e virou a cabeça para a esquerda.

— *Acerue* — disse ele. — Conseguimos.

Vi um brilho embotado entre o branco e o dourado mais à frente, em meio aos galhos. Era o reflexo mortiço e rebelde da lua quase encoberta sobre uma extensão de água. Uma onda trovejou na praia e uma gaivota solitária grasnou. Quando seus contornos se revelaram ao frágil círculo de luz remanescente da lua, todos começamos a correr em direção ao som.

Marco chegou à areia da praia e deu uma pirueta na areia. Aly começou a dançar, mas se desmanchou em um ataque de riso e tosse. Havia um leve fedor que imaginei vir de um peixe morto, mas até isso parecia doce.

Era o cheiro da liberdade.

Quando eu estava avançando com os passos trôpegos, tropecei em uma raiz e caí. Nem liguei. Eu me levantei com uma gargalhada me escapulindo da garganta. Ao longe vi um pequeno cais de madeira com a sombra de um barco subindo e descendo na água. O único som que se ouvia era o suave rangido das cordas do ancoradouro contra o casco.

Até o grito do Cass rasgar a noite. Bem à minha direita.

— *Tira esse troço de mim!* — berrou ele.

13
Fuga do IK

MARCO PASSOU POR mim correndo feito doido.

Quando estava prestes a sair do bosque, Cass trombou com um agressor. Sob a fraca luz da lua, tudo o que eu conseguia ver eram sombras, uma massa mutante de carne e membros.

Corri o mais rápido que pude. Mas, ao me aproximar, me dei conta de contra o que ele estava lutando. Não era animal nem humano.

Era um monstro. E estava morto.

A coisa estava rolando com ele, com seus ossos se projetando ao luar. Marco puxava Cass, cujo braço se prendera em uma gotejante e borrachuda faixa de tendão.

Eu estava apavorado demais para vomitar. Antes que eu pudesse alcançá-los, *vap!*, o tendão recuou. Marco cambaleou para trás e caiu virando cambalhota com Cass no declive da praia.

Cass, que caíra por baixo, se levantou.

— Nunca mais! — gritou ele. — Eu nunca, em hipótese alguma, vou deixar você me convencer de algo assim de novo!

E, com isso, ele correu em direção à floresta.

— Aonde você está indo? — gritou Aly da praia.

— Estou coberto por um monte de tripas! — ele berrou de volta. — Tropecei nessa porcaria.

— E aí você vai para o mato? — disse Aly. — Os insetos da floresta estão babando, Cass. Mal podem esperar para ver você. Entra logo na água e vai se lavar!

Eu me virei para ver o que atacara Cass. Estava estirado sobre a areia como a proa de algum navio orgânico, com as costelas encurvadas para cima, em direção à lua.

— Estou a vê-la — murmurou Marco.

Era uma baleia de uns três ou quatro metros. Fora abatida, talvez uns dois dias atrás, e aparentemente atacada por predadores depois. Cass não a vira no escuro e simplesmente acabou se enfiando nela. Enquanto eu observava a enorme carcaça, os primeiros pingos de chuva caíram suavemente sobre o corpo.

Uma baleia desse tamanho indicava que estávamos próximos a um oceano — não se tratava de nenhuma baía ou enseada. Eu não tinha certeza da implicação disso quanto à nossa fuga. Acho que eu estava esperando algo um pouquinho menos vasto.

— Ai — ouvi a voz de Aly.

Marco e eu nos viramos e a vimos tropeçando na areia. Ela estava de braço dado com Cass, seguindo em direção à água.

— Que foi? — perguntou Marco.

— Só... pisei numa concha — respondeu Aly. — Vamos lá.

— Vamos, irmão Jack. Vamos pegar o barco — disse Marco.

Eu o segui em direção à doca. A chuva estava engrossando e um súbito vento se formou; até tive a impressão de ouvir um trovão ao longe. Marco estava soltando a corda de um grande barco de fundo plano.

Ele tinha mais ou menos seis metros de comprimento, laterais de madeira, dois pares de remos com suportes e dois assentos.

— Esse negócio não tem motor — disse ele. — É uma porcaria de um barco a remo. Vou entrar primeiro.

— Não podemos atravessar um oceano com isto! — eu disse. — Você viu o tamanho daquela baleia. E se o pai dela estiver por aí, procurando o filhote? E se tiver tubarão? Além do mais, está chovendo. E escuro. E trovejando.

— Certo, então digamos que vai ser um pouquinho aconchegante. — Marco entrou e pegou um par de remos. — Você vem comigo?

Respirei fundo. Eu não ia encarar Bhegad e Torquin sozinho. Relutantemente, fui atrás dele. Sentei e peguei o outro par de remos.

— Espero que você saiba o que está fazendo — eu disse, encaixando-os nos suportes.

Marco fez um gesto em direção a Cass.

— Vamos viajar com um giroscópio humano, cara. Ele vai nos guiar pela lua. Ou pelas moléculas na água. Ou por uma trilha de cocô de peixes. Sei lá. Daqui a mais ou menos uma hora e meia, o sol vai nascer. Até lá já estaremos longe e veremos para onde estamos indo. Pronto? Vamos nessa.

Desatracamos o barco perto de Cass e Aly. O barco balançou por causa de uma súbita onda que bateu na lateral, quase me molhando.

Remar com o Marco era uma ótima maneira de se sentir inútil. Suas remadas quase faziam o barco voar sobre a água. O vento lançava em meu rosto a água que espirrava com o atrito dos remos tocando a superfície. Eu mal dava conta de manter o ritmo. Nós alcançamos os outros dois rapidamente e conseguimos dar um jeito de fazê-los embarcar sem o barco virar. Marco trouxera um cobertor e mais roupas na mochila que entregou a Aly e Cass. Cass sentou-se ao lado de Aly na popa, onde Marco e eu podíamos vê-los. Aly estava tremendo e Cass a envolveu com os braços.

— Para onde, Cristóvão Colombo? — perguntou Marco.

Cass deu uma olhada para cima, para a chuva.

— Sem chance de ve-ve-ver estrelas esta noite. Vamos ter que seguir por es-estimativa. Remar feito doidos, sempre em paralelo à costa. Estamos viajando para o norte, seguindo a co-corrente. Quando o dia raiar estaremos a mais de três quilômetros de distância. E então podemos pa-parar.

— Você está bem, Aly? — perguntou Marco.

— Na medida do possível, tendo de olhar para você — respondeu ela.

As costas de Marco, do tamanho de um utilitário esportivo, ficavam indo e vindo para perto de mim. Ele estava remando com mais força do que antes, o barco estava praticamente correndo sobre a água. A cada remada que ele dava, eu franzia a cara de medo que ele quebrasse os remos e caísse para trás.

— Pode remar um pouquinho mais devagar? — pediu Aly. — Estou ficando enjoada.

— Pode pegar um pouco mais leve, Marco! — gritei contra o vento. — Eu estou remando também!

— Tenho de... remar forte... para vencer... essas ondulações... — Marco grunhiu. — É mais calmo... mais adiante.

Aly se debruçou na lateral do barco e vomitou. Eu remei até doer a pele das palmas da mão. O clarão de um relâmpago rasgou o ar. Por um instante a cena diante de mim foi banhada por um fantasmagórico branco esverdeado. Marco remava e os músculos do seu braço pareciam cordas trançadas.

— Tem alguma coisa errada com a Aly! — gritou Cass. Ela estava convulsionando nos braços dele.

— Enjoo do mar! — gritou Marco. — Ela vai melhorar num minuto.

Agora eu estava subindo, quase que verticalmente. Cass gritou, e sua voz agora estava sob os meus pés. Segurei firme quando o barco bateu na água com força, fazendo meu estômago subir e descer como numa montanha-russa.

— Está piorando, não melhorando! — gritou Cass, interrompido pelo estrondo do trovão.

— Deu uns dez segundos entre o clarão e o barulho! — gritei. — Estamos a mais de três quilômetros do relâmpago!

— *Cadê a terra?* — gritou Cass, agarrando-se a Aly, que agora parecia inconsciente.

— Tenho de ir... mais para longe... — Marco grunhiu.

— Não consigo navegar sem uma praia, Marco! — disse Cass. — O mar é diferente da terra!

Marco investiu ainda mais força.

— O gênio é você, se vira! Eu tenho de tirar o barco dessa...

Uma cortina preta se ergueu a estibordo, como se o próprio céu tivesse sido engolido pela tormenta. Marco levantou um dos remos e ficou remando com o outro, tentando mudar a posição do barco.

— *Se segurem com força!* — berrou ele. — Fiquem abaixados e se segurem no barco!

Eu soltei meus remos e me segurei firme nas laterais. Vi Aly afundando no chão. E então ela e Cass escorregaram... e colidiram com Marco...

Marco perdeu o controle dos remos. Eles escaparam das suas mãos e ficaram batendo nas laterais do barco. A mão de Marco sangrava. Ele se jogou para frente numa tentativa desesperada de segurá-los outra vez.

A onda nos levou para cima como se estivéssemos num carrinho de montanha-russa. Nós paramos no alto, quase de lado, suspensos por um breve instante...

E voamos silenciosamente mar adentro.

14
AFUNDAR OU NADAR

EU ESTAVA DE ponta-cabeça, com as pernas balançando. Meus braços se debatiam como se não pertencessem a mim. Meu corpo se dobrou para trás e eu pensei que fosse quebrar o pescoço. Eu estava viajando em direções que nem sabia que existiam. Senti algas roçando minha pele e fiquei sem saber que lado era para cima.

Eu me forcei a ficar parado. Logo eu estava flutuando. Para cima. Meus pulmões estavam prestes a explodir. Comecei a nadar desesperadamente. Batendo os pés com força.

— *Ahhhhhh!* — Irrompi na superfície, sugando o ar em desespero. Meu corpo espasmava. Entrou água na minha boca e achei que fosse me afogar.

— *Socorro! Me ajudem!*

Cass.

A voz dele veio da minha esquerda. Não estava longe. Dei três respiradas loucamente profundas. Nadando às cegas, gritei:

— Cadê você?

Mas minha voz foi abafada por um borrifo de água. Lutei contra as ondas altas e cristas espumosas, seguindo na direção dos gritos de Cass. Mas agora sua voz estava ficando fraca.

— *Aguenta aí!* — gritei. — Estou...

Meu braço bateu em algo sólido.

Era Aly, com a cara virada para a água. Puxei sua cabeça para cima, mas ela estava imóvel, com os olhos revirados. Eu a puxei para junto de mim, meu peito contra as suas costas, e apertei-lhe o estômago com força. Nada.

Eu me virei, levei meus lábios aos dela e inalei com toda a força que tinha. Depois exalei, bombeando-a com oxigênio.

O corpo dela paralisou. Ela recuou e tossiu uma gosma de água do mar misturada a restos de codorna já havia muito digerida.

A voz de Marco trovejou à direita.

— *Ela está bem?*

— Não sei. — Ele estava nadando em nossa direção, com os braços cortando as águas revoltas.

— Eu pego a Aly — disse Marco. — Você pega o Cass.

Enquanto ele puxava Aly, eu tentava explorar a área. A chuva parecia cair na horizontal, direto nos meus olhos.

— *Cass! Cadê você? Fala alguma coisa!*

Um suave lamento foi minha única resposta. Nadei furiosamente até ver uma massa preta emergindo na água. Eu o alcancei e agarrei um de seus braços.

A cabeça de Cass virou para cima. Ele balbuciou, sem forças. Mas estava vivo.

— Segura em mim que eu puxo você! — eu disse, virando de costas enquanto agarrava a mão dele.

— Aly... — ele gemeu. — Ela...

— Está com o Marco! — eu disse.

Cass estava tentando gritar, mas eu não conseguia entender.

— Estou aqui! — gritou Marco na escuridão. — Siga a minha voz! Vamos nadar até a praia!

— Onde fica? — gritei.

— *Não sei!*

Naquele momento eu soube que estávamos mortos. Esquerda, direita, para frente, para trás... tudo parecia exatamente igual. Marco estava pensando que direção seguir enquanto puxava Aly. E eu quase não estava conseguindo enxergá-lo mais. Eu era um nadador razoável, mas não era nenhum campeão, e tinha engolido muita água.

Um relâmpago clareou o céu, seguido quase que imediatamente por um trovão. Estava se aproximando. Eu esperei que o clarão revelasse algum sinal de terra, mas só vi chuva e ondas espumantes.

Cass estava segurando com mais firmeza. Ele gemeu.

— *Trata... mento...*

— O quê? — gritei.

— A Aly... — disse ele. — Perdeu o... tratamento...

Entendi o que ele quis dizer. Aly não estava enjoada por causa do mar. Algo mais estava errado. Seu mal-estar era por causa do tratamento. O tal que ela havia perdido.

Mergulhei as mãos na água cheia de algas. Tentei avaliar minhas braçadas, para conservar energia. Mas meus dedos estavam ficando fracos e Cass escorregou. Percebi na hora que ele não sabia nadar. Ele se debatia feito doido, engasgando com a água.

— Vou... morrer... — disse ele.

Meus pulmões estavam se enchendo. Meu corpo parecia estar cheio de chumbo. Agarrei desesperadamente o pulso de Cass e segurei firme.

A perna dele girou e subiu.

Não. Não podia ser a perna dele. Havia outra coisa ali embaixo, algo grosso e liso, empurrando meu pé para cima. Estava me levantando. Levantando o Cass.

Tubarão.

Tentei nadar para longe, mas não tinha mais força. O animal irrompeu na superfície e sua pele negra brilhou, iluminada pela tempestade. Era grande demais para ser um tubarão. Enorme. Só podia ser uma baleia, como a que acabara na praia. Tateei desesperadamente ao redor, à procura de Cass.

Ele mal conseguia flutuar. Tudo que eu podia ver era o branco dos seus olhos assustados.

— *Nade!* — berrei. — Mexa as pernas e os braços! Vai!

— Não — gritou ele em resposta. — Jack, veja... luzes!

Eu voltei a olhar para o intruso debaixo da água. Sua sombra agora era a de um casco sólido, sua pele de metal brilhante. Em uma das extremidades, uma luz piscou em uma pequena estrutura retangular. Quando ele subiu, pude ver as formas pintadas em seu casco.

As letras *I* e *K*. E, entre elas, uma estrela.

— Na melhor das hipóteses, ela tinha cerca de meia hora de vida — anunciou o professor Bhegad ao surgir de dentro de um alçapão na sala de comando do submarino. — O médico conseguiu estabilizá-la. Ela está recebendo tratamento agora e continuará sendo tratada quando atracarmos. — Ele adentrou na salinha e olhou para nós de forma significativa. — Sem truques, espero.

— Obrigado — eu disse, tremendo.

Apesar do clima tropical, a temperatura do nosso corpo havia caído enquanto estávamos no mar revolto. Eu estava molhado e tiritando enrolado em uma toalha de praia gigante com o logotipo do IK. Estava sentado de frente para o Cass e para o Marco num banco de madeira, os joelhos tocando os deles. O submarino era pequeno e estava abarrotado, mas estar em ambiente seco era inacreditavelmente bom. Com os braços tremendo, tomei um gole de chocolate quente.

— A culpa foi minha, p. Beg... digo, professor — disse Marco. — Eu planejei tudo, organizei a fuga sozinho...

— Você é um atleta extraordinário, Marco, mas péssimo ator — disse Bhegad. Ele estava sentado ao meu lado, com a cara fechada. — Você não precisa proteger seus amigos. Já basta eu ter encontrado todos vocês vivos.

Olhei furioso para ele. Seria este outro de seus resgates planejados, como o Milagre do Macaco? A coisa não era para acontecer assim. A Aly tinha manipulado o circuito fechado de televisão. Ele não tinha como nos ver.

— Como nos achou? — perguntei.

— Por que eu *tive* de achar vocês? — ele devolveu. — Vocês entendem que cometeram uma completa tolice? E as consequências que poderiam ter enfrentado? Ao privar Aly do tratamento, vocês quase a mataram.

— Desculpe, foi mesmo uma estupidez — disse Cass, vacilante.

Bhegad voltou-se para ele.

— Estupidez é pouco. O que vocês fizeram foi de uma irresponsabilidade imperdoável. Imagine se tivessem conseguido. O que aconteceu com a Aly aconteceria com todos vocês. A operação destravou as comportas do G7M de vocês, e foi isso que salvou sua vida. Mas essas comportas são instáveis e podem falhar. As vias metabólicas são fracas demais. É como um dique: se você abre devagar, ele irriga uma paisagem, mas, se ele se romper, provoca uma inundação. Seus poderes sobrecarregam seu corpo e vocês morrem. Nós desenvolvemos tratamentos para ajustar o fluxo de energia. Para preservar a vida de vocês. E então vocês decidem pegar um barquinho de brinquedo e se lançar em águas notoriamente inavegáveis durante uma tempestade? Pela Grande Qalani, isso não é só *estupidez*, é insanidade. É suicídio.

Eu sabia que devia ter me sentido motivado pelas palavras de Bhegad. Ele havia nos salvado. Mas ele falava com tom de raiva e censura, como se tivéssemos derrubado café no seu experimento científico favorito.

— Estamos gratos, professor — eu disse —, mas o senhor é parte da razão pela qual isso aconteceu. O que esperava? Não interessa se o senhor está trancando as pessoas num *bunker* subterrâneo ou num vilarejo tropical, está prendendo as pessoas do mesmo jeito. Salvar a vida de alguém é algo *grandioso*, então por que fazer isso em segredo? Talvez haja centenas de portadores do G7M que o senhor poderia ajudar...

— Existe uma boa razão para manter o segredo — disse Bhegad.

— Atlântida! — desembuchei, encarando-o. — Está nos transformando em escravos superpoderosos para encontrarmos Atlântida para o senhor.

Minhas palavras pairaram desconfortavelmente no ar úmido da sala.

Os olhos de Bhegad ficaram tristes e distantes, e seu rosto vermelho por causa da umidade no submarino. Ele fez uma pausa, limpou os óculos embaçados, os colocou novamente no rosto e olhou para mim.

— Jack, quando você saiu da sala de operações, ficou em coma por dois dias. Nós monitoramos você vinte e quatro horas por dia. Você falava muito quando estava desacordado. Algo sobre uma explosão e um terremoto. Uma fera voadora vermelha. Uma mistura de porco e guepardo. Acho que você o chamava de vromaski.

Cass engasgou. Marco pareceu perplexo.

— Se não me engano, Jack, você sempre teve essas visões — prosseguiu Bhegad. — Soam-lhe familiares, Marco?

Marco engoliu em seco, nervoso.

— Ele está mentindo para você, Jack. Esses sonhos são meus. Você está mexendo com a nossa cabeça, professor.

— Não, ele está certo, eu tive esses sonhos, sim — eu disse. — Várias vezes.

— Eu também — Cass levantou a voz.

— Isso é ridículo — eu disse. — Como três pessoas podem ter exatamente o mesmo sonho?

— Quatro — disse Bhegad. — A Aly também. O mesmo acontecimento. O mesmo cenário. É um lugar que vocês quatro conhecem muito bem.

— Achei que você fosse cientista, p. Beg — disse Marco, com um riso confuso. — Não preciso de ph.D. para saber que isso é impossível.

— Você conhece o termo *déjà-vu*? — perguntou Bhegad. — Quando você tem uma sensação esquisita do tipo "já estive aqui antes", mesmo sabendo que não esteve? Essa sensação também é considerada fantasia. Mas nossa pesquisa revela que o *déjà-vu* é uma conexão com algo real, algum evento passado que deixou uma pergunta sem resposta. Qualquer um de vocês poderia sentir isso, por exemplo, num pequeno café quando estivessem visitando Paris. Seria bem possível que seu tataravô tivesse se apaixonado por lá e nunca mais visto a mulher outra vez, ou tivesse siso atacado por um estranho jamais encontrado.

— Então *déjà-vus* são como memórias dos mortos? — perguntou Cass. — Fantasmas de memórias?

— São visões de coisas reais — disse Bhegad. — Nós não vamos fingir que as entendemos por completo. Mas essas visões existem, arquivadas no cofre-forte dos mistérios, o ceressacrum! Vocês estão sendo chamados para ver a destruição de Atlântida. É uma visão do que aconteceu quando sua fonte de poder foi roubada, abalando o equilíbrio que existiu por muito tempo. Nós acreditamos que o poder foi dividido em recipientes e então escondido.

— E onde vamos achá-los? — perguntou Marco. — Em lojas de antiguidades?

— Por que nós? — cortei. — Por que estamos tendo esses sonhos? E como o marcador G7M se encaixa nisso tudo? E por que somos nós que temos de achar esses... recipientes?

— Eles são chamados de Loculi — Bhegad falou baixinho. Ele pensou por um momento e respirou fundo. — Tem muitas coisas que eu preciso contar a vocês, quando todos estiverem conscientes. Basta dizer, por agora, que não somos os únicos determinados a encontrar os Loculi. Existe outro grupo... e precisamos encontrar antes deles.

O alçapão no chão se abriu e ouvimos um bipe rítmico e mecânico. Uma médica de cabelos grisalhos enfiou a cabeça pelo buraco e fez sinal de positivo com o polegar para Bhegad.

— Os sinais vitais estão estáveis — anunciou ela. — A paciente está consciente.

— Algum dano permanente, dra. Bradley? — perguntou Bhegad.

A médica coçou a cabeça.

— Suas primeiras palavras foram: "Não estamos mais no Kansas, Totó".

— *O mágico de Oz* — explicou Cass. — Isso significa que ela está bem.

— Bem, ela vai precisar de um dia inteiro de sono para compensar — disse a médica. — Talvez todos precisem.

Bhegad balançou a cabeça, assentindo, com o olhar passando de Cass para Marco e depois para mim.

— Não tenho mais disposição para responder suas perguntas — disse ele, então conferiu o relógio de pulso. — São seis da manhã. Seu treinamento começa em exatamente vinte e quatro horas.

15
Dia de Treinamento

— DESCULPE — Torquin bocejou ao entrar no meu quarto, com os pés descalços estapeando o chão como peixes mortos. — Dormi demais. Venha.

Saí da cama e o acompanhei pelo corredor. Eram quase 7h30 do Dia de Treinamento. Exatamente às seis da manhã, um técnico chegou para levar Cass ao centro de mídia. Marco saíra para correr com um bando de guardas com pinta de atleta. E alguém apanhara Aly num carro de golfe para ir até a sala de comando. A ideia era que todos nós tivéssemos uma manhã de "desenvolvimento de habilidades", seguida por uma aula às duas horas da tarde com o professor Bhegad.

Torquin estava atrasado.

— Aonde você está me levando? — perguntei.

— Garagem — disse Torquin.

Ótimo. Ou minha habilidade tinha alguma coisa a ver com carros, ou eu estava destinado a ser um zelador de nível internacional.

Quando saímos para o dia revigorante e ensolarado, eu me dei conta de que não fazia ideia do clima nas últimas vinte e quatro horas. O dia anterior eu passara dormindo, discutindo e ingerindo a comida que Conan trazia de carrinho até o dormitório.

Levou um tempo para atualizarmos Aly, pois ela não se lembrava dos principais acontecimentos da noite. No fim, todos nós aceitamos obedecer às ordens. Seguir o plano de Bhegad. Apesar de que eu, pelo menos, não acreditava na história que ele contava.

— *Iiiiiááááá* — veio um grito distante. Do outro lado do complexo de edifícios, atravessando o gramado aberto, um grupo de guardas parecia estar fazendo algum treinamento de artes marciais. Eles vestiam túnicas e se enfrentavam com bastões.

Não. Não uns aos outros. Do meio deles surgiu uma figura solitária, que deu um salto mortal sobre a cabeça deles. Ele aterrissou atrás da fila e bateu forte com o bastão na parte interna dos joelhos dos outros, e assim dispersou quase o grupo todo.

— Marco? — murmurei.

— Perigoso — disse Torquin, mancando em direção ao centro de mídia. Ele abriu a porta e caminhamos para dentro da enorme sala principal, com seus pufes, monitores e jogos.

Meu coração deu um pulo.

— Legal — eu disse. — Então o negócio da garagem era brincadeira!

— Atalho — respondeu Torquin. Ele passou por uma porta do outro lado, que dava para um corredor comprido e ladrilhado. Quando passamos por uma das salas, vimos Cass trabalhando numa mesa com alguns cientistas. Alguém havia colocado na cabeça dele uns eletrodos ligados a uma máquina. Ele e dois caras do IK estavam olhando fixo para um mapa enorme e altamente detalhado de uma ilha. No meio havia uma enorme montanha preta rotulada como ÔNIX.

— É lá que estamos? — perguntei.

— Estamos caminhando no chão. Aquilo é um mapa. — No fim do corredor, Torquin abriu uma porta. Fomos atacados pelo cheiro de borracha quente e graxa. — Entra. Agora.

Continuamos seguindo pelo edifício com jeito de hangar, repleto de todo tipo de carros, caminhões e ônibus sendo pintados e reparados. Mecânicos iam pra lá e pra cá, alguns se enfiando debaixo de veículos, outros com a cabeça enterrada em capôs abertos. Do outro lado, que parecia ser a quase dois quilômetros de distância, vi o submarino que nos resgatara. Agora ele estava a mais de um metro e meio do chão, sobre um elevador de carros. Um enorme painel quadrado fora cortado na base, revelando um emaranhado de cabos e tubos quebrados, além de aço escurecido. Parecia que havia acabado de pegar fogo.

Paramos debaixo dele. Torquin apontou para cima.

— Na noite em que resgatamos vocês — disse ele —, ele bateu em alguma coisa. Quase não conseguimos.

— Parece bem ruim — eu disse. Era por isso que eu estava ali? Para Torquin mostrar o estrago que causamos ao submarino? Será que ele estava esperando que eu pedisse desculpas? — Da próxima vez vamos mandar buscar um carro. Agora para onde eu vou?

Torquin ficou ali parado, olhando para mim. Após um ou dois minutos, ele se abaixou e pegou uma chave-inglesa do chão.

— Conserta — disse ele. — Eu volto às 13h45.

— Uhu! — gritou Marco, quase saltando pelo gramado. — O Hiro disse que em uma semana serei faixa preta dupla!

Marco, o Magnífico, era a última pessoa que eu queria ver no fim da minha manhã de tortura. Além de ter acabado de se aprofundar nas artes marciais, ele estava batendo uma bola de basquete na minha direção. Eu me curvei do lado de fora da garagem. Meu rosto estava sujo de graxa. Atrás de mim, o submarino estava inclinado de lado e parecia estar com o intestino pendurado.

Fiz amizade com um mecânico chamado Fritz, que tinha a cara inteira tatuada com a cobra-símbolo do IK. Ele tentou me ensinar a usar uma máquina de soldar e um removedor de rebite. Abri um buraco no elevador hidráulico, consegui puxar o alçapão de emergência do submarino e tirar as dobradiças, abri uma placa-mãe e seu conjunto de circuitos e dei um jeito de arrancar uma das hélices. O submarino agora estava pior do que pela manhã. Fritz berrava feito louco em alemão. E uma equipe de técnicos estava discutindo se deveriam solicitar outro submarino.

— Uau, o que aconteceu aqui? — perguntou Marco ao ver minha cara e o submarino de perto.

— Você quase conseguiu outra faixa preta — eu disse, caminhando em direção ao gramado. — Eu quase consegui um *Schlag auf dem Kopf mit einem Schlüssel.*

— Parece incrível — disse Marco. — E o que é?

— Uma porrada na cabeça com uma chave-inglesa — respondi.

Do outro lado do complexo de edifícios, o professor Bhegad acenava para nós do outro lado do gramado oval. Ele estava usando um boné desbotado e não muito bem ajeitado com o logo do IK, e estava na base de uma construção que parecia um museu com grandes degraus de pedra que levavam a sete pilares de pedra. Podia passar por um tribunal em Washington se não fosse a montanha negra ao longe brotando, como um chapéu de bruxa, da floresta ao fundo.

Comecei a caminhar pelo gramado. Meus pés estavam tão suados que chapinhavam meus sapatos. Meus bolsos estavam carregados de porcarias que Fritz me deixou levar para o quarto: roldanas, ganchos, corda.

— Quer dizer que você é uma espécie de gênio dos carros? — perguntou Marco.

— Eles devem achar que sim. — Dei um suspiro. — Quer dizer, não sou idiota. Não tenho medo de tentar coisas. Mas gosto de construir as coisas do *meu* jeito, que não é necessariamente o jeito de mais ninguém. Então a tarde de hoje foi um fracasso histórico. Eu ferrei com tudo.

Marco franziu o cenho.

— Isso se chama *treinamento*. Acho que todos nós temos de fazer um pouquinho de cada coisa. Nos expandir. Talvez seja eu o próximo a encarar o serviço na garagem. Vamos, irmão Jack, pessimismo não é permitido. No que você manda bem? Quando as pessoas pensam em Jack McKinley, o que dizem? Ele é um incrível... o quê?

— Nada — eu disse. — Não consigo nem acordar de manhã sem arremessar um brinquedo de plástico no meio da minha testa.

Marco balançou a cabeça.

— Tá, isso foi bem idiota, eu admito. Mas vamos lá... Artes? Xadrez? Línguas? Angry Birds? Natação! Não, espera, você manda muito mal na natação.

Enquanto nos aproximávamos do professor Bhegad, reparei pela primeira vez que o majestoso edifício tinha, sobre os pilares, um nome entalhado num bloco de pedra: MORADA DE VENDERS.

Cass e Aly vieram correndo para o nosso lado, rindo de alguma piada. Uma brisa se formou e o cabelo de Aly ficou parecendo uma chama cor-de-rosa.

— Ora, ora, parece que até agora vocês tiveram um dia esplêndido — gritou Bhegad, de longe. — Me acompanhem, por gentileza. Jack, há um vestiário masculino na primeira escadaria depois da entrada. Com chuveiro e roupas limpas.

Acompanhamos Bhegad até o andar de cima e edifício adentro. Fomos recebidos por um grande corredor com piso de madeira polida e paredes com ladrilhos brilhantes em mosaico. No fim do corredor, uma ampla escadaria acarpetada conduzia a um balcão de mármore que cercava a entrada e se abria para quartos e escritórios.

Mas eu não consegui tirar os olhos do centro do corredor, onde o teto abobadado recuava pelo menos três andares para acomodar um esqueleto que quase me deixou sem ar. Ele se erguia imponente, como um brontossauro cheio de anabolizantes, com o pescoço de serpente coroado por uma pavorosa cabeça de ave de rapina com dentes de sabre. A criatura se apoiava sobre as pernas arqueadas com garras e tinha cauda curta e ossos densos.

— Uau, como se chama essa coisa? — perguntou Cass.

— Senhor — disse Marco, espichando a cabeça.

— Este esqueleto foi encontrado por paleontólogos pouco depois da descoberta da ilha — disse Bhegad, tirando o boné —, por um dos maiores acadêmicos do Karai, Herman Venders, que morreu em 1897.

— Ah, bom, soletrar pra quê? — murmurou Marco.

— É apenas um dos espécimes bizarros que descobrimos, como podem perceber... — disse Bhegad.

Ao dar uma olhada ao redor da sala, senti algo esquisito. Parecia que as paredes estavam se contraindo e se expandindo de maneira ritmada. Respirando. A luz também parecia gotejar pelos poros da pedra, como um desenho que se podia ver, mas não sentir.

Marco estava me olhando de um jeito estranho.

— Qual é, irmão?

— Acho que inalei fumaça demais na garagem — eu disse. — Te vejo na aula.

Corri para o chuveiro.

Trompetes, tambores e violinos vibrantes saíam das caixas de som. Ecoavam pela velha e mofada sala de aula, onde eu estava sentado de frente para uma mesa de madeira na segunda fileira, atrás da Aly. A tela estava tomada por uma imagem: um glorioso castelo com um enorme gramado no qual um rei e uma rainha recebiam os súditos enquanto garotinhos brincavam por perto.

— O reino de Atlântida — anunciou Bhegad — existiu neste ponto por milhares de anos. Ao contrário de outras civilizações antigas desenvolvidas, como Índia, Itália, Grécia, China, os registros históricos de Atlântida foram completamente destruídos. Ou assim pensamos...

— Você pode tirar o fundo musical? — gritou Marco do fundo da sala.

Aly se inclinou para frente e apertou o botão mudo.

— Sim, ãhã — disse Bhegad. — Uma transcrição e várias imagens foram encontradas por arqueólogos do IK pouco depois da descoberta desta ilha, ocorrida há mais de um século. Dizem que foram baseadas em tábuas de pedra, que não fomos capazes de localizar. Boa parte da história conhecida veio da transcrição, e a partir dela esta apresentação de slides foi elaborada. Observem os últimos governantes de Atlântida, o rei Uhla'ar e a rainha Qalani, ao lado dos filhos, Karai e Massarym.

— A Grande Qalani... — murmurei.

Ele clicou no controle remoto e outra imagem apareceu: sete esferas brilhando intensamente.

— Gênio e pioneira da matemática e da física, a rainha Qalani passou a vida pesquisando a fonte do poder de Atlântida. Ela temia ataques bárbaros que pudessem usar a energia para o mal. E assim ela procurou analisar tal energia, quem sabe para convertê-la na sua forma física. Imagine! Ela então poderia ser transportada, escondida, protegida. Ao longo dos anos, usando técnicas inimagináveis até para os cientistas de hoje, ela isolou a energia em sete componentes, cada um a ser guardado num *Loculus*.

— Como controlar a eletricidade e colocá-la em lâmpadas — disse Marco.

— Não exatamente — replicou Bhegad. — Massarym, que herdou da mãe a curiosidade, mas não o intelecto, descobriu algo impressionante ao manipular os Loculi. Cada um dos sete poderes componentes tinha uma propriedade única. Com um Loculus ele podia voar... com outro se tornava invisível... coisas dessa natureza. Mas os Loculi não funcionavam com qualquer um, só com os de sangue real. — Ele olhou de forma significativa para cada um de nós. — E seus descendentes. Que são aqueles que trazem o gene do marcador G7M.

Aly arregalou os olhos.

— Os Escolhidos...

— Eu sou um príncipe? — disse Marco, quase pulando da cadeira.

— Animados com a descoberta — prosseguiu Bhegad —, Uhla'ar, Qalani, Karai e Massarym começaram a exibir os poderes dos Loculi. Seu povo ficou admirado. As pessoas começaram a ver a família real como deuses. Alguns ficaram com inveja e tentaram roubar as poderosas esferas. Karai, que tinha profunda ligação com a fauna de Atlântida, treinou uma gigante ave de rapina para proteger os Loculi.

Eu sabia a resposta.

— O Ugliosaurus!

A imagem agora mudou para uma pintura de uma criatura vermelha babona com cabeça e asas de águia e corpo de leão.

— Conhecido na mitologia como grifo. A mais violenta das criaturas. Quando marcavam alguma coisa, guardavam com a vida. Reduziam a farrapos qualquer um que se aproximasse, como faz um falcão quando captura um rato. Agora o jogo estava mudando. As pessoas começaram a odiar a família real. Grupos rebeldes se formaram com o objetivo de destronar a família e lhe roubar a magia. Karai percebeu que os Loculi não estavam preservando Atlântida, pelo contrário, a estavam envenenando. Precisavam ser destruídos.

Depois vimos um cenário de conflito; os misteriosos e leais irmãos saindo no braço enquanto a rainha reunia um grupo de corpulentos cortesãos.

— Massarym não deu ouvidos a Karai. Ele adorava os poderes dos Loculi. Então, certa noite, quando o palácio estava sendo atacado, ele escapuliu. Ele confiscou uma temível criatura réptil para matar todos os grifos, e então roubou os Loculi sagrados.

O cenário de conflito se acalmou, dando lugar a uma horrível cena de desastre. Uma explosão escureceu o céu, enquanto Qalani, horrorizada, gritou em agonia. O fogo se espalhou pela floresta e uma rachadura se abriu na terra — bem no caminho de Karai, em fuga.

O sonho.

Quase caí de costas. Senti uma ardência nos dedos. Tive vontade de sair correndo. Meu corpo ficou rígido de medo. *Lutar ou fugir.*

Marco, Cass e Aly estavam me encarando. Eles tiveram o mesmo sonho. Será que estavam sentindo o mesmo que eu?

— Tudo bem, cara? — perguntou Marco.

— T... — eu nem consegui dizer *tudo bem*. Minha mandíbula estava travada.

Eu não podia ficar ali. Sob mim, o chão liso parecia vibrar como uma corda delicadamente puxada. Eu corri para o balcão que cercava a majestosa entrada principal. Uma canção parecia fluir do alto, só que não havia som de verdade, nem luz.

Bhegad tinha parado de falar. Num instante Cass, Marco e Aly estavam ao meu lado.

— Vocês estão sentindo isso? — sussurrei. — Estão ouvindo a canção?

Bhegad estava parado à porta, nos observando de perto. Abaixo de nós, o esqueleto parecia brilhar. Alguns dos ossos estavam se dissolvendo, se soltando. Eles flutuavam e voltavam a ganhar forma em pleno ar. O pescoço estava encurtando, a cauda ficava mais longa, como se a criatura não tivesse se formado direito e estivesse se corrigindo. Outros ossos vinham voando de outros esqueletos e se encaixavam. O formato do monstro estava mudando, a boca ganhando fileiras de dentes afiados e as garras ficando mais pontiagudas.

Um manto branco começou a se formar, drenando lentamente a cor do ambiente até que um filme transparente de escamas de mosaico envolveu o monstro da cabeça aos pés.

Eu me senti preso ao chão. Não via mais nada além do pálido fantasma de um réptil gigante. E os olhos penetrantes e imóveis do professor Bhegad.

— Jack? — disse Aly. — Você está bem?

Por que ela não estava olhando para cima? Por que ninguém estava olhando para cima? Pisquei uma vez, e mais outra. Balancei a cabeça.

— Olhem! — eu disse. — *Abram os olhos!*

Como se em resposta, a criatura veio em minha direção.

16
O PRIMEIRO TRATAMENTO

É O MAIOR de todos. Ele quase engole toda a cadeia montanhosa; sai retalhando as árvores que encontra pela frente. As aves de rapina vermelhas — grifos — o cercam feito vespas, bombardeando-o com picadas e guinchando. Mas ele salta, apanha um dos grifos zombeteiros em pleno ar e quebra o pescoço do bicho. Eu me viro quando ele segura um leão-ave em suas garras, esperando que ele pare de se debater.

Não quero que ele me veja. Então continuo correndo. Até ouvir uma voz.

Eu conheço a voz. É do meu irmão.

Ele tem a minha idade, mas não somos nada parecidos. Estou com raiva dele, mas não sei por quê. Ele está me chamando para fugir com ele.

Uma bola de fogo despenca do céu e quase arranca minha cabeça. Acho que o plano do meu irmão está fadado ao fracasso. Mas vejo uma forma de escapar: uma trilha seca pela floresta que vai dar nas montanhas. Aponto o caminho e o chamo. O nome dele sai da minha boca, mas não consigo ouvir.

E agora não o vejo mais. Onde ele está? Ouço sua voz atrás de mim. Depois à minha esquerda. À direita. Acima de mim. Eu me viro sem parar, sem saber o que fazer, confuso.

E vejo aquela enorme criatura pairando sobre mim, com a cabeça da ave-leão entre os dentes.

Está vindo atrás de mim.

— Não! — É a primeira palavra que ouço sair da minha boca.

O monstro ri com sangue pingando das mandíbulas.

— Ja-a-a-ck... — diz ele.

— Nã-ã-ã-ã-o!

— Jack. — uma voz soou em meio à escuridão. — Você está acordado, Jack. Você está saudável e vivo, e está no mundo real! Bem-vindo de volta.

Meus olhos se abriram. Vi gráficos, monitores LCD bipando e tubos intravenosos. Por um instante, cheguei a pensar que estava outra vez em Belleville, e que toda essa aventura não passara de um sonho terrível.

Mas a voz pertencia ao professor Bhegad, e ele estava usando jaleco branco. O médico grisalho do submarino, dr. Bradley, estava ajustando meus tubos.

— O que aconteceu? — perguntei.

— Você recebeu seu primeiro tratamento — respondeu Bradley. — Ainda não estava programado, mas você desmaiou no edifício Morada de Venders.

— Você estava tendo visões — disse Bhegad. — O sincronismo dos primeiros sintomas é imprevisível, razão pela qual tínhamos monitorando você atentamente desde a sua chegada.

— Agora que você me diz! — eu disse.

Bhegad sorriu.

— O pior já passou, Jack. Depois dessa sessão, podemos programar os outros tratamentos com exatidão quase de minutos. Daqui por diante, você vai receber tratamento antes que qualquer coisa ruim possa lhe acontecer. Você vai receber um quadro de horários.

— Sorte minha. — Eu me sentei, me sentindo fraco. Pensei no museu. — Eu... senti uma coisa lá. Naquele edifício...

— Sim — disse Bhegad. — Os outros também sentiram. Um pouco menos, mas isso deve ser porque já estão aqui há mais tempo. Para os Escolhidos, relíquias físicas do mundo antigo parecem funcionar como condutores para o passado. Como se o passado e o presente se juntassem.

— Eu vi a criatura se mexer — eu disse.

Bhegad inclinou a cabeça para o lado.

— Os outros não viram isso. O que viram foi você gritando e caindo no chão. Estão preocupados com você.

— Por que eles não viram? — questionei.

— Eu... eu não sei — respondeu Bhegad.

— Também ouvi uma canção — eu disse. — Não era bem uma música, parecia mais... um chamado. Vindo de uma das salas.

— A Coleção Venders? — disse Bhegad. — Logo acima de onde eu estava... uma das salas que dá para o balcão?

— Isso — eu disse.

— Fascinante — murmurou Bhegad. — É onde guardamos a maioria das relíquias peculiares oriundas das escavações arqueológicas do dr. Venders. Acreditamos que só ele sabia onde se encontrava o coração de Atlântida. O local onde os sete Loculi devem ser reunidos para recuperar o poder do continente perdido. Mas os estudos dele jamais foram concluídos. Depois da morte de seu filho, aos catorze anos, ele se deixou tomar pelo luto e começou a tentar destruir tudo o que descobrira. Morreu falido e perturbado.

— Aos catorze anos? — eu disse. — Ele era...

— Sim, o jovem Burt Venders certamente era um Escolhido — disse Bhegad.

Eu me deitei de novo e fechei os olhos. Eu ainda podia ouvir, sentir, o que vinha da outra sala.

— Então... essa é uma das nossas tarefas, não é? Descobrir o lugar onde os Loculi foram reunidos. O que ninguém conseguiu fazer em séculos.

— Permita-se uma noite de sono e um bom banho — disse o professor suavemente. — O dia foi longo.

Passei o resto da noite no hospital.

Bem acordado.

17
HERMAN E BURT VENDERS

— É OBSIDIANA — disse Cass, olhando para a pedra irregular que segurava contra a luz que penetrava pelas janelas empoeiradas da sala da Coleção Venders.

Marco deu de ombros.

— Para mim parece muito obediente.

— É obsidiana, não obstinada, toupeira — disse Aly.

— Ui, ui! — provocou Marco.

Eu me senti como se estivesse flutuando. A Coleção Venders tinha vida para mim, e eu não conseguia entender isso. Bem no meio da sala havia uma sólida mesa de carvalho com caixas de vidro muito bem organizadas e cheias de artefatos. As paredes de madeira escura eram revestidas por armários, quase explodindo de tão cheios. Para onde quer que eu olhasse, só via ossos e cacos de louças, restos de roupas, trabalhos artísticos. Todos pareciam de certa forma me chamar, abarrotando meu cérebro. Cada um tinha seu próprio *déjà-vu*.

Eu me sentia mais forte agora. Bhegad insistia que era por causa do tratamento. Os demais chegaram à mesma conclusão. Mas parte de mim não acreditava nisso. Sim, Aly desmaiara e eu fiquei meio enfeitiçado. Sim, fomos ambos removidos para locais fechados. Mas talvez tivéssemos nos recuperado de qualquer forma. Talvez os "tratamentos" não fossem nada além de nos manter isolados até estarmos bem.

Tudo para tornar a história deles mais convincente.

Peguei a pedra que Cass estava segurando. Era do tamanho da palma da mão e tinha um estranho formato geométrico, parecia ter sido talhada.

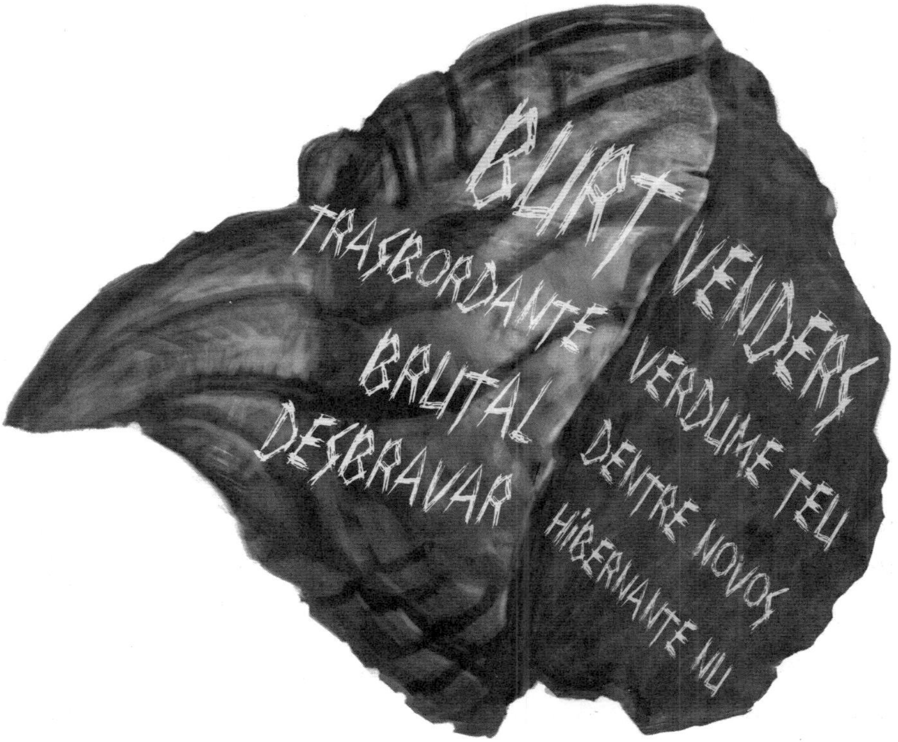

— Que estranho — disse Aly.

— Que tosco — comentou Marco.

— Esta pedra foi encontrada com Herman Venders quando ele morreu — disse Bhegad. — Ele passou dias desaparecido, tentando decifrar a morte do filho, Burt. Ao ressurgir, Venders parecia atordoado, ficava balbuciando consigo mesmo. Alegava ter visto o centro de Atlântida. Os acadêmicos tentaram levá-lo a sério. Tentaram ajudá-lo a recobrar a saúde, ao mesmo tempo em que procuravam extrair mais detalhes. Mas ele mergulhou num silêncio confuso e ficava olhando desoladamente para esta pedra.

Acima da cabeça de Bhegad, vi um retrato de Herman e Burt Venders. O pai tinha barba grisalha aparada, bigode enorme e encerado e parecia sério. Ele estava sentado, aprumado, com um elegante paletó escuro. O filho parecia elétrico e travesso, como se estivesse morrendo de vontade de contar uma piada ao fotógrafo.

Como se estivesse morrendo de vontade de me contar alguma coisa.

O quê?

É impressionante como um bom fotógrafo pode dar vida a uma pessoa. Tive de desviar o olhar.

— Alguém achou o lugar do qual Venders falava? — perguntou Marco.

Bhegad balançou a cabeça.

— Infelizmente, não. Nós acreditamos que exista, ou tenha existido. Nossa transcrição faz menção a uma profunda fissura no centro de um vale. A fonte do poder extraordinário do continente. Uma conexão com o espírito da terra. Antes da criação dos Loculi, gerações de reis e rainhas de Atlântida fizeram peregrinações até lá em busca de paz, sabedoria e discernimento.

— Tive uma nova versão do sonho... do nosso sonho — eu disse. — Eu estava lá de novo, na destruição de Atlântida. Mas eu tinha um irmão. Ele estava me chamando. Alguém teve esse sonho?

Cass, Aly e Marco fizeram que não com a cabeça.

— Era Karai ou Massarym? — perguntou Bhegad, os olhos atentos por trás dos óculos. — Qual deles era você?

— Não sei — eu disse. — Não lembro.

— Você precisa começar a anotar essas coisas. — Ele respirou fundo, franzindo muito o cenho. — Quanto à fonte da grande fissura, não há nenhuma nessa ilha que seja do nosso conhecimento. Sabemos que houve um severo cataclismo geológico quando a ilha afundou, o que pode ter alterado a paisagem consideravelmente. Alguns acadêmicos acham que a misteriosa pedra de Venders pode ser uma espécie de chave. Mas é provável que seja um devaneio de um pai enlutado.

Suspirei e pus a pedra de novo na mesa de carvalho.

Assim que a soltei, quase dei um pulo. Aquela estranha sensação ficou ainda mais forte. Parecia um leve choque elétrico.

Veja mais de perto.

Engoli em seco. Eu não sabia de onde tinha vindo aquela sugestão.

— Hum, professor Bhegad? — eu disse, colocando a mão na pedra. — Posso levar a pedra para o dormitório, para examiná-la melhor?

Ele olhou para mim com curiosidade.

— É claro. Você não vai a parte alguma fora do meu escopo por um longo, longo tempo.

Fiquei arrepiado ao ouvir isso.

Enfiei a pedra no bolso e ela estava quente.

— Odeio a forma como ele se refere a Venders — eu disse, levantando a pedra para perto do grande lustre em forma de medusa na sala de jantar.

— Odeio a forma como ele fala sobre tudo — disse Marco. — O que é um escopo?

Estávamos à mesa de jantar, uma mesa de canto. Onde, de acordo com Aly, os microfones do lustre não alcançavam nossa voz. A grande mesa do meu jantar de boas-vindas na verdade eram várias mesas juntas. Agora elas estavam espalhadas pelo salão, e as pessoas conversavam, agitadas, em meio a papéis, laptops, tablets e todo tipo de dispositivo portátil.

— *Devaneio de um pai enlutado* — disse Cass, imitando a voz de Bhegad. — Até parece que ele sabe o que é perder alguém.

Aly deu de ombros.

— Ele deve saber. É velho o bastante para já ter perdido os pais, ou pelo menos os avós.

— Ele é um sujeito frio! — gritou Marco. — E não estou nem aí se ele ouviu isso.

Eu estava olhando para a inscrição, reparando no formato das linhas.

— Pessoal — eu disse —, vocês acham que esse negócio é um tipo de código?

Aly olhou a pedra de perto.

— A escolha das palavras é estranha. Mas pode ser só uma poesia antiga.

Ficamos todos olhando para ela.

— Reparem no formato — eu disse. — As três linhas estão organizadas de um jeito estranho. Parece que estão em duas colunas, uma sob o nome Burt, outra sob o nome Venders.

Cass se aproximou.

— Ele meio que teve que escrever assim. A pedra é torta.

Eles começaram a mudar de assunto e a falar das façanhas de artes marciais do Marco, das melhorias promovidas pela Aly no sistema de segurança do Karai e do talento do Cass para recriar de cabeça um mapa topográfico do fundo do mar ao redor da ilha. Estavam todos psicologicamente preparados para voltar ao treinamento no dia seguinte.

A *geek* cinéfila, o sr. Memória e o Atleta do Século.

Ninguém estava levando minha ideia a sério.

Eu me sentia como Herman Venders. Morto. E nada ansioso pelo amanhecer.

18
OS QUE NÃO FAZEM PARTE

ÀS SEIS HORAS da manhã, meu despertador tocou fazendo um estrondo demoníaco. O que era o barulho mínimo necessário para eu acordar.

Ao me levantar da cama, desamarrei uma corda de um gancho que parafusara na parede. A corda era parte do monte de tralhas que eu tinha pegado na garagem. A outra ponta estava presa a um cabide de madeira por meio de uma pequena polia enganchada no teto. E no cabide estava a minha camisa. Então a camisa se precipitou até a ponta da corda de modo a roçar o lençol na minha cama.

Nada mau.

Tirei a parte de cima do pijama e enfiei os braços nas mangas da camisa, tirando-a do cabide. Então deslizei até o pé da cama, onde minha calça jeans aguardava. As pernas estavam abertas por prendedores de roupa presos a duas cordas penduradas no teto por ganchos. Eu havia prendido as meias às barras da calça com clipes e, logo abaixo delas, posicionara meus tênis abertos. Acesso superfácil a tudo.

Calça... meias... tênis.

Tirei os clipes das meias, amarrei os tênis e conferi as horas no relógio de pulso.

— Dezesseis segundos — murmurei. Ainda tinha de melhorar.

Eu não estava ansioso por mais um dia de Encontre o Talento de Jack.

Hoje eu ajudaria Brutus, o chefe da cozinha, a preparar o café da manhã. E eu tinha de chegar na hora.

Saí correndo pelo complexo de edifícios em direção ao Comestíbulo. Passei pelo ginásio, um reluzente edifício de vidro de dois andares com pista de corrida, piscina olímpica, quadras de basquete, salas de musculação e de artes marciais. Através de uma das janelas, pude ver Marco com roupa e utensílios de escalada, subindo uma parede rochosa. Ele não parecia estar fazendo o mínimo esforço. Eu gostava dele e o odiava ao mesmo tempo.

Desviei em direção ao Comestíbulo octogonal e entrei na cozinha. Era enorme, com as paredes cheias de prateleiras brancas gemendo com o peso dos sacos de farinha e açúcar, as latas de óleo e vinagre. Portas pesadas ao fundo davam para os refrigeradores e frigoríficos, que expeliam um jato de ar gelado toda vez que a porta era aberta. Os funcionários da cozinha estavam preparando omeletes e tigelas com frutas em ritmo alucinante.

Brutus chegou atrasado, ofegante e corado. Ele tinha uma cara redonda e pegajosa e uma barriga impressionante. Olhou feio para mim, como se estivesse atrasado por minha culpa.

— Faça os biscoitos — disse ele, indicando uma mesa comprida repleta de ingredientes. — Duzentos. Todos os ingredientes estão na mesa.

Duzentos biscoitos? Eu nem sequer sabia fazer um só.

— Tem receita? — perguntei.

— É só deixar de fora os ingredientes que não fazem parte do biscoito! — respondeu Brutus, irritado.

Engoli em seco. Peguei uma assadeira. E rezei.

— Consigo falar de novo. O dentista descolou meus dentes! — disse Marco, invadindo o dormitório depois do café da manhã.

Desabei na cama, numa nuvem de farinha de trigo. Eu estava tentando desesperadamente eliminar pela descarga do banheiro da minha mente a tentativa matinal de fazer biscoitos.

Exceto por uma coisa. Um comentário do Brutus...

— Acho que a combinação de canela, menta e cogumelo ficou... diferente — disse Aly, animada, me acompanhando para dentro do quarto.

— Estava com gosto de pasta de dente! — disse Cass. — Mas eu adoro o gosto de pasta de dente.

Eu ignorei todos eles e me abaixei para abrir a gaveta da escrivaninha e pegar a pedra de Venders. Os três estavam reparando na série de cordas penduradas no teto do meu quarto.

— Você está preparando um show de marionetes? — perguntou Cass.

É só deixar de fora os que não fazem parte..., dissera Brutus.

Ergui a pedra.

— E se for para deixar algumas letras de fora? — perguntei.

— Hein? — Cass disse.

— E se for um código, mas não do tipo em que se substitui a letra? — insisti. — E se for para tirar letras?

Olhamos mais uma vez para a pedra.

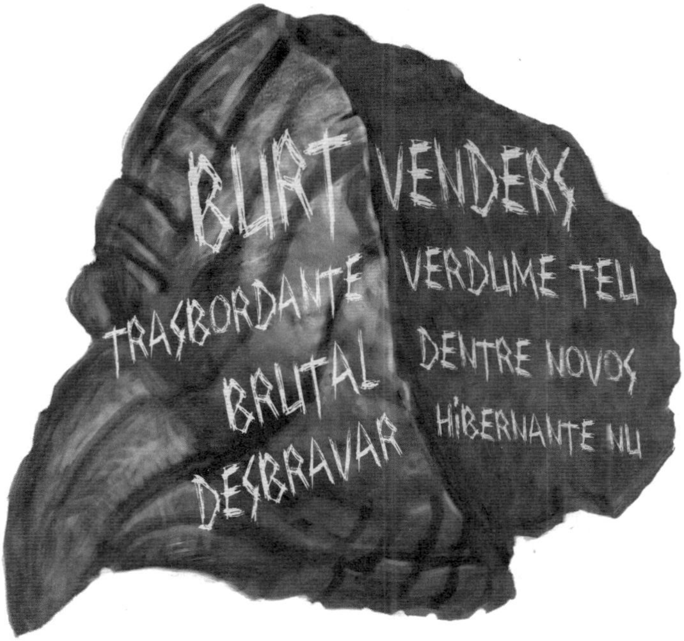

Eu estava vendo coisas nas palavras, letras repetidas. E tive uma ideia do que fazer com elas.

— Bhegad disse que esta pode ser a chave para o centro de Atlântida, seja lá o que isso significa — eu disse. — Então, talvez Venders tenha chegado ao centro. Imaginem-se no lugar dele. Imaginem encontrar aquilo que procuram, a descoberta da sua vida. E aí vocês pensam: *E daí? É só um buraco no chão*. O filho dele, Burt, tinha morrido! Imaginem como se sentiriam.

Marco balançou a cabeça.

— Eu teria jogado a chave fora.

— Parte dele queria voltar anunciando: "Ei, encontrei o centro" — eu disse. — Mas aí todo mundo ia sair correndo atrás dele. Seria um desrespeito à memória de Burt. Então ele não fez isso. Mesmo assim, Venders era profissional, um dos melhores do ramo. Certamente sentia que devia satisfações aos acadêmicos do Karai. Então ele dificultou um pouquinho as coisas. Ele gerou um atraso, uma barreira para impedir que as pessoas corressem para encontrar a fissura.

Marco estava olhando para mim de um jeito estranho.

— O que fez você pensar nisso tudo? Parece que você está lendo a mente do cara.

Dei de ombros. Eu não sabia. A sensação estava me pegando de surpresa.

— Isso foi antes da descoberta do G7M, antes dos tratamentos — eu disse. — Venders deve ter sentido que uma parte de si foi arrancada. Então talvez quisesse que o nome *Burt Venders* fosse arrancado das palavras na pedra, da mesma forma que o filho lhe foi tirado.

— Vamos tentar — disse Cass.

Comecei a escrever as palavras numa folha de papel.

— Cass, você disse alguma coisa sobre o formato das linhas. Parecem estar em duas colunas. E, no topo, as duas palavras que formam o nome do filho.

— E se tirarmos "Burt Venders" de cada linha? — perguntou Cass.

Exatamente.

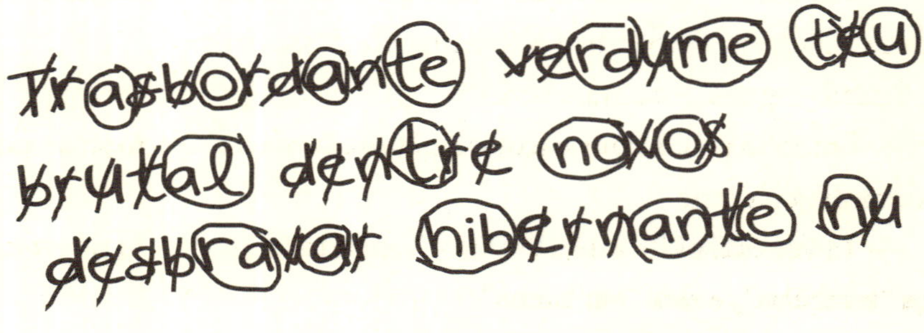

Então escrevi as letras que sobraram:

AOATERD ME TU
ALT NOO
RAA HIBANEN

— Parece grego pra mim — disse Marco. — Talvez sueco.

Soltei o ar dos pulmões, desanimado. Estava prestes a amassar o papel e jogá-lo fora quando olhei com mais atenção para aquelas linhas. Pareciam letras embaralhadas.

— Acho que precisamos apenas ordenar as letras do jeito certo — eu disse.

Alisei o papel e comecei a escrever cuidadosamente.

OUTRA METADE
NO ALTO
NA BANHEIRA

— No alto! — gritou Aly. — Isso pode se referir ao monte Ônix! Talvez ali a gente encontre a outra metade dessa pedra.

Marco ergueu as sobrancelhas.

— Então só precisamos encontrar... uma *banheira*? No topo de uma montanha colossal?

— Talvez essa parte esteja errada — sugeriu Cass. — Ou talvez não seja "banheira", e sim "bar hiena".

— Que coisa esquisita — disse Marco.

— Amanhã — eu disse, dobrando o papel e colocando-o no bolso — vamos descobrir.

19
O MONTE ÔNIX

— QUE ESPETÁCULO, Jack! — disse Bhegad, olhando para a minha análise da pedra. Conseguimos encontrá-lo caminhando pelo gramado em direção ao Comestíbulo para um café da manhã tardio. Mesmo de manhã, as baixas nuvens pareciam aprisionar o calor. — Muito impressionante. Obrigado pela dica. Vou mandar Torquin mobilizar uma equipe de busca imediatamente. Venha. Vamos discutir a agenda de treinamentos do dia enquanto comemos alguns dos seus biscoitos, sim?

Agenda de treinamentos? Com a sorte que eu tinha, hoje eles testariam minhas habilidades em limpar os encanamentos do Karai. Eu estava esperando que Bhegad tivesse uma reação diferente.

— Eu estava pensando que *nós* podíamos ir até lá — eu disse.

Bhegad pareceu alarmado.

— Você quer fazer uma caminhada na floresta num dia quente como este? Para encontrar uma pedra?

— Na verdade, dar uma boa nadada na piscina com os treinadores do Karai seria ótimo — disse Marco.

Eu dei um chute nele.

— Fomos nós quem deciframos a charada, professor Bhegad — eu disse. — Não é direito nosso encontrar a outra metade da pedra?

— É exatamente o que eu penso — disse Aly.

— É meio alto lá em cima... — disse Cass, hesitante.

Bhegad se virou e encarou a distante montanha negra.

— O monte Ônix parece assustador, mas na verdade não é tão difícil assim usar as trilhas abertas por nossos exploradores. Torquin, naturalmente, as conhece bem.

— A outra metade da pedra pode dar alguma pista sobre o grande segredo que estamos procurando! — eu disse. — Não é para isso que estamos aqui?

Sem alterar o passo, Bhegad tirou do bolso um *walkie-talkie*.

— Alô, Torquin. Mudança na agenda de hoje. Você vai levar as crianças ao topo do monte Ônix... Ah, meu caro, era seu dia de folga? Bem, depois o compensaremos... É mesmo? Bem, você sabe o que eu digo nesses casos. Encontro você no café da manhã!

— O que foi que ele disse? — perguntei enquanto ele desligava.

— Nem morto. — Bhegad enxugou a testa com um lenço. — Já vislumbro que essa será uma experiência inspiradora.

Só meus tênis de caminhada já pareciam pesar uns vinte quilos. A caminhada no solo rochoso me doía os pés. Sentia dores nas costas por causa da mochila, carregada com água, uma muda de roupa, cordas, saquinhos com misturas de frutas secas e castanhas variadas, uma lanterna, inseticida e protetor solar.

E nós não havíamos sequer chegado à montanha.

As nuvens pairavam sobre nós como um teto imundo. O ar estava estagnado, quente e pegajoso. Torquin nos conduzia pela mata em um caminho tortuoso, seus pés descalços amassando a flora. Ele levava nas mãos um facão que preguiçosamente balançava de um lado para outro.

Eu seguia logo atrás de Marco. Ele também estava carregando um facão, mas preferia mantê-lo preso ao cinto. Ele estava ouvindo música pelos fones de ouvido e assoviando fora do tom. Sua mochila era do tamanho de uma pequena barraca. Ela rangia e estalava a cada passo que ele dava.

— O que tem aí dentro? — gritei.

Marco tirou um dos fones do ouvido e virou o pescoço.

— Pedras. Pesos. Percebi que podia aproveitar a situação para malhar.

Eu sabia que não devia ter perguntado.

— Já estou começando a ficar com bolhas nos pés — disse Aly, vindo atrás de mim com Cass.

— *Adoro* bolhas — disse Marco. — São divertidas de estourar.

— Essa imagem acabou de arruinar meu bom humor — disse Cass.

Foi a primeira coisa que Cass disse desde que tínhamos começado a caminhar.

— Como você está? — perguntei.

— Bem, é só não pensar na altura. — Ele olhou para a coluna negra logo acima, que parecia brotar do topo da montanha e desaparecer nas nuvens. — Aquele negócio no topo é como o pé de feijão do "João e o pé de feijão". Co-como se ele tivesse crescido por cem anos e depois se petrificado.

— EEEEEIIIIAAAA! — gritou Torquin. — Cuidado! Cobra venenosa!

Ele pulou para fora da trilha. Uma coisa azul e brilhante se arrastava pela grama na nossa direção.

Eu pulei para trás, bati numa árvore e caí. Berrando, Cass caiu num arbusto de frutas silvestres. Marco e Aly colidiram quando estavam recuando e acabaram desabando no chão.

A cobra passou por nós, sibilando ameaçadoramente, e então parou.

Da nossa esquerda veio o som da risada de Torquin.

— A pilha está acabando — disse ele.

Eu me levantei e me aproximei do réptil. Era feito de metal e todo segmentado. E estava completamente sem pilha.

— É um brinquedo — eu disse.

— *O quê?* — gritou Marco.

— A mochila do Marco quase me esmagou! — disse Aly.

— Quero voltar — disse Cass.

Torquin estava sentado no chão, com as mãos na barriga e tremendo de tanto rir.

Voltei para a trilha e, sem querer querendo, esmaguei o brinquedo de Torquin.

— O Robert era um velho amigo — resmungou Torquin conforme começávamos a subir a montanha pela lateral.

— Robert? — perguntou Marco.

— A cobra — grunhiu Torquin.

— Está dizendo que o nome da sua cobra de brinquedo era Robert? — perguntou Aly.

— O que você espera de um cara chamado Torquin? — observou Cass.

— Você vai pagar por isso — disse Torquin.

— Desculpe — menti. — Eu não vi. — Eu me senti um pouco culpado. Mas não muito. A escalada era séria demais para pegadinhas idiotas.

Após uma hora de imundice, o caminho se tornou rochoso. Nós nos arrastamos sobre pedras, enxotando moscas. Torquin logo tomou a dianteira, mas ninguém se importou. Com uma bolinha de chiclete, Marco colara nas costas de Torquin uma folha de papel na qual estava escrito "CAI FORA". As moscas não sabiam ler, mas aquilo nos fez sorrir.

— El Torko! Você é rápido demais para nós, humanos! — gritou Marco.

— Observem! Aprendam! — gritou Torquin, olhando para trás.

Quando Torquin pegou velocidade, Marco parou. Ele nos deteve e pediu silêncio, e ficamos esperando Torquin sumir de vista.

Com um sorriso travesso, Marco voltou-se para Cass.

— Você conhece bem essa trilha?

Cass fez que sim com a cabeça.

— Já estamos a seiscentos e vinte e um metros de altitude. A trilha sobe aqui e continua dando a volta até circunavegarmos a circunferência três vezes antes do nosso último...

— Me diz uma coisa, Google Maps — interrompeu Marco. — Existe algum atalho para o topo, tipo, direto para aquelas rochas?

Os olhos de Cass subiram em direção ao rochedo quase vertical. Seu rosto adquiriu um tom esverdeado e ele logo desviou o olhar.

— Sim, claro, mas se seguirmos por este caminho vamos dar a volta pelo outro lado do rochedo. A subida é mais tranquila.

— Mais tranquila e mais longa — disse Marco.

— Exato — concordou Cass.

— E é por onde o Chefe Pé de Turbo está indo — disse Marco.

— Torquin? É, provavelmente — respondeu Cass.

— Então vamos pegar o atalho — disse Marco. — Nós chegaremos ao topo antes daquele sapo gordo. Ele vai chegar com a língua de fora como se fosse um tipo de super-herói por chegar antes de nós. Imaginem a cara dele quando nos encontrar, lá-lá-lá, conferindo a hora no relógio.

Eu ri.

— Vai ser bem-feito.

— Não sei, não — disse Aly.

— Vocês são doidos — disse Cass, espiando a ladeira íngreme.

A voz de Torquin surgiu feito trovão do alto de uma rocha.

— Neném quer nanar? O Cass quer a mamãe, o papai?

Ele deu uma risada de desprezo e continuou escalando.

— Odeio esse cara — disse Aly.

O Cass estava ficando com o rosto muito vermelho. Os olhos dele faiscavam de raiva.

— Na verdade, a trilha fica poucos metros atrás de nós. Viramos à esquerda e subimos direto para a base da pedra preta.

— Bingo — disse Marco. — Você vai na frente.

Nós seguimos Cass, voltando pela trilha, e encontramos uma passagem — um começo de trilha que dava para uma subida muito íngreme. Marco foi na frente, escalando com as mãos e com os pés, se agarrando a galhos de plantas e a enormes rochedos. Ele tirou uma corda da mochila e a soltou para nos ajudar. Seguimos adiante dessa mesma maneira, cada um por si até não aguentar mais e pedir ajuda ao Marco para nos puxar pelas partes mais difíceis.

Estávamos progredindo rapidamente. Depois de cerca de meia hora, alcançamos uma grande saliência de pedra e descansamos.

— É isso aí — disse Marco. — A base do rochedo. Bom trabalho, galera.

Cass, Aly e eu desabamos de costas, arfando. Daquele ponto dava para ter uma vista panorâmica da ilha e do complexo de edifícios do IK. O prédio do ginásio brilhava como um bloco de gelo, cinza chumbo sob os raios de sol entre nuvens, e as pessoas cruzando o campo pareciam insetos organizados. Uma baforada de fumaça saiu de uma chaminé atrás da cozinha.

Acima de nós, o rochedo negro se esticava quase até o topo do monte Ônix. Era quase da altura de um edifício de vinte andares.

— Cara, estamos perto — eu disse. — Se fôssemos o Homem-Aranha, BAM! Estaríamos lá em segundos.

Cass engoliu em seco. Ficou com a cara branca feito papel, e notei que ele estava se esforçando para não olhar para baixo.

— Daqui — ele disse, indicando um segmento mais à frente onde um caminho se desviava do rochedo — pegamos esse caminho para sair desse veio e dar a volta na montanha outra vez, onde nos conectamos com a via principal...

Mas Marco já estava tirando um monte de cordas, grampos, picaretas e sapatos da mochila.

— Que diabo é isso tudo? — perguntou Aly.

— Cadeirinhas de escalada... pitons... âncoras... — disse Marco.

— Ué, você não disse que estava levando pedras e tijolos na mochila? — perguntou Cass.

— Eu menti — disse Marco, sacudindo os ombros. — Ei, quero fazer isso desde que cheguei aqui.

— Não vou subir aí! — eu disse. — É quase vertical.

— Eu concordo — disse Aly, virando o rosto para o outro lado. — Isto aqui não é o filme *Escalado para morrer*. Mandou mal, Marco. Mandou muito mal.

Cass tremia.

— A Aly e o Ja-Ja-Jack e eu... vamos ficar aqui de vigias! Pelo menos eu vou ficar.

— Esse tipo de escalada não dá certo se uma pessoa dá para trás — disse Marco. — É totalmente seguro, e o equipamento é de primeiríssima qualidade, saiu direto do ginásio do IK. — Um sorriso se insinuou em seu rosto. — Então tratem de colocar a cadeirinha e os sapatos. Inclusive você, irmão Cass. Porque, se não vier, vou carregar você. E não vai ser mole para nenhum de nós dois.

20
MANDA VER!

A CARA DE Cass ficou branca feito papel quando Marco lhe jogou um embrulho com o equipamento.

— Coragem, galera! Não tema, com Marco não há problema. Vamos usar um sistema chamado *belay*.

— Ba-ba-balé? — Cass guinchou e se voltou para nós. — Vamos escalar dançando?

— *Belay*. — Marco atirou um pacote para cada um. — Já fiz isso umas cem vezes. Basta imitar o que eu fizer.

Por essa eu não esperava. Torci para que não passasse de uma pegadinha.

Ficamos ali parados, estupefatos, até que ele nos fuzilou com um olhar do tipo "vocês não têm escolha". Ele cuidadosamente pôs o capacete, a cadeirinha e atou um cinto adornado que abarcava a cintura e as coxas. Ali havia um arsenal de grampos. Ele parecia um apresentador do *Nature Channel*.

— Vamos fazer isso em duplas — disse ele, enquanto começamos a colocar nossos equipamentos —, o escalador e o assegurador. Ambos presos à corda. O primeiro escalador é o líder. O assegurador fica embaixo, fornecendo o tanto de corda necessária ao escalador-líder. A corda passa através desses fechos maneiros em nossos cintos. Então, se o escalador escorregar... *shhhk!*... o fecho do assegurador trava bem forte. A corda fica esticada e o escalador não cai. Quando o líder chegar ao topo, ele puxa todo mundo para cima. Entenderam?

— Não — disse Aly.

— Nem agora nem nunca — disse Cass.

— Observem. — Marco ergueu um cabo cheio de ganchos, faixas e dispositivos em forma de olho. Ele rapidamente trocou os tênis por levíssimas sapatilhas de escalada. — As solas são superaderentes — explicou. — Trouxe pares do tamanho de cada um de nós. Viram como sou esperto?

— Superaderente? — murmurou Cass. — Parece o nome do pior super-herói de todos os tempos.

Marco esticou o braço e segurou firme em um vão na rocha. Mantendo o tronco perto da pedra, ele enfiou o pé numa pequena cavidade e começou a subir: mão, pé, mão, pé. Após alguns passos, largou a rocha e pulou no chão.

— Viram? A gravidade é nossa amiga. Enquanto houver a mínima inclinação, dá para fazer isso sem problemas. Cada vez que o escalador-líder vê um bom lugar, seja uma fissura, um espaço entre pedras, ou o que quer que seja, ele fixa a âncora acionada por mola. Tipo assim.

Ele encaixou uma pequena âncora de metal numa fenda, prendeu nela um pequeno laço de corda e puxou para ter certeza de que estava firme. Então ele usou algo que reconheci: um daqueles anéis de alumínio em forma de pera, como aqueles que se colocam na mochila para prender coisas.

— Isto é um mosquetão — disse ele. — Dentro dele a gente prende o laço *e* a corda. Desse modo a corda fica presa à âncora, mas mantendo o movimento livre para cima e para baixo. Mais seguro do que subir um lance de escadas! Bom, precisamos de um escalador-líder e de um assegurador. Algum voluntário?

— Vou observar — disse Aly. — Por enquanto.

Cass abriu a boca, mas não saiu som nenhum.

Pensei em ir de assegurador e deixar Marco como líder. Mas dei uma olhada no Cass e na Aly e tive um súbito temor: sem Marco para mantê-los na linha, e só comigo na base, eles podiam se recusar a subir. E então eu teria de subir sozinho.

Eu detestava não confiar neles. Mas odiava mais ainda a ideia de ficar por último.

— Eu vou — desembuchei de uma vez. — Eu escalo primeiro.

Cass e Aly ficaram olhando para mim como se eu tivesse perdido o juízo.

— Uhu, palmas para Jack McKinleeey! — gritou Marco. Ele tirou o facão do cinto e me entregou. — Fique com isto.

— Por quê? — perguntei.

— Só pra garantir — respondeu ele. — Nunca se sabe o que vamos encontrar lá em cima.

Otário. Idiota. Panaca.

É difícil calçar sapatilhas de escalada quando nosso cérebro está gritando com a gente. Mas eu não tinha escolha. Nada de recuar nem de pedir arrego. Marco estava atando a cadeirinha de escalada. Cass e Aly pareciam planejar telepaticamente meu funeral.

— Certo, vou deixar uma folga de corda enquanto você sobe, mas não muita, porque se você cair não vai parar longe — disse Marco. — Quando eu estiver pronto, vou gritar "Manda ver!", aí você responde com "Pronto para subir", e eu digo "Vamos nessa". Se precisar de mais corda, grita "Folga". Se quiser que eu aperte mais, grita "Corda". Copiou? — Ele se voltou para Cass. — E quando for sua vez, nada de truques. Não diga *adroc*.

— Isso nem me passou pela cabeça — respondeu Cass.

Eu concordei com a cabeça, entorpecido. Olhei para cima e vi uma única fenda. A que Marco já tinha usado. O restante da rocha parecia ter sido polido com uma lixadeira.

— Manda ver — disse Marco. — Agora você diz "Pronto para subir".

— Pronto para subir — grunhi.

Marco pôs a mão no meu ombro.

— Vamos nessa, irmão Jack.

— Pare de me chamar assim — devolvi. — Eu me sinto um monge. — Agarrei o apoio e dei impulso para cima. Hesitante, tentei enfiar o pé na rocha.

Segurei outro apoio, tamborilando os dedos desesperadamente na rocha.

— Você não precisa de muita coisa, parceiro! — gritou Marco. — Só um pequeno recuo. Ancore com os dedos e pegue impulso com os pés. E mantenha o corpo junto à rocha.

Marco tinha razão. As sapatilhas fizeram diferença. O ângulo também. Minha cabeça estava uns quinze centímetros à frente dos meus pés. Isso me dava mais equilíbrio do que eu imaginava. Eu estava conseguindo enfiar os dedos das mãos e dos pés nas menores fissuras.

Empurra, sobe. Empurra, sobe. Eu estava escalando!

— Arrume uma âncora! — gritou Marco.

Encontrei uma fenda profunda que não era visível lá de baixo. Perfeito.

— Corda! — gritei.

Marco apertou a corda. Eu encaixei a âncora na fenda, prendi o mosquetão e enfiei a corda nele.

— Folga! — pedi.

Agora eu estava ganhando velocidade. E autoconfiança. Avistei uma torre abandonada no topo. Deixei cair duas âncoras na pressa de prendê-las na rocha. Eu estava ficando negligente. Marco gritava comigo lá de baixo.

Logo eu estava engolindo suor. Arfando. Sentindo-me tonto.

— Vai devagar! — ouvi Marco gritar.

Eu me forcei a parar. Recuperando o fôlego, olhei para baixo.

Grande erro.

Marco era um ponto perto de duas partículas. Meu coração batia tão forte que dava para ver o movimento debaixo da minha camisa ensopada de suor.

Vai. Sobe lá agora!

Peguei impulso e subi. Meu pé escorregou, mas eu me segurei. A cada passo para cima que eu dava, sentia uma pontada nas coxas. Os músculos do meu braço estavam doendo. O vento vinha do topo da montanha direto sobre mim, batendo nas minhas orelhas. Eu podia ouvir vozes abaixo, mas não entendia o que diziam. Só sabia que o alto da montanha estava logo acima. O pico.

Com um grunhido final, encaixei as mãos no topo. A pele dos meus dedos estava esfolada. Dei o impulso mais forte que consegui com as pernas. Apoiei um cotovelo por vez no topo.

Bem na minha frente estava a velha torre.

— Eu... eu consegui... — arfei. — *Eu consegui!*

Lentamente ergui o rosto para olhar o veio de rocha. E dei de cara com olhos injetados e presas brancas e reluzentes.

21
A BANHEIRA

MEUS DEDOS SE soltaram.

Recuando, gritei. O pico deu lugar a um borrão de rocha. Bati os braços, tentando me agarrar a alguma coisa, qualquer coisa. O peso da mochila me puxou para trás. A torre deu lugar a um cobertor de céu azul.

Então de repente eu parei. Suspenso no ar. Como se um pulso gigante tivesse me alcançado e me agarrado. Meu campo de visão ficou todo branco. Meu tronco foi puxado para cima.

Em seguida comecei a me mover para o lado, em direção à rocha. Segui a corda com os olhos. Eu estava balançando a partir da âncora que acabara de enfiar na fenda mais alta. Usei os braços para me proteger.

Bati na pedra na máxima velocidade.

— *Segura!* — A voz de Marco flutuava de baixo para cima. — *Agarra a pedra!*

Minha mão estava sangrando. Eu me agarrei a uma fenda, mas meus dedos deslizaram. A corda sacudiu e desceu mais. Escutei um rangido pavoroso quando ela puxou a âncora.

Todo o meu peso estava sendo sustentado por um pequeno grampo de alumínio e pelas mãos de Marco. Se um dos dois cedesse, seria o meu fim.

Esfreguei a mão na calça jeans e tentei de novo.

Pronto. Dedos no buraco, dois pés plantados.

— De...! — gritei, e minha voz saiu grossa e seca. Engoli em seco e tentei de novo. — Descendo!

— Sobe! — respondeu Marco.

Ele não tinha me ouvido direito.

— Eu não disse "subindo", disse "descendo"! Tem um bicho lá em cima.

— Que tipo de bicho? — gritou Marco.

— Faminto! — respondi. — Olhos vermelhos. Feio. Mau. *Desse* tipo. Podemos discutir isso quando eu chegar ao chão, por favor?

— Não! — disse Marco. — Você tem que voltar e espantar o bicho!

— *Você está maluco!* — eu disse.

— Jack, fica calmo. O bicho está com mais medo de você do que você dele — gritou Marco. — O Cass está dizendo que só pode ser um urso. Você assustou o bicho. Basta você não atacar os filhotes e vai ficar tudo bem. Ele até já deve ter ido embora!

— E se não tiver ido? — gritei.

— Você está com um facão, cara! — respondeu Marco. — Use o facão! Na pior das hipóteses, você se vira e faz rapel.

— O que é rapel?

Marco ficou em silêncio por um segundo.

— Ops. Acho que não falamos sobre isso. É como se desce.

Meu sangue pingava na rocha.

— Anda, me desce logo!

— Não temos corda suficiente — disse Marco. — Você vai cair no meio do caminho. E morrer. Sobe logo, cara. Vai com cuidado. Quando estiver em segurança, se desengancha e me dá um puxão.

— Morrer com a queda... Ser devorado por um bicho feroz da montanha... Me deixa pensar um pouquinho! — berrei.

Marco, Cass e Aly estavam minúsculos, mal dava para enxergá-los. Eu só conseguia ouvi-los por causa do vozeirão do Marco somado a algum artifício de acústica.

Eu me recusei a retornar ao Instituto Karai na forma de humano reduzido a massa indefinida. Respirei fundo e passei a mão no facão, ainda firme na minha lateral. Eu jamais havia caçado na vida, jamais lutara com animal nenhum. Mas sempre havia uma primeira vez.

Você não vai ficar com medo.

— Pronto para subir! — gritei para baixo.

— Vamos nessa!

O sangue nas minhas mãos estava começando a coagular. Minha barriga estava dolorida por causa da queda, e cada passo que eu dava era como um soco no tronco. Fiz esforço para parar de tremer enquanto fazia o caminho de volta até o topo.

Lentamente.

Logo abaixo do cume, eu parei. Se a *coisa* estivesse ali, veria meus dedos chegando ao topo. Então enfiei os dedos numa funda fissura logo abaixo da superfície. Mantive-os ali enquanto subia, encurvado. Nessa posição, ergui lentamente a cabeça sobre o cume.

Pude ver a base da torre preta abandonada. Uma longa e lisa plataforma de pedra comprida. Um conglomerado de árvores. Pedras. Nada mais. A fera misteriosa havia sumido.

— Olá! — gritei.

Segurando-me com a mão esquerda, peguei uma pedra solta com a mão direita e taquei nas árvores.

Nenhum movimento súbito, nenhum vulto sombrio partindo para o ataque.

Anda logo.

Eu dei um impulso e joguei as pernas para cima. Enquanto o vento percorria todo o meu corpo, minha respiração se transformou em arfadas ásperas e dolorosas. Franzindo os olhos para evitar o sol, eu me levantei com as pernas bambas e dei uns passos para frente. Se aquela coisa me surpreendesse, eu não queria cair de costas. Tirei o facão da cintura e murmurei:

— Experimenta só, otário...

A fera não estava em parte alguma. O topo da montanha era uma enorme superfície achatada que parecia se esticar por quase dois quilômetros. Eu esperava que o topo fosse árido, mas uma pequena parte era coberta por árvores, pinheiros na maioria, erguidos como tufos de cabelos, uns quinze metros à minha esquerda. Concluí que esse era o fim do caminho fácil até o cume — o lugar onde Torquin acabaria dando as caras.

O vento assobiava ao meu redor, chicoteado para cima pela mata abaixo. Daquela altura, a mata parecia um carpete sujo se estendendo até o complexo de edifícios, que agora parecia um vilarejo de brinquedo. O mar ao longe envolvia a ilha como um cachecol.

Senti um puxão na corda e me lembrei do que tinha de fazer. Prender a corda no mecanismo de travamento da *minha* cadeirinha. Puxar os outros para cima.

Pus o facão no chão com cuidado.

— Manda ver! — gritei o mais alto que pude.

Senti um puxão na corda, além de uma resposta quase inaudível. Um gritinho agudo e hesitante de medo.

Podia ser da Aly ou do Cass. Marco os estava fazendo ir na frente.

Para um atleta, até que ele era bem esperto.

— Não acredito nesse cara — disse Aly, com a voz abafada.

Ela, Cass e eu ficamos olhando para Marco montanha abaixo.

A subida da Aly foi mais tranquila que a minha — passados os primeiros minutos, ela ficou normal. Cass choramingou e reclamou durante toda a subida e deu umas boas escorregadas. Mas nós estávamos lá, nós três. E bem orgulhosos de nós mesmos.

Até Marco começar sua escalada.

— Lá vai o Homem-Aranha! — gritou ele, subindo numa velocidade animalesca. De alguma forma, ele estava conseguindo enrolar a corda na própria cadeirinha enquanto escalava. Eu nem estava fazendo nada com a corda para ajudar a puxá-lo.

E o pior era que ele estava assobiando. *Assobiando.*

Quando chegou ao topo, deu uma cambalhota dupla e parou de pé.

— Tá-dá!

— Eu. Não. Vi. Isso. — disse Cass.

— Aplausos de pé — eu disse, olhando cuidadosamente para os lados. — Agora vamos encontrar esse negócio e partir. E fiquem ligados na fera de focinho grande e dentes afiados.

— Parece que você está falando do vromaski — disse Aly.

— O vromaski é ficção — eu disse —, coisa dos nossos sonhos. Se ele já existiu, morreu há zilhões de anos. Acho que estamos à procura de algo real.

Aly arqueou uma sobrancelha.

— Bem, desculpa qualquer coisa.

Ela saiu batendo pé até uma longa pedra retangular próxima à torre, na beirada da qual se sentou de costas para nós.

Eu me senti um completo imbecil. Não tive a intenção de parecer tão sarcástico. O clima estava tenso demais. Eu estava me deixando dominar pelo nervosismo.

— Xiiii, Romeu — sussurrou Marco. — Você vai ter que providenciar um pequeno reparo.

— Vou mandar ver — eu disse, suspirando.

Eu me sentei do outro lado da longa rocha. Era funda no meio, de modo que eu tive de me agachar com cuidado.

— Ei. Desculpa.

— Olá, Desculpa — ela disse, ainda olhando para o outro lado. — Meu nome é Aly.

— Eu não devia ter falado daquele jeito — eu disse.

— É, não devia mesmo — respondeu Aly. — Mas foi idiotice minha sugerir que fosse o vromaski. Tenho um lado idiota.

Ela se virou para mim ameaçando um sorriso. E então seu traseiro começou a escorregar rumo ao centro da rocha côncava.

Eu também me deixei escorregar, e a gente trombou no meio, rindo.

— Minha primeira vez numa banheira com um cara! — ela disse.

Senti meu rosto ficando vermelho.

E então nós dois paramos de rir de repente.

Outra metade no alto na banheira.

Juntos, sem trocar uma única palavra, pulamos para fora da rocha. De joelhos, começamos a tatear e a sentir a área ao redor. A rocha era sólida, a não ser por uma grande fenda que atravessava a base. Uma parte da fenda tinha espaço para encaixar os dedos. Puxei a rocha para cima, mas era pesada demais.

— Me ajuda — eu disse a Aly.

Ela veio para o meu lado e pôs a mão na massa. A pedra se moveu uma fração de centímetro. Tratava-se de um canto inteiro da banheira, uma parte grande e solta em formato cúbico.

— Cass, Marco... nós encontramos! — gritou Aly.

Eles se ajoelharam ao nosso lado em segundos.

— Precisamos de uma alavanca — disse Marco, e correu em direção ao mato.

Ele voltou com uma rocha de uns sessenta centímetros de altura e a soltou perto da parte mais aberta da fenda. Então pegou o facão de onde eu o deixara e enfiou a ponta da lâmina na fenda. Com o meio da lâmina sobre a rocha, empurrou com força o cabo para baixo.

A pedra começou a se erguer. Marco ficou com a cara vermelha de tanta força que fez. Dentro da fenda havia um buraco negro.

— Quase lá! — eu disse.

— *Ahhhhhhhhhhh!* — grunhiu Marco. A pedra escorregou e caiu no chão.

Com um estalo alto, a lâmina do facão se partiu e saiu voando pela ribanceira.

Cass fez uma careta.

— Talvez a gente encontre um tucano fatiado na descida.

O canto removido da banheira revelou um enorme buraco dentro da rocha. Tirei a lanterna da mochila e iluminei o local. O buraco estava densamente forrado de teias de aranha, que Aly logo tratou de arrancar. Uma família de pequenas aranhas e uma grande tarântula correram para a beirada da rocha. Cass recuou, gritando de susto.

No fundo do buraco, coberto de poeira, estava outro pequeno pedaço de rocha. Meu coração começou a bater alto. Eu alcancei a pedra e a peguei.

SE A AFLIÇÃO ESTIVER CONVOSCO
ENTRE EMBAIXO
ONDE 142857
SE TORNA 999999

22
Ataque

— O QUE isso significa? — perguntou Aly.

— Sei lá — respondi.

— Números — disse Marco, coçando a cabeça. — Muito perigoso.

Olhei para o Cass. Ele estava branco feito papel. E estava olhando para algo atrás de mim.

— O que foi? — perguntei.

— Shhh — chiou ele.

E então eu ouvi. Algo farfalhando nos arbustos. Enfiei a pedra no bolso da calça.

— Torquin — sussurrou Marco. — Vamos dar um susto nele. Vocês se escondem atrás da torre. Eu vou escalar o mais alto que puder para ver se enxergo onde exatamente ele está.

Ele correu para a grande plataforma de cimento que servia de base para a velha torre. Cass, Aly e eu nos enfiamos atrás dela.

Em cerca de vinte segundos, Marco já havia subido e descido pelas estacas de metal da torre.

— Não é o Torquin — sussurrou ele. — É mais baixo. Parece mais perigoso. E tem quatro patas.

Dei uma olhada ao redor, caso precisasse sair correndo. Tínhamos bastante espaço para fugir se algo saísse do mato, mas eu não fazia ideia de quais partes dali eram mais seguras para a descida.

Marco pulou da plataforma.

— Escutem aqui, vocês vão descer de rapel, todos vocês. Funciona assim: vocês ancoram a corda, depois a amarram em torno da cadeirinha e a prendem no mecanismo. Quando forem para a beirada do barranco, mantenham o corpo em ângulo reto com a pedra. Esta é a parte mais difícil. Lembrem: ângulo reto. Fazendo assim dá tudo certo. É só ir descendo e dando folga na corda quando preciso. Só isso. Vocês não vão cair. Entenderam?

A ordem havia acabado de sair de sua boca quando vi um borrão veloz e cinzento surgir do meio do mato. Era uma bola de músculos de olhos vermelhos e focinho enrugado. O bicho soltou um rugido empedrado, exibindo as reluzentes presas de sabre que pareciam capazes de deixar um elefante em pedacinhos.

Um vromaski com focinho de mangueira.

— *Marco, cuidado!* — gritei.

O predador gigante pulou. Marco conseguiu desviar graças a seu reflexo instantâneo. O bicho o errou por centímetros e caiu no chão, rosnando.

— *Corram!* — ele berrou, correndo para alcançar o facão quebrado.

O bicho se levantou e atacou de novo enquanto Marco agarrava o que sobrara do facão, ou seja, o cabo e metade da lâmina. Marco rolou para o lado quando o bicho deu o bote. Ele empurrou o facão, cravando-o na lateral da fera em pleno ar. O bicho guinchou, e o som parecia vidro arranhando ardósia.

Aly e Cass já estavam correndo para a corda ancorada.

— Ele acertou! — gritei, disparando atrás deles. Quase tropecei numa pedra. O vento resolveu soprar subitamente, arrastando terra e galhos pelo caminho. Ouvi passos atrás de mim e Marco passou correndo.

O vromaski ainda estava vivo. A faca na lateral só o deixou mais furioso. Ele se sacudiu para se livrar do facão quebrado, que agora estava caído no chão em meio a uma poça de fluido verde-escuro.

Marco correu feito louco e catou um galho. Ele olhou desesperadamente para os lados e avistou uma pedra perto dos meus pés.

— Joga essa pedra pra mim, Jack! — gritou ele, levantando o galho como se fosse um bastão de beisebol. — Bem no meio!

Eu joguei a pedra e me abaixei. Ouvi o zunido do galho fazendo contato com a pedra.

A pedra atingiu a fera bem no meio do focinho inclinado. O vromaski uivou e caiu no chão.

— *Agora vão!* — gritou Marco.

Cass estava paralisado no topo do penhasco.

— Eu... eu não consigo — disse ele.

— A gente vai morrer! — disse Aly.

Cass olhou para baixo outra vez.

— Eu... eu... — Sua boca ficou imóvel, em silêncio. Aly e eu nos entreolhamos. Numa fração de segundo, eu me dei conta de que isso não daria certo. Cass estava em pânico. Seu corpo travara.

Tentar descer de rapel era uma coisa, mas descer carregando o Cass seria suicídio.

Marco e o vromaski estavam perto do início da área de pinheiros. Ele estava pulando diante da fera, ziguezagueando ao contrário do animal. O focinho do bicho estava todo ensanguentado. Ele urrava furiosamente.

Dei uma olhada no planalto. Nossa única esperança era correr para a outra extremidade. O planalto declinava, mas talvez encontrássemos uma trilha. Uma forma mais fácil de chegar lá embaixo.

— Vão por lá! — eu disse, apontando para uma área de rocha árida. — Vejam se dá pra descer!

Aly puxou Cass. Ele começou a correr. Eu os observei por um instante e me voltei para ajudar Marco. Ele soltara o galho no chão, e eu o peguei.

— Marco, aqui! — gritei, lançando o galho para ele.

Marco o agarrou no ar, bem na hora em que o vromaski partiu para cima dele. Com um gesto rápido, ele se virou e cravou a ponta quebrada do galho bem no olho do monstro.

O vromaski soltou um uivo horrível, se contorceu no chão e uivou de novo quando Marco puxou o galho.

— Vamos! — eu disse. — Vá atrás da Aly e do Cass!

Marco começou a correr. Em uma das mãos levava o galho gotejante, com a outra me puxava. Meus pés estavam se movendo mais rápido do que nunca.

Aly e Cass correram para o fim do planalto e pararam de repente. Eu rezei para que começassem a caminhar para baixo e que pudéssemos segui-los por uma trilha no mato, deixando o vromaski para trás. Mas, em vez disso, o que fizeram foi caminhar em nossa direção com os olhos arregalados e a cara assustada. Eles começaram a balançar as mãos freneticamente.

— *Não! Parem!* — disse Aly.

Marco e eu os alcançamos ao mesmo tempo. Freamos. Logo abaixo se abria um bocejante breu sem fundo: uma cratera.

O monte Ônix era um vulcão, e havíamos chegado ao seu centro.

Marco virou para trás, ainda com o galho na mão. Seus dentes estavam expostos.

O bicho estava confuso e manco. Sangue verde escorria de sua boca enquanto ele vinha para cima de nós com seus olhos vermelhos injetados. Mesmo de longe, a fera já fedia a carne podre. Exatamente como no meu sonho.

Marco recuou. Ele estava a poucos passos da beira do abismo.

— Se espalhem — berrou. — É mais seguro se ficarmos espalhados. Vão para o mais longe que puderem!

O vromaski se encolheu e parou. Então, apelando para sua última reserva de força, partiu para cima do Marco feito um foguete. Com a boca aberta, os dentes cintilando ao sol, manchados de verde.

Marco segurou o galho diante de si. Então, com um movimento súbito, deu um passo para o lado.

Os dentes do vromaski se fecharam ao redor da madeira — e do pulso de Marco. Com um estalo cortante, o galho se partiu. Marco urrou de dor.

Com o impulso, o animal pulou na beirada do abismo do vulcão. O galho foi com ele.

E o Marco também.

23
Abismo adentro

— NÃ-Ã-Ã-Ã-O-O!

Fiquei olhando as duas figuras caindo, sem peso, feito bonecos de pano. Eu não conseguia respirar.

A pior coisa do horror — horror de verdade, não do tipo que se vê nos filmes — é o seu silêncio. Não há trilha sonora de berros nem ângulos de filmagem espetaculares. Apenas dois corpos desaparecendo nas sombras. A gravidade fazendo seu trabalho.

E então a coisa pega. E nos rasga a alma.

Aly se debruçou aos berros, estendendo os braços como se pudesse puxá-lo de volta. Cass ficou imóvel e depois começou a balançar o corpo para frente e para trás, olhando para o chão de terra.

— Isso não aconteceu, isso não aconteceu, isso não aconteceu...

Eu me virei e olhei bem dentro do abismo. Não sei por quê. Talvez na esperança de vê-lo. Esperando que esses tenebrosos últimos minutos, assim como o próprio vromaski, não passassem de parte de um sonho.

Mas Marco se fora.

Ele disse para a gente se espalhar. Ele encarou a fera sozinho. Ele se sacrificou pelo grupo.

Marco, o atleta folgado. O exibido. O bobalhão.

Ele deu a própria vida. Por nós.

Eu me abaixei, segurando a cabeça com as mãos. Lágrimas escorreram pelo meu rosto, caindo penhasco arenoso abaixo. Um grito brotou das minhas vísceras e reverberou no abismo.

— Marco...

Mas o único retorno que tive foi um vento quente e seco.

— Ele foi atacado *pelo quê*? — Bhegad olhou para nós como se estivéssemos falando galês.

Estávamos reunidos em seu abarrotado escritório, no segundo andar do prédio do laboratório. As janelas estavam sujas e as paredes tinham um tom encardido de bege. Havia ao menos sete pilhas de arquivos subindo pelas paredes, se encontrando no topo numa única falange sólida de papel que quase tocava o teto. Jornais estavam empilhados do outro lado, com clipes marcando as páginas amareladas pelo tempo. Um velho ventilador de metal sobressaía do canto onde caíra, preso entre um fichário e uma parede. As hélices estavam tão empoeiradas que pareciam feitas de feltro cinza.

Aly e eu estávamos de pé. Eu havia cedido ao Cass o único lugar disponível, uma pilha de revistas até a altura do traseiro, no topo da qual havia um exemplar do *England Journal of Medicine,* de 23 de julho de 1979.

— Ele morreu, professor Bhegad! — disse Aly. — É isso que importa. O senhor não disse que tinha aquela... *coisa* horrível lá em cima!

Era um vromaski, de verdade. Dentes de sabre, focinho medonho. Igualzinho ao do meu sonho. Como foi que isso aconteceu, professor? O que está escondendo de nós?

— Eu não sabia! — Bhegad estava limpando as lentes dos óculos. Seus olhos estavam vermelhos, e a pele também. — Não há animal nenhum no topo do vulcão. Ali é um lugar árido.

— *Árido?* — explodi. — Diga ao Marco que ele foi morto por um animal imaginário!

— Nós nem tivemos a chance de nos despedir — disse Cass.

Aly balançou a cabeça, desesperada.

— Nem de agradecer.

— Mas... como vocês chegaram lá? — perguntou Bhegad. — Como diabos conseguiram descer tão rápido?

— Porque ele nos ensinou — respondi. — Ele explicou como descer a montanha fazendo rapel *enquanto o bicho o atacava*.

— Extraordinário... — Bhegad se debruçou sobre a mesa, se apoiando sobre os cotovelos e empurrando sem querer uma pilha de papéis, que por sua vez derrubou no chão um pequeno despertador. — Extrapolando os limites do corpo físico enquanto estava sendo atacado. Ensinando... dividindo conhecimento. Fantástico.

— Um de nós morre e você chama isso de *fantástico*? — disparei.

— Quanta frieza, professor — disse Cass.

— Ah, meu Deus, eu só quis fazer um... um tributo a esse jovem extraordinário — disse Bhegad, procurando algo na escrivaninha. — Trágico, trágico.

Eu odiei aquela resposta. Depois do que acabara de acontecer, eu detestava tudo no Instituto Karai. Bhegad tinha começado a parecer que se importava com a gente. Como se sua maior preocupação fosse nos manter vivos. Como se o G7M e possíveis superpoderes fossem grandes dádivas que eles nos concediam.

Mas eles não se importavam com o Marco. A morte dele foi mais uma forma de colher dados. Seu assassinato era apenas uma nova informação.

Bem, eu não me importava mais com eles. Nem com a minha suposta salvação.

Não era por causa do instituto que eu estava vivo agora. Nem por causa da operação, nem do tratamento. Nem pelo fato de ter nascido com alguma marca genética mágica. Minha vida podia ter acabado pelo movimento de uma mandíbula. Eu estava vivo por causa do sacrifício de um amigo. Independentemente de quantos anos vivesse, eu teria de conviver com isso.

— Temos de encontrar o corpo dele — disse Cass. — Mande um helicóptero nos levar até lá com o Torquin.

— Suponho que Torquin ainda esteja no caminho de volta — disse Bhegad. — Falei com ele pelo rádio. Ele retornou após perdê-los na montanha. Pensou que vocês tivessem pegado no sono ou algo assim. Ele chegou ao topo do monte Ônix bem depois de vocês... partirem. E, meu rapaz, não podemos mandar um helicóptero para dentro da cratera. Já tentamos isso antes. O vulcão está adormecido há milhares de anos, mas mesmo assim há estranhas correntes de ar ascendente que lançariam o helicóptero contra as paredes da cratera.

— Então vamos a pé — eu disse. — Estou com o Cass. Não podemos simplesmente deixar o Marco lá.

— Jack, essa ideia é totalmente maluca — respondeu Bhegad. — Não temos equipamento para escavação de túneis.

— Tem um jeito de entrar no vulcão. — Tirei a outra metade da pedra do bolso. — Nós encontramos o que estávamos procurando, professor Bhegad. A segunda parte da mensagem do Venders estava no monte Ônix. Ela fala de uma entrada.

Bhegad deu uma olhada na pedra.

— Números aleatórios... Receio que não passe do devaneio de um louco.

— A primeira parte do código fez sentido — observou Aly. — Por que acha que esta não faria? Depois de tantos anos estudando a ilha, você não faz ideia do que o Venders estava falando?

Ele afundou na cadeira, imerso em pensamentos.

— Cem anos atrás um subgrupo de acadêmicos, os Onixianos, levantaram a hipótese de o centro de Atlântida se encontrar dentro da cratera. Existe a mitologia de um labirinto. Teóricos modernos sabem que, dentro das paredes de um vulcão, isso é muito improvável. O labirinto deve se referir aos caminhos sinuosos do próprio castelo, certamente debaixo d'água. Mas vou mandar uma equipe investigar...

— Se alguém vai tentar encontrar nosso amigo — eu disse —, nós vamos junto.

Conforme pegava o telefone, Bhegad balançou a cabeça.

— De jeito nenhum. Eu mandei vocês para uma simples caminhada que se transformou numa escalada. Vocês se separaram de Torquin e perderam um de seus amigos mais próximos. Um dos Escolhidos. Pretendo colocá-los sob a mais estrita vigilância!

Ele nos lançou um olhar acusatório, pegou o telefone e digitou um número.

— Torquin? Reúna um grupo de busca imediatamente. Incluindo você, eu e três dos seus melhores profissionais.

Uma lágrima correu pelo rosto de Aly. Cass passou o braço sobre o ombro dela. Quando Bhegad pôs o fone no gancho, ela fungou.

— Agora saiam daqui! — gritou o professor. Mas sua voz perdera o tom ameaçador e seus óculos estavam embaçados.

Nenhum de nós se mexeu.

Os olhos de Bhegad vacilaram brevemente e ele tossiu. Puxou o fone com rispidez, voltou a colocá-lo no ouvido e berrou:

— E, Torquin... inclua os três Escolhidos remanescentes... Não, sua opinião não me interessa. Não, Torquin, não acho que eles tenham de aprender uma lição. Encontro você em meia hora, do contrário o forçarei a trabalhar um mês direto... de sapatos.

Sorri. Até que ele não era tão canalha assim.

— Obrigada... — disse Aly.

Bhegad pôs o fone no gancho e baixou a cabeça. Ele folheou uma agenda bagunçada com capa de couro e passou os dedos na data de hoje.

— Não me agradeça ainda. Não podemos começar antes do raiar do sol amanhã. E, à meia-noite do dia seguinte, Cass tem tratamento. — Ele olhou para o Cass. — Não posso enviá-lo, garoto.

A cor sumiu do rosto de Cass.

— Mas são dois dias inteiros! — reclamou ele. — Estaremos de volta a tempo.

— Professor Bhegad, nem seus melhores colaboradores são páreo para o senso de direção do Cass — eu disse. — Podemos definir um limite. Se não encontrarmos o centro até certo horário, alguém da equipe pode trazer o Cass de volta.

— Nada disso — disse Bhegad, tamborilando os dedos na escrivaninha. — Tenho responsabilidades.

— O Marco costumava me chamar de irmão Jack — eu disse. — Eu ficava irritado. Disse que isso me fazia sentir um monge. Mas agora entendo. Ele realmente nos considerava, a mim, a Aly e o Cass, uma família.

Cass balançou a cabeça.

— Nós também temos uma responsabilidade, professor. Com o nosso irmão.

— Com o seu... Mas isso não faz... — Bhegad se sentou na cadeira, exausto, enxugando a testa com o lenço. Seu cenho estava tenso de um jeito que dizia *não*, mas seus olhos estavam mais suaves. — Que o poder de Atlântida — ele disse, enfim — esteja sempre com vocês.

24
O SONHO MUDA

O SONHO DE novo.

O fogo.

Os animais selvagens do ar e da terra, em seu pânico, são uma mistura de torsos e dentes. Estão todos rastejando e caindo das alturas ao meu redor. Eles temem o inevitável.

O fim de tudo que se conhece.

Uma voz grita, como sempre acontece na cena: Corre! CORRE!

Mas dessa vez vejo alguém diferente. Uma pessoa em silêncio. Parada. Alguém que eu acredito conhecer.

QUEM É VOCÊ?

Eu me aproximo da pessoa, mas seu rosto está encoberto, as feições borradas, como se vistas através de lentes sujas.

Sinto vontade de sair correndo, mas não saio. Eu sei onde a corrida acaba. No buraco. Na morte.

Eu sei que não posso mais sentir medo.

Então me viro para o centro da destruição, de onde sobe uma escura fumaça. Seus ramos disparam em minha direção, se enroscando no meu pescoço como dedos ondulados. Em um momento o cheiro é doce, de repente se torna forte e cáustico. Mas continuo caminhando até ver uma haste se erguendo no meio do círculo. Ela brilha intensamente, parecendo acenar.

Ao redor da haste há um círculo de luz. Girando. Há objetos incrustados ali, e eu devo pegá-los.

A fumaça está clareando e agora preciso ser rápido. Eu me ajoelho diante do círculo, tentando espantar a indecisão. Tentando expulsar os demônios internos. O que eu vou fazer — tenho de fazer — contraria tudo que já defendi na vida.

O fogo se enfurece, se aproximando, lambendo as beiradas do vale. Enfio a mão na fumaça para pegar o que preciso.

Mas o que acabo vendo é uma cabeça.

A cabeça de Marco.

Rindo.

25

SE A AFLIÇÃO ESTIVER CONVOSCO

— JACK, ACHO que sei como podemos sair dessa — disse Cass, quase sem fôlego enquanto tentava acompanhar o passo da equipe de busca.

O sol queimava com especial intensidade naquela manhã, o que tornava difícil manter uma conversa.

— Como?

— Por meio do *otniribal* — disse ele.

— Como é? — perguntou Bhegad, sua voz vindo de trás de nós.

Cass imediatamente se fechou. Eu estava morrendo de vontade de ouvir seu plano, mas não com o velho professor tentando escutar.

Torquin estava conduzindo o grupo a passos rápidos, quase correndo, pisando no meio de arbustos como um elefante com anabolizantes. Ele usava seu facão, mas não era preciso. O cara era um abridor de caminhos em forma de gente. Especialmente quando estava com raiva por ter de trabalhar no dia de folga.

Atrás dele vinham três dos maiores e mais mal-encarados guardas que já vi no Instituto Karai. Caras que eu reconhecia do heliporto quando aterrissei depois da minha tentativa de fuga. Em um deles faltavam dentes, no outro faltava um dedo, e no terceiro, cabelo.

No paletó de tweed de Bhegad havia grandes manchas redondas de suor que cresciam como maré cheia.

— Torquin! — chamou ele. — Tem certeza de que é este o caminho para o sítio de tabaco do Venders?

Torquin grunhiu qualquer coisa que poderia ser sim ou não. Nenhum dos outros três parecia ter opinião.

— Sítio de tabaco? — perguntei.

— Os Onixianos procuravam loucamente por sinais de entradas para o labirinto — respondeu Bhegad. — Perto de um muro de pedras, eles encontraram uma pilha de folhas secas de tabaco da marca favorita do Venders. Apesar de o muro ser sólido, marcaram o lugar para futuras referências. Sítio Um. Havia outros sítios também...

— Pessoal, precisamos apertar o passo — Aly nos apressou. — Torquin e seus capangas estão abrindo trilhas.

Os homens estavam bem à frente de nós, pisando firme e rápido, como se estivessem em treinamento militar.

— Que inferno, Torquin! Vá mais devagar! — gritou Bhegad.

— Mais devagar do que isso, só parando — ecoou a voz de Torquin.
— Rápido. A distância é grande. Lado norte da montanha!

Conforme seguíamos com dificuldade, o calor parecia irradiar em ondas do chão. Minhas roupas estavam ensopadas e minha cabeça latejava. Mas agora estávamos circundando o norte da montanha, o que significava que em breve estaríamos na sombra.

Ou seja, baixando a temperatura para ventilados trinta e poucos graus.

Enxuguei o suor que pingou no meu olho enquanto caminhávamos para uma clareira. O sol estava agora atrás da montanha, e chegamos a um confuso caminho de terra que levava a um muro de pedra em sua base. Já não dava mais para ver Torquin e seus homens, e Bhegad parou, se segurando numa árvore.

— Por favor... — disse ele. — Alguém diga a esses selvagens... para esperar...

— Não precisamos — disse Cass. — Eles passaram do ponto. Chegamos, é aqui.

— Como você sabe? — perguntei.

— Por causa de um dos mapas que vi no escritório. Eu me lembro da marca STV. Imagino que seja Sítio de Tabaco do Venders, não? — Cass apontou para um ponto na parede de pedra. — É bem aqui.

Cass, Aly e eu corremos em direção à parede. Estava coberta de vinhas. Começamos a arrancá-las o máximo que podíamos. Procurei algum sinal de entrada: uma rachadura suspeita, um suporte, um entalhe...

— De lado! — ribombou a voz de Torquin.

Ele e seus três homens estavam retornando em marcha, com o rosto corado de vergonha. Usando seu facão, Torquin começou a remover mais vegetação, derrubando montes de moitas com a ajuda dos outros que vinham chegando.

— Meus heróis — murmurou Aly com desdém.

Torquin se voltou para nós, respirando com força.

— É pedra. Sem entrada. Vamos para o Sítio Dois.

— Quem dá ordens de marcha sou eu — disse Bhegad. — Vamos descansar um pouco.

Eu estava sentindo uma coisa de novo. Algo que parecia vibrar no chão. Recuei, segurando as duas partes da pedra na mão, lendo as palavras. Os caras da equipe de Torquin murmuravam entre si, chutavam a parede, bocejavam.

Ergui os olhos para a lateral da montanha. Cerca de dez metros acima de nós, a pedra perdia sua lisura e ficava extremamente escarpada.

À direita sobressaía um despenhadeiro, uma plataforma horizontal ligada a um afloramento na diagonal, como se uma letra Z tivesse emergido da pedra e perdido a parte de baixo.

— "Se a aflição estiver convosco" — li —, "entre embaixo, onde um, quatro, dois, oito, cinco, sete se torna nove, nove, nove, nove, nove, nove." Não entendo.

— Esses números não me são estranhos — disse Aly. — Um, quatro, dois, oito, cinco, sete. Estão repetindo uma série. De sétimos.

— Como assim...? — perguntei.

Bhegad balançou a cabeça.

— Um sétimo, mudando para a forma decimal, é zero vírgula um, quatro, dois, oito, cinco, sete. Dois sétimos são representados pelos mesmos dígitos, mas começando no dois.

— Vejam. — Aly tirou um bloco e uma caneta do bolso e rapidamente anotou o que ela queria dizer:

1/7 = ,142857

2/7 = ,285714

3/7 = ,428571

4/7 = ,571428

5/7 = ,714285

6/7 = ,857142

— Os mesmos dígitos se repetem na mesma ordem — explicou ela —, mas começando num lugar diferente.

Balancei a cabeça.

— Mas o Venders não está escrevendo aqui sobre decimais. São números completos, como se diz mesmo... números inteiros. Como um número *se torna* outro? E como isso nos ajudaria a entrar?

Cass se aproximou da parede.

— Talvez ele tenha deixado outra mensagem em algum lugar...

Olhei outra vez para a plataforma. Para o formato do afloramento. Para a letra Z incompleta.

E então percebi. A formação tinha a forma perfeita de um sete!

Onde 142857 se torna 999999...

Peguei na hora a caneta de Aly:

$$\begin{array}{r} 142857 \\ \times 7 \\ \hline 999999 \end{array}$$

— Onde o primeiro número se torna o segundo número — eu disse. — É aqui. Em um sete! Só precisamos encontrar a entrada.

Torquin veio pisando duro em minha direção e pegou a folha de papel. Ele e seus homens ficaram olhando para ela.

— A parte inclinada do sete aponta para baixo — eu disse. — Será que pode funcionar como uma seta?

Acompanhei a diagonal descendente, mas a parede não indicava nenhuma pista mais óbvia. Era só pedra. Estava marcada por linhas, como rochas sedimentárias em camadas. Concluí que, quando o vulcão se formou, aquelas camadas foram empurradas para fora do chão e formaram a parede. Eu me aproximei, passando a mão na rocha. Estava coberta por pequenas raízes longas e finas por onde o mato se prendia, as quais caíram ao meu toque.

Abaixo delas, uma camada da rocha descascou.

Bhegad se aproximou.

— Essa rocha parece xisto — disse ele. — Mas não há xisto nesta ilha.

Enfiei a mão na rocha para cavar mais um pouco. Ela se esfarelou com facilidade.

Torquin se agachou, pegou um punhado do farelo e provou.

— Não é rocha — disse ele. — Reboco.

Cavei o máximo que pude. Aly e Cass ajudaram. Ao terminarmos, demos de cara com um entalhe de pontas afiadas.

Minhas mãos tremeram ligeiramente quando juntei os dois pedaços de pedra com as palavras esquisitas de Venders.

E então os enfiei no entalhe.

26
O LABIRINTO

EU ESPEREI.

Meus dedos formigavam. Após segurar as pedras por um longo instante, tive de soltá-las. Mesmo assim, as duas metades da "chave" de Venders não caíram. Ficaram encaixadas no lugar.

Torquin se afastou com um resmungo insatisfeito.

— Agora para o Sítio Dois.

— Um minuto! — berrou Bhegad.

Eu estava sentindo alguma coisa. Pela cara de Bhegad, eu podia dizer que ele também.

Começou como um movimento abaixo de nós, como a passagem de um trem subterrâneo ou um leve terremoto. Cass arfou. Instintivamente, ele e Aly olharam para baixo. Mas eu fiquei de olho na parede. Numa fenda na pedra. Lentamente ela se transformou numa rachadura sombria e começou a se mover, fazendo um terrível barulho de atrito, como se uma enorme rocha estivesse sendo arrastada. Pedra pulverizada formava nuvens de poeira cada vez maiores.

Tapei os ouvidos. Corremos para um lugar mais seguro, atrás de arbustos e longe da chuva de areia, até o barulho parar. À medida que a poeira foi baixando, vimos uma fenda arqueada e fina, que mal permitia que uma pessoa entrasse de pé.

— É isso? — disse Cass. — Conseguimos?

Bhegad concordou com a cabeça, mudo.

Cuidadosamente, nós todos nos aproximamos da fenda. Dela emanava um fedor horrendo, podre e úmido, como enxofre.

— Pelo cheiro, tem algo enorme e nojento morto aí dentro — sussurrou Aly.

— Extraordinário — disse Bhegad, limpando na gravata os óculos cobertos de terra. — Os Onixianos tinham razão quanto ao Venders...

— Nós lideramos. Os garotos seguem — interrompeu Torquin. — Marcar muros. Retornar.

— Torquin, não os perca — disse Bhegad.

— Argh — replicou Torquin, com um olhar hostil.

Bhegad se voltou para nós com um sorriso fraco, forçado.

— Vou esperar aqui. E, por favor, meus jovens amigos, fiquem em segurança.

Eu assenti com a cabeça. Não consegui sorrir de volta para o coroa.

Os quatro capangas adentraram primeiro na escuridão, lançando as luzes das lanternas para todos os lados. A abertura mal era grande o bastante para Torquin passar.

Tapando o nariz com a mão, entrei em seguida. Cass e Aly vieram logo atrás.

— Estreito — grunhiu Torquin, com os ombros raspando nas laterais.

— A dieta não deu certo, hein, Torq? — comentou um dos capangas, rindo.

Ouvi uma pancada e a risada cessou.

Após se arrastar por uns dez minutos, Cass gritou:

— Virem à direita na bifurcação!

— Como você sabe que tem uma bifurcação? — perguntei.

— Eu estava tentando lhe dizer antes — disse Cass. — Lembra aquele pedaço de tronco que vimos no mato, aquele com linhas talhadas? Achei suspeito. Como se alguém tivesse feito aquelas linhas nele. O que significa que havia uma razão para elas estarem ali. Então eu memorizei.

— Mas era uma coisa qualquer no meio do mato! — disse Aly. — E você olhou só por um instante.

Cass deu de ombros.

— Não posso fazer nada. Eu memorizo tudo. É como você com as coisas de tecnologia. E com os filmes. Ah, aliás, toma cuidado.

Eu me virei e acabei enfiando a cara nas costas musculosas de um dos capangas do Torquin. Eles estavam todos parados em uma bifurcação no caminho.

— Esquerda — disse Torquin.

— Direita — corrigiu Cass.

— Certo — concordou ele. — Esquerda.

Enquanto os homens caminhavam para a esquerda, os ombros de Cass desabaram.

— Eles vão dar de cara com mais duas ramificações que não têm saída e com outra que vai dando voltas pela montanha.

Gritei para Torquin:

— Nós vamos pela direita!

Os homens pararam. Pude ver Torquin tentando abrir caminho entre eles com os ombros.

— Pessoal! — chamou Aly. Logo depois de virarmos à direita, ela encontrara um pequeno painel retangular na parede de pedra. Nele havia dois botões, um em cima do outro. — O que isto está fazendo num túnel antigo?

Cass se aproximou.

— Só pode ser da época do Venders. Mas para que serve?

Aly pensou por um instante.

— Parece um esboço primitivo de um interruptor. Às vezes aparecem em filmes. Talvez o caminho correto esteja equipado com luzes.

— Não estou vendo nenhuma lâmpada nem cabo de eletricidade — comentou Cass.

— Eu disse *talvez* — observou Aly. — É claro que pode ser algum efeito espetacular do tipo *Indiana Jones*, e todos nós vamos ter que sair correndo de uma rocha rolando por uma calha. Ha-ha-ha.

A risada dela ecoou sem resposta.

Torquin conseguiu emergir do meio dos capangas musculosos. Ele parou na abertura do túnel, olhando feio para mim.

— Já perdi vocês antes. Agora fiquem colados em mim.

De canto de olho, tudo o que vi foi Aly apertando o botão de cima. Estava enferrujado e velho, mas por fim ele emitiu um rápido estalo.

Eu estava esperando que algo espetacular acontecesse — luzes coloridas, música, qualquer coisa —, mas não teve nada disso. Torquin se aproximou. Os capangas estavam resmungando.

— Vamos com eles — disse Cass. — Precisamos deles. São asquerosos o bastante para espantar vromaskis.

Clique.

Parei de repente. O som tinha vindo de cima. De dentro do teto de pedra.

— O que foi isso?

— O quê? — perguntou Cass. — Não ouvi...

Um profundo rugido o interrompeu. Não tinha como negar. Torquin olhou para cima, rosnando baixinho.

Com uma súbita explosão, pedras caíram de cima numa enxurrada. Eu empurrei Aly e Cass para longe do barulho. Ao cairmos no chão, com os braços sobre a cabeça, um som estridente reverberou contra as paredes.

Dei uma olhada para cima e vi um portão de ferro enferrujado descendo do teto. Ele isolou completamente Torquin e seus homens na abertura do túnel à esquerda.

— *Como?* — gritou Torquin.

Nós ficamos observando com os olhos arregalados.

— Sei lá! — respondi.

— Eu sinto muito... — chiou Aly.

Os homens correram até o portão e tentaram levantá-lo. Torquin enfiou um facão debaixo do metal para servir como alavanca. Cass, Aly e eu nos juntamos do outro lado. Mas a coisa aguentou firme. Devia pesar uma tonelada.

— Você fez de propósito! — berrou Torquin.

— Como se nós *quiséssemos* entrar sozinhos nesse labirinto! — reagi.

Eu me senti impotente. Cass tinha razão. Nós precisávamos desses caras. Muito. Eles eram nossa primeira linha de defesa.

— Temos de conseguir ajuda — sugeriu Cass.

Eu estava prestes a concordar — até que levei em conta o que aconteceria. Bhegad chamaria o pessoal do IK pelo rádio. Teríamos de esperar. Ele suspeitaria de que fizemos tudo de propósito e não nos deixaria voltar. Nossa missão chegaria ao fim.

— Aquela impressão no tronco, você a memorizou completamente? — perguntei ao Cass.

— Tanto quanto me lembro do meu nome — respondeu ele.

— O Torquin e os guardas podem nos encontrar se continuarem seguindo em frente? — perguntei.

Cass pensou um pouco e então assentiu.

— Mas seria um caminho muito longo e sinuoso.

Dei meia-volta e caminhei até o portão. Ficando na ponta dos pés o máximo que conseguia, eu disse:

— Torquin, me dá o facão.

Seus olhos pareceram prestes a saltar das órbitas.

— Eu dou ordens. Você obedece — disse ele.

— Nós avisamos, e vocês acabaram presos aí — eu disse, me aproximando. — Posso voltar e contar isso ao Bhegad. Ele não vai gostar muito. Ou então podemos seguir em frente desarmados e algum bicho selvagem pode nos devorar, e o Bhegad também não vai gostar nada. Ou então você me passa o facão. Nós vamos em frente enquanto vocês tentam levantar esse negócio, ou seguem pelo caminho que queriam seguir e nos encontram mais tarde. Sigam minhas instruções e não diremos nada ao seu chefe.

Os olhos de Torquin se estreitaram. Então, encurvando-se e grunhindo levemente, passou o facão por debaixo das grades.

— Obrigada, Torquin — disse Aly. — A gente te deve essa.

— E vão pagar — respondeu Torquin.

Eu peguei o facão e o prendi ao cinto, dando meia-volta.

— Vamos nessa.

Enquanto Cass, Aly e eu seguíamos pelo corredor à direita, pude ouvir um dos capangas nos desejar boa sorte. Em seguida, veio um som abafado de pancada e um gemido de dor.

Torquin não estava contente.

Arrastei o facão pela parede, fazendo uma linha branca.

— Uma marca, caso a gente se perca — eu disse. — Cass, você tem alguma ideia do tamanho desse labirinto?

— Se não cometermos nenhum erro, se não houver armadilhas nem tivermos de voltar, e se encontrarmos mesmo o Marco... — a voz de Cass sumiu e seu passo ficou mais lento.

Aquilo seria difícil para todos nós.

— Estou preocupado com as pilhas das lanternas — eu disse. — Vamos usar uma de cada vez. Cass, você primeiro.

Enquanto ele acendia sua lanterna, guardei a minha na mochila. Apesar de estar atrás de mim, Cass manteve a luz no caminho à frente. Após alguns minutos, começamos uma descida íngreme. Diminuímos o passo. A superfície de pedra sob mim estava escorregadia por causa da água. Provavelmente ela vinha de algum riacho da montanha. Para manter o equilíbrio, eu me fixei no lado direito, andando de lado e me segurando na parede com a mão livre. Senti uma abertura atrás de mim, grande o bastante para todos nós. Eu só precisava iluminar a abertura com a lanterna, me certificando de que nada asqueroso estivesse nos aguardando.

— Cass, você pode me emprestar sua... — eu não tive chance de terminar a frase. O chão cedeu. A ponta do facão bateu na pedra quando eu caí, lançando a arma para longe do meu cinto. Escorreguei para baixo, ganhando velocidade rapidamente sobre a superfície molhada. Meus dedos tentaram se agarrar em alguma coisa, mas só encontraram pedra lisa. — *Socorro!*

Cass e Aly gritaram meu nome, mas a voz deles foi sumindo rapidamente. Protegi o rosto com os braços enquanto meu corpo rolava, fora de controle, por uma longa calha. Eu me preparei para o impacto.

Mas a calha terminava no nada. Eu estava dando cambalhotas no ar em meio ao breu absoluto.

27
Recalculando

Eu caí sobre frias e afiadas facas. Tentei arfar, mas o ar foi substituído por...

Água.

A sensação cortante golpeou meu corpo inteiro — o choque do frio. Era mais frio do que qualquer coisa que eu já havia sentido. Quando meus pés bateram no fundo, eu mal os sentia. Tomei o máximo impulso para cima que consegui, sentindo os pulmões tensos como punhos.

Ao irromper na superfície, atônito e entorpecido, ouvi um barulho. Levei um instante para me dar conta de que eram passos.

— Jack! Aqui! — Aly estava gritando.

O grito me pareceu vir de toda parte. Mas só vi breu.

— Cadê você?

— Aqui! — disse Cass à minha direita. — Tem uma escada à direita. Você não precisava ter escorregado!

— O-o-obrigado — eu disse, batendo os dentes.

Um flash de luz me cegou e senti algo como uma cobra caindo sobre o meu ombro. Eu recuei e soltei um grito.

— É uma corda, Jack! — gritou Cass. — Segura!

Eu passei os dedos em volta dela. Cass me arrastou pela água e então quatro mãos me puxaram para a superfície de uma íngreme saliência de rocha.

Eu me prostrei contra a parede viscosa, feliz por estar fora da água, mas tremendo incontrolavelmente. Aly e Cass tiraram finos cobertores da mochila deles e os enrolaram em mim.

— Calma — disse Cass. — Só senta direito.

Eu continuava batendo os dentes. Meu corpo todo tremia. Eu tinha machucado o tornozelo no fundo da piscina subterrânea. E tinha perdido o facão.

— Bem — eu disse, com a voz rouca —, pelo menos começamos com o pé direito.

Não sei bem como o Cass encontrou aquela madeira toda. Mas estava realmente seca. Ele voltou com pilhas e pilhas, largando orgulhosamente tudo no chão.

— Muito estranho. Topografia cárstica em ambiente de selva.

— Sem palavras de trás para frente, Cass, por favor — pediu Aly.

— *Carste* é uma palavra de verdade, significa uma área de calcário, cavidades afuniladas, dolinas — disse ele. — Isto aqui deve ter sido algum tipo de local sagrado. Há pilhas de contas e toras de madeira por toda parte. Talvez tenha sido um daqueles lugares onde donzelas eram sacrificadas aos deuses.

— Por que sempre tinham de ser *donzelas*? — disse Aly, contrariada.

Joguei mais alguns pedaços de madeira no fogo. O calor estava incrível. Eu ainda não estava totalmente seco, mas faltava pouco. Tínhamos sorte por ter uma fissura no teto servindo de conduto para sugar a fumaça para cima.

Cass esquentou as mãos sobre o fogo.

— Todos os confortos de asac. Humm, casa.

— Não se sinta tão à vontade. — Eu me levantei, jogando minha mochila molhada sobre o ombro. — Temos um longo caminho pela frente. Quantos fósforos sobraram? Os meus estão ensopados.

Cass deu de ombros.

— Alguns.

— Se acabarem, posso usar a rocha — eu disse. — Meus fósforos e minha lanterna não vão servir para mais nada depois desse mergulho. Aly, pegue um pouco de madeira, só para garantir. Cass, você também. O que mais você tem aí?

— Óleo lubrificante, álcool isopropílico, querosene e sanduíches de manteiga de amendoim com geleia, em recipientes separados. — Cass caminhou até a boca da trilha, voltando a luz da sua lanterna para o breu. — Mas esqueci o repelente de monstro.

Peguei a lanterna e caminhei cuidadosamente para dentro. A trilha parecia ter sido dinamitada. O teto tinha quase três metros de altura, as paredes eram escarpadas e estavam cobertas de limo. Senti uma goteira, e ao olhar para cima me deparei com uma pequena estalactite.

— Parece que tem uma bifurcação mais à frente — observou Aly. — Para qual lado, GPS humano?

— Pela direita — Cass gritou agitadamente, depois balançou a cabeça. — Não. Recalculando. Esquerda.

Aly e eu trocamos um olhar desconfiado. Nossos passos fizeram barulho. A trilha foi ficando maior e mais quente à medida que nos aproximamos de uma curva fechada. A luz da lanterna demarcou uma trilha ao longo da parede encurvada.

E então acabou dando em um beco sem saída.

— Quer recalcular mais uma vez? — perguntou Aly.

— Eu... eu não estou entendendo... — disse Cass, se aproximando da rocha pura que fechava o caminho. — Eu me lembro desse ponto. Era para ter uma bifurcação aqui, onde devíamos seguir à direita!

Conforme cheguei mais perto, percebi que havia ali um pedaço de pedra perfeitamente retangular enfiado na rocha como um tijolo, se projetando para fora apenas o suficiente para encaixar os dedos das mãos. Passei a lanterna para Aly.

— Cuidado — avisou ela. — Lembre o que aconteceu com o Torquin.

Eu puxei. Com um barulho, *scraaaac*, o encaixe saiu. Debaixo dele, havia uma coleção de sujeira e teias de aranha que afastei com um sopro. Aly iluminou o interior com a lanterna.

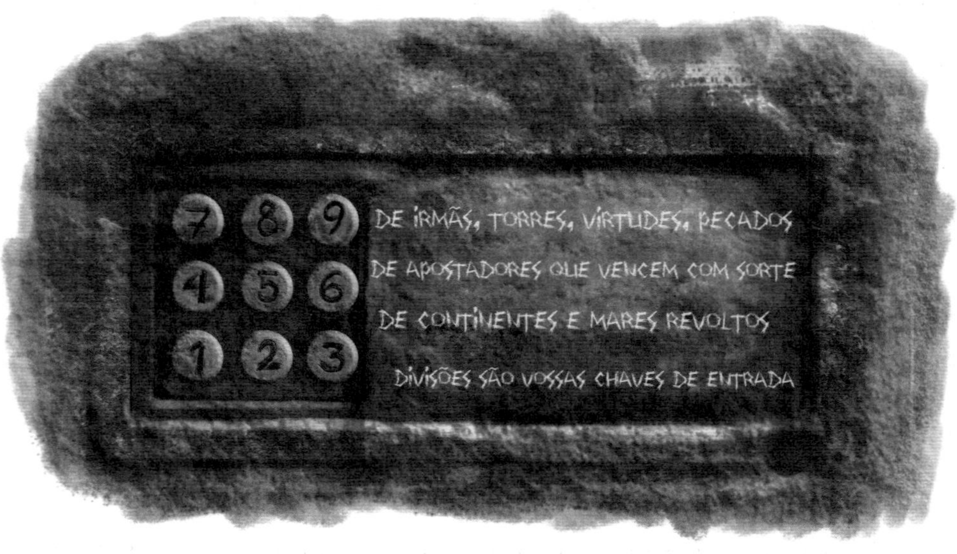

— Mas o que...? — disse Aly.

— Pense — disse Cass. — Chaves. Chaves abrem coisas. Talvez isso seja algum tipo de porta.

— Mas as chaves são *divisões* — eu falei. — Não faz sentido.

— É uma lista — disse Aly, olhando com atenção. — Os elementos devem significar alguma coisa.

— Irmãs, apostadores, mares... Essas coisas não têm nada em comum! — insistiu Cass.

— As pessoas são uma mistura de suas virtudes e de seus pecados... — pensei.

— Espera! — disse Aly. — *Camelot!*

Cass e eu olhamos para ela.

— A parte no filme quando o malvado Mordred canta sobre as sete virtudes mortais! — disse ela. — Sete virtudes... sete pecados? E... torres! Também tem a ver com um filme, *A casa das sete torres*. Bom, na verdade é um livro. Nathaniel Hawthorne.

— Sete irmãs... — murmurei. — Minha mãe frequentou o Smith College. Ela dizia que era uma das escolas das Sete Irmãs.

— Sete continentes e sete mares! — soltou Cass. — E sete é um número de sorte para apostadores! Não me pergunte como eu sei disso.

Aly estava levando os dedos até o bloco.

— Podemos dividir por sete de qualquer forma que sempre teremos uma fração com o mesmo padrão numérico que vimos lá fora, lembram? Vamos tentar.

Aly cuidadosamente tocou em 1, 4, 2, 8, 5 e 7.

Nós prendemos a respiração e olhamos para a rocha. Por um longo instante, não aconteceu nada. Então ouvimos um barulho.

— Nós estamos... subindo? — perguntou Cass.

— Acho que não — eu disse. — Olhe para o chão.

Parecia que estávamos subindo. Mas só porque o muro de pedra ao nosso redor estava afundando no chão.

Olhei para cima. Das sombras atrás da pedra, pude ver o topo de duas arcadas.

— *Yes!* — Cass se empolgou. — Eu disse! Uma bifurcação! Certo, quando esse bebê afundar, marchamos para a direita!

Iluminei o caminho à direita com a lanterna.

Então, uma cara sem olhos e sem pele me encarou com um sorriso cheio de dentes.

28
NÃO OLHE PARA CIMA

— AAAAAHHHHH! — o grito de Cass ricocheteou na parede de pedra.

Ao tentar correr, acabamos caindo um sobre o outro. Bati a cabeça no teto baixo. Aly soltou a lanterna.

— Ele está atrás de nós? — perguntou Cass.

— Ele está morto, Cass! — respondeu Aly. — É um esqueleto!

— Então por que estamos correndo? — disse ele.

Respirei fundo. Recuei e peguei a lanterna. Iluminei o corredor vazio atrás de nós.

— Certo — eu disse. — Tem uma explicação.

— Cla-claro. A explicação é que essa coisa já foi uma pessoa viva — disse Cass. — Alguém que encontrou este labirinto. Como nós. A parede o encurralou. Ele começou a bater nela. E es-está aí des-des-de...

— Para! — disse Aly. — Acho que o Venders armou isso aqui. Ele encontrou um esqueleto, talvez de um sacrifício antigo. Ele fez isso aqui. Para espantar as pessoas e evitar que entrassem no túnel.

Assenti com a cabeça.

— Não tem motivo para surtar. Não é nada de mais.

— Nada de mais? — disse Cass. — E se tiver fantasmas aqui, ou zumbis?

— Essas coisas são mitos, Cass — disse Aly.

— Assim como os vromaskis e os superpoderes, e os sonhos compartilhados, não é? — replicou Cass.

Aly se aproximou e pôs a mão no ombro dele.

— Olha, eu sei como você se sente. Estamos todos com medo. Mas temos uma missão. Lembra?

Cass assentiu.

— Marco.

— Marco — concordou ela.

— Tem uma abertura perto da parede à direita — disse Cass baixinho. — Siga por ela.

Joguei a luz da lanterna para frente. Cass estava pertinho de Aly. A abertura estava exatamente onde ele dissera, e eu fiz uma marca no canto com um pedaço de pedra. Então todos nós passamos pelo esqueleto.

Esse túnel era mais largo. Alguém havia pintado ali animais de aparência estranha, agora desbotados e quase transparentes. Um pássaro vermelho com corpo de leão. Uma fera com nariz de gancho e dentes afiados.

— O vromaski e o grifo — eu disse.

— Preciso ver isso — disse Aly, pegando sua lanterna.

— Você tá maluca? — Cass arrancou a lanterna da mão dela. — Não podemos ficar passeando como turistas! Temos que sair deste lugar. Daqui a uns quinze metros, viramos à esquerda.

— Que grosseria, Cass. — Aly foi para cima dele e tomou a lanterna de volta.

— Pessoal! — eu gritei. — Parem com isso!

Quando Cass deu uma súbita guinada para evitar Aly, ela perdeu o equilíbrio e caiu. Com o pé enfiado num buraco, ela deu um grito.

— Você está bem? — perguntei.

Ela fez uma careta, olhando imediatamente para baixo.

— Acho que sim. Mas perdi minha lanterna. Obrigada, Cass.

Cass e eu nos ajoelhamos ao lado dela. Eu iluminei o buraco com a minha lanterna. Não tinha fundo.

— Da próxima vez que quiserem brigar por alguma coisa — eu disse —, certifiquem-se de que não seja nada imprescindível para a nossa sobrevivência.

— Desculpa — murmurou Cass.

Eu ajudei Aly a se levantar.

— Só temos uma lanterna funcionando. Vamos torcer para que dure. Como está seu pé?

Ela se apoiou no meu ombro enquanto testava o tornozelo.

— Foi superficial — disse, rangendo os dentes.

Aly se agarrou à parte de trás da minha camiseta e foi mancando. Depois de alguns passos, começou a mancar sem se apoiar em mim. Nossa próxima virada à esquerda se abriu para uma ampla câmara. A parte de cima tinha forma abobadada, e o teto era tão alto que a lanterna mal o alcançava. No meio do aposento havia uma plataforma elevada de pedra em forma de buraco de fechadura, redonda e achatada, com uma curta passarela dando para uma mesa à esquerda. A plataforma era cercada por cinco degraus. Do outro lado da câmara havia um portal de saída, uma arcada que conduzia mais profundamente ao labirinto.

Pisamos lentamente no chão feito de placas de pedra polida.

— Parece um altar — disse Aly.

— Provavelmente era onde os atlantes faziam os sa-sa-sacrifícios — acrescentou Cass, largando a mochila no chão.

Ele pegou a lanterna da minha mão e iluminou a parede do altar. Parecia uma enorme tela cinza esverdeada.

Eu me aproximei da parede.

— Jogue a luz aqui um instante.

Cass e Aly estavam examinando a mesa, mas Cass virou a lanterna para mim. Com o dedo, empurrei o canto inferior esquerdo da tela, que soltou poeira. Debaixo da cobertura havia a imagem de um homem de toga. Dei uma sacudida na imagem e vi uma cena completa, um tipo de festival da Antiguidade. Não era uma tela. Era uma enorme tapeçaria.

A imagem parecia exatamente aquela que o professor Bhegad mostrara em sala de aula — o rei, a rainha, Karai e Massarym. Mas então o feixe de luz se moveu, e ao me virar percebi que Cass e Aly estavam examinando alguma coisa entalhada na mesa.

— Pessoal, podem iluminar aqui de novo? — eu pedi. — É importante.

— Tem alguma coisa escrita aqui — disse Cass. — Quero decorar.

Eu não podia esperar. Precisava de alguma coisa mais clara do que uma lanterna com pilhas fracas. Precisava de algo que me mostrasse a cena toda de uma vez. Como uma fogueira.

Peguei a mochila do Cass e a virei para poder enxergar o que tinha ali dentro com a pouca luz da sala. Peguei a lata de querosene e alguns gravetos. No fundo da mochila havia um jornal velho e amarelado. Ele não havia incluído esse item no inventário das mochilas. Mas seria útil. Rapidamente joguei o jornal no chão, juntei os galhos em cima dele e acendi com um dos fósforos do Cass.

As chamas subiram, consumindo primeiro um anúncio de material hidráulico e depois indo em direção a uma manchete chamativa: PRESA DUPLA DOS CRIMES DO MATTIPACK!

Enquanto a madeira pegava fogo, meu queixo caiu. A tapeçaria ganhou vida com o brilho âmbar das chamas. Ali estavam *todas* as cenas da apresentação de Bhegad: o reino pacífico, a briga entre os irmãos, a destruição de Atlântida. Mas notei algo estranho. Na canto superior direito da trama, havia um homem pendurado pelos braços no que parecia uma pequena bola de praia. Aquilo parecia totalmente fora de contexto.

— Cass, Aly, vejam só isto...

— *O que foi que você fez?* — o grito de Cass me assustou.

Eu me virei.

— Você... você queimou meu *Chronicle*! — Ele partiu para cima de mim com os punhos cerrados.

Enquanto brigávamos, Aly tentava segurar Cass por trás. Nós três tropeçamos e caímos do altar, em cima da plataforma redonda. Aly se atrapalhou com uma elevação onde duas pedras se encontravam. Estávamos em cima de um disco de mármore polido, diretamente no centro da plataforma.

E, após um estrondo hesitante, a plataforma começou a afundar.

Um rugido reverberou pela câmara, pedra arranhando pedra.

Cass arregalou os olhos.

— O que está acontecendo?

Pulei de volta para a abertura da plataforma.

— Essa sala já é ruim demais — eu disse, me inclinando para alcançar os outros. — Não quero nem ver o subsolo.

A sala toda começou a vibrar. Da tapeçaria emanavam nuvens de pó. As pernas de pedra do altar escorregavam rangendo no chão.

Enquanto Cass e Aly se arrastavam para cima, uma parte quadrada do teto se mexeu. Dei uma olhada para cima e vi uma porta de ferro com grossas dobradiças de metal se abrindo para soltar algo denso e preto.

A massa foi cuspida, e ela se transformava e crescia, mudando de forma como uma coisa viva.

— *Vamos embora!* — gritei. Puxei Aly. Ela agarrou Cass.

Antes de conseguirmos deixar a plataforma, a bolha nos atingiu.

29
CASS EM CHAMAS

SENTI O IMPACTO no ombro esquerdo. Um lento som, *vruuum*, reverberou pela câmara.

Uma rajada de vento me atingiu — uma compressão de ar vinda da massa que despencava. Eu me joguei da plataforma, rolando encolhido para amortecer a queda.

Bati com força no chão. E deslizei.

Eu estava coberto por algo denso e granulado. Pareciam bolinhas de chumbo, mas era delicado e escorregadio ao mesmo tempo. O fedor era intenso. Bati contra uma parede, mas eu mal senti. Tudo doía: olhos, nariz e boca. Era como se alguém tivesse jogado amônia no meu rosto.

Virei a mochila para frente e me pus a procurar minha garrafa de água freneticamente. Com os dedos trêmulos, tirei a tampa e joguei água no rosto. Tentei piscar, mas era como abrir os olhos em ácido. Respinguei mais água.

À minha direita, Aly se contorcia de dor, arranhando o próprio rosto e gritando:

— Eca, eca, eca... Conheço esse cheiro! É cocô de morcego, Jack! Tipo, de uns cinco mil anos atrás!

— Olha pra cá! — gritei, me arrastando sobre o chão emporcalhado.

Quando ela se virou, joguei água nas órbitas dos seus olhos. A substância pegajosa escorreu lentamente como finos dedos pretos.

— Chega... Guarda água pra mais tarde... Já estou vendo... — disse ela, cuspindo.

— Cadê o Cass? — perguntei.

Procurei pelo monte fedido. As paredes da caverna tinham um brilho alaranjado. De canto de olho, pude ver o lado direito da tapeçaria, agora claro como a luz do dia.

— Jack, eu estou *vendo* — repetiu Aly, ainda esfregando os olhos.

— Eu já ouvi — eu disse. — Que bom. Agora vamos encontrar...

— Eu não deveria estar enxergando! — disse Aly. — De onde está vindo a luz? Era para estar tudo escuro.

Foi quando vi as chamas. Elas dançavam por trás da montanha de caca de morcego, crescendo e se espalhando, lambendo a parede de trás. Ouvimos um som sibilante e vimos que era a tapeçaria em chamas.

— Esse treco é inflamável! — eu disse.

— É guano seco, Jack, claro que é inflamável! — berrou Aly.

Cass.

Na claridade crescente, notei um ligeiro movimento. Uma mão. Surgindo da beirada do monte.

Corri até ele.

O fogo se espalhara rapidamente sobre o guano, ganhando ferocidade. Aly revirou a pilha de excremento sobre Cass. Eu puxei com força. Os ombros dele apareceram. Depois o rosto. Ele mal conseguia respirar.

As chamas agora desciam pelo monte de guano. Aproximando-se de Cass. Eu o agarrei pelos ombros e puxei o mais forte que pude.

Aly segurou o braço dele, mas Cass estava preso na densa massa. As chamas cuspiam faíscas ao nosso redor.

— *Puxa!* — berrei.

Plantei os pés no chão. Fiz força. Aly estava com a cara vermelha.

De repente, Cass se soltou. Voei para trás. O monte de guano se mexeu, desmoronando na área de onde Cass fora puxado. Uma bola de fogo formou um arco no ar.

E pousou no corpo de Cass. Sua camisa coberta de guano se incendiou no mesmo instante.

— *Ele está pegando fogo!* — berrou Aly.

Tirei a mochila ainda molhada das costas e comecei a bater no fogo com ela. Aly encontrou uma garrafa de água na mochila dela e começou a derramar nele. Finalmente me joguei sobre o Cass, com a mochila molhada entre nós, e apertei firme.

Senti o calor irradiando para cima. Fiquei ali até ter certeza de que o fogo havia se apagado, e então rolei para o lado.

— Ele está vivo? — perguntou Aly.

O peito dele não se mexia. Ele estava mole, imóvel. Eu me ajoelhei e dei um tapa na cara dele. Eu tinha feito aula de reanimação cardiopulmonar e tentei me lembrar do que aprendera — *Fazer pressão sobre os pulmões.* Pressionei com força, de três em três vezes. A pele de Cass estava vermelha, e parte dela parecia papel.

— Gáááááááá! — Quando o rosto do Cass deu sinal de vida, ele cuspiu um grande pedaço de guano. Estava apavorado, cuspindo e tossindo. Eu o fiz sentar e espalhei água em seu rosto.

Ele gritava feito um animal ferido. Eu mal conseguia reconhecer sua voz.

— Vamos tirar o Cass daqui! — gritei. — Rápido.

Apoiando um dos braços dele sobre o meu ombro que não estava machucado e o outro sobre o ombro de Aly, nós o arrastamos para longe do guano em chamas. A luz do fogo mostrou que havia dois corredores se bifurcando à frente — um para a esquerda e outro mais para frente, à direita.

— *Meus olhos!* — gritou Cass.

Com a mão livre, espremi o que sobrara de água na garrafa sobre seu rosto. Aly agora estava tossindo — violentas explosões sacudiam seu corpo. Os olhos dela estavam vermelhos e inchados. Seguimos em frente aos tropeços e com os pulmões cada vez mais cheios de fumaça tóxica.

Passamos pela arcada do outro lado e entramos em um estreito túnel. A fumaça aumentava atrás de nós.

— Para onde vamos? — disse Aly. — Tem outra bifurcação à frente.

— Va... vai... — gemeu Cass. — Diii...

— O que ele está dizendo? — perguntou Aly.

— Ir para a direita? — repeti. — Foi isso que você disse, Cass... ir para a *direita*?

— Ssss... — ele disse, fechando os olhos. Entendi isso como sim.

Fomos mancando pela crescente escuridão. O cheiro forte estava diminuindo, mas Aly mal conseguia caminhar de tanto que tossia. Meu coração estava batendo rápido demais. Minha respiração estava acelerada e irregular, e meus olhos estavam quase fechados de tão inchados.

— Tô me sentindo... fraco... — eu disse, ofegante.

— O fogo... — Aly parou para tossir. — Fumaça tóxica...

A bifurcação parecia duas vezes mais longe do que era. Quando finalmente conseguimos pegá-la, desabamos no chão.

Ali o ar era mais claro, o fogo, um brilho distante e borrado.

— Lanterna... — disse Cass. — Dentro da... mochila.

Aly olhou para a mochila dele, quase toda preta, coberta por guano tostado. Percebi que ela não tocaria naquilo.

Cass fechara o zíper. Minha esperança era que o interior estivesse intacto. Abri o zíper e enfiei a mão na mochila, tentando controlar a náusea.

Por incrível que pareça, a lanterna estava inteira. Direcionei a luz para a esquerda.

— Prontos?

Cass fez careta.

— Dói — disse ele.

Seu rosto estava coberto de sangue. Marcas borbulhavam em seu braço. Sua camisa estava queimada e rasgada, e os farrapos saturados de suor e sangue. Debaixo deles havia um cruzamento de feias queimaduras.

— Nós... vamos ter de limpar você — eu disse.

— Tipo, agora. — Aly tirou uma garrafa de água da mochila e jogou o líquido sobre o peito de Cass.

— Aaaaaaaiiiiii! — Seu berro foi como uma bofetada.

Aly caiu para trás de susto.

— Desculpa!

Cass estava desesperado.

— Você vai ficar bem — eu disse.

Ele agarrou minha mão e a de Aly. Seu peito subia e descia rapidamente.

— Eu tô morrendo. Me deixem aqui. Vão embora!

Eu olhei para Aly. Não podíamos deixá-lo morrer. Coloquei o braço dele sobre o meu ombro e tentei levantá-lo.

— Nós vamos sair dessa. Vamos voltar para casa e rever a nossa família. Nós três.

— *Para!* — disse Cass, contorcendo o rosto de dor. — Aquele jornal... o *Chronicle*...

Ele estava delirando.

— Cass, o jornal já era! — eu disse.

— Minha família... — disse ele. — Foi embora também. Não morreu... foi embora.

Enquanto me esforçava para me manter de pé, me lembrei da manchete em chamas.

— Cass, aquela matéria no jornal sobre a dupla criminosa...?

— Do que você está falando? — interrogou Aly.

— Mãe... Pai... — Os olhos de Cass estavam enlouquecidos, desesperados. — Nunca conheci... mas descobri. Prisão perpétua... me entregaram para adoção. Quando nasci. Quatro famílias adotivas. Ou cinco? Não sei. Filho... ruim. Muito ruim. Fugi...

As palavras bateram em cheio.

Eu e minha família não somos próximos... Eu me lembrei do que Cass dissera quando estávamos conversando sobre a nossa família.

— Cass, não importa quem são seus pais — eu disse. — Você vem com a gente.

— Vocês têm família — insistiu ele. — Eu não tenho nada. Vão!

Os olhos de Aly estavam cheios de lágrimas.

— Cass, somos um só agora. Nós só temos uns aos outros...

— Esquerda — disse Cass, com um rouco sussurro. — Vão pela esquerda... — repetiu. — Mais ou menos... quinze graus. Não é uma reta. Também não é muito estreito... uns quinze graus...

Sua voz sumiu.

— Cass! — gritei, sacudindo-o.

Aly procurou a pulsação no pescoço.

— Ele está vivo. Talvez fosse melhor a gente voltar... pedir ajuda.

— Mas o Marco... — eu disse.

— Não podemos salvar o Marco — disse ela. — Talvez a gente nunca o encontre. Mas, se voltarmos por onde viemos, podemos salvar o Cass.

Deitei Cass no chão. Eu não conseguiria seguir nem um centímetro com ele. Eu mesmo estava à beira de um colapso. Seu peso estava acabando com o meu ombro machucado. Aly parecia quase morta.

— Não podemos voltar por onde viemos. Vamos morrer queimados, Aly.

— Certo, você tem razão. — Ela olhou para frente, estreitando os olhos. — Certo. Ele disse quinze graus.

— Você está em uma esquina... — ofeguei. — Você vira no sentido horário. Virar à direita tem noventa graus, para trás cento e oitenta. Virar à esquerda, duzentos e setenta.

Enquanto eu levantava Cass mais uma vez, empurrei a lanterna para Aly com o pé.

— Fique com isto.

Ela tossiu violentamente ao se curvar para pegar a lanterna. O raio de luz balançou ao ritmo de sua tosse. Um morcego bateu asas sobre nossa cabeça, ziguezagueando em meio às estalactites. A luz agora quase acabara por completo, mas revelava uma curva mais à frente. A cerca de quinze graus.

— Vá pela esquerda — disse Aly. — E reze.

Carregar Cass estava me causando uma dor intensa no lado esquerdo do corpo, mas aguentei firme. Desmaiar não ajudaria nem a mim nem a ele.

— Certo. Pronto.

— Tem certeza de que você consegue fazer isso? — perguntou Aly.

Assenti com firmeza.

— Por um irmão, eu consigo.

O túnel parecia não ter fim. Morcegos guinchavam sobre nossa cabeça, nos repreendendo. Eu mal conseguia caminhar. Meu ombro estava totalmente dormente.

Usávamos a lanterna apenas de vez em quando. Eu batia o pobre do Cass na parede. Até que pisei num buraco e nós dois quase voamos. Eu berrei. Meu corpo agora era pura agonia, dos ombros aos pés.

— Vou... colocá-lo... no chão — eu disse, rangendo os dentes. — Parece que quebrei o tornozelo...

Sentei no chão, recostado à parede, e ajeitei Cass no colo. Ele precisava de um amortecedor. Com ele nos braços em um tipo diferente de abraço de urso, senti meus olhos se fechando.

Um pequeno cochilo não faria mal nenhum. Só um minuto.

— Jack? — disse Aly. — Sua cara não está nada boa.

Eu podia vê-los na minha mente. O rei e a rainha. Eles estavam me esperando. Mas pareciam tristes.

— Eu fiz... o melhor que pude — eu disse. Uma brisa suave e ligeiramente fria me acariciou do lado direito, me mandando diretamente para a terra dos sonhos. Perto de Uhla'ar e Qalani.

Agora a cara da rainha estava se transformando. Seus traços reais ficaram mais suaves, ganhando um sorriso tão familiar que senti como se a visse todos os dias.

— Oi, mãe — eu disse. Eu queria me entregar. Queria me juntar a ela. Fazia tanto tempo, e eu a perdera tão rápido. Eu sentia tanta saudade dela.

— *Jack, não durma!* — berrou Aly.

Pude sentir um brilho turvo debaixo das pálpebras, mas eu queria a escuridão. Eu estava pronto para isso.

— Por favor... apague a luz...

30

INDO, INDO, FOI

— NÃO ESTÁ ligada!

O tapa na minha bochecha doeu. Meus olhos se abriram, e o sorriso da minha mãe foi substituído pela cara tostada e descascada da Aly Black.

— O que foi? — gemi.

— A lanterna, Jack — disse ela. — Não está ligada. A luz está vindo de outro lugar!

Meus olhos piscaram. Ela tinha razão. O brilho vinha de bem mais longe no túnel. Na mesma direção da brisa.

Brisa? Através do muro de dor, pedacinhos de realidade espreitavam pelas fendas. Brisa significava ar. Ar significava ligação com o mundo externo.

— Me ajude a levantar — eu disse, tirando Cass do meu colo.

— Ahnnn — ele agora estava se remexendo e dando sinal de vida.

Aly me ajudou a endireitá-lo. Fiquei de pé e voltei a colocar o braço de Cass sobre o meu ombro.

Cambaleamos em direção ao brilho débil. O túnel parecia se ampliar. Meu cochilo passageiro deve me ter feito bem. Eu tinha um pouco de força.

Agora eu estava vendo Aly contra a luz. Seus olhos estavam muito inchados.

— Como você está? — perguntei.

— Estou com uma cara péssima, não estou? — disse ela.

Tentei iluminar seu rosto com a lanterna, mas a pilha finalmente tinha acabado. Apesar da fraca luz, notei que seus olhos estavam quase fechados, os lábios rachados e feridos, a pele coberta por ferozes manchas vermelhas.

— Você está ótima — menti.

— Jack, olha! — Ela apontou para uma arcada estreita e sinistra, que ia do teto ao chão na parede à direita.

A brisa estava mais forte agora, mais quente. Ao longe, pude ouvir um som baixo de explosão. O brilho, assim como a brisa, claramente vinha de algum lugar abaixo da arcada.

— O que é isso? — ela perguntou.

— Sei lá — respondi.

Aly parou.

— Jack... — disse com uma voz fraca e fina. — Essa rajada de ar... calor, luz... acho que estamos voltando para o fogo. Nós andamos em círculo.

Seus olhos pareciam lanternas atrás de fendas, e o rosto avermelhado era como uma máscara de terror. Senti o pânico tomando conta de mim. O braço de Cass quase escorregou do meu ombro.

Eu sabia que minha aparência era tão ruim quanto a dela. Minha pele repuxava e minha visão estava cada vez pior. Todos nós precisávamos de assistência médica. Estávamos à base de adrenalina e de qualquer vantagem que o G7M nos dava, se é que dava. Cass estava quase morto. Caminhar de volta ao incêndio crescente seria maluquice. Suicídio.

— Me deixa... tentar carregar o Cass um pouquinho — disse Aly, ajoelhando-se perto dele. — Vamos trocar... Nós vamos achar outro caminho...

— Aly, não — eu disse. — Vamos nos perder...

— *Que opção nós temos, Jack?*

O grito dela reverberou pelas paredes de pedra. E pareceu ecoar novamente. De cima da arcada.

Uma rajada de ar quente me cercou. Uma gotinha de suor se formou no meu nariz.

Suor.

Aly desabou tentando levantar o Cass.

— Me ajuda com isso...

— Aly, não é fogo que tem lá dentro — exclamei. — Olha para o meu nariz!

Ela se aproximou.

— Está queimado, Jack...

— Está molhado! — eu disse. — A minha cara também. E a sua. O fogo *resseca* o ar, Aly. Ele suga o oxigênio. Não gera brisa úmida!

Cass agora estava se mexendo e murmurando. Ele piscou os olhos inchados.

— Eu me sinto como... um *otirfohnilob*.

Eu me inclinei em direção a ele.

— O que, Cass? Não estou entendendo.

— Bolinho frito — ele disse. — Desculpa. Tenho que me lembrar de não falar ao contrário.

Aly e eu nos entreolhamos. Aquilo não parecia possível.

Ela se ajoelhou. Lágrimas escorriam em pequenos riachos cinzentos pelo seu pescoço.

— Bem-vindo de volta, Cass — disse ela baixinho.

— É fácil falar — respondeu ele.

Eu não podia acreditar. Ele estava se esforçando para se manter de pé.

— Cass, pega leve! — disse Aly, esticando o braço em sua direção.

Ele segurou a mão dela e a colocou em seu ombro.

— Me deixa... apoiar em você.

Enquanto ele se levantava lentamente, vacilante, coloquei seu outro braço em meu ombro. O túnel era largo o suficiente para nós três passarmos juntos. Seguimos em direção à turva luz, a fonte da umidade. No começo, as pernas de Cass eram quase inúteis. Mas as coisas mudaram quando viramos para o túnel à direita. Ele passou a suportar melhor o próprio peso, aliviando a dor no meu tornozelo.

Apertamos o passo. A luz ficou mais forte e as rajadas de vento ganharam intensidade. Elas aliviavam e faziam cócegas, parecendo afastar um pouco da dor. Minha curta respiração foi ficando mais profunda. Tive a impressão de que até meus olhos pareciam enxergar melhor.

Mas o som de explosão também estava se tornando mais intenso — contínuo, como uma máquina.

— Estamos quase chegando — disse Cass. Agora seus olhos estavam abertos, e um doloroso sorriso crescia em seu rosto. — Você conseguiu.

Ele tirou o braço do meu ombro. Quando abaixei o braço, vi seu peito de relance. Tinha parado de sangrar. Os ferimentos lamacentos em sua testa agora não passavam de manchas vermelhas. A pele queimada tinha sarado.

— Cass, seu peito — eu disse. — Está *sarando*!

Aly abriu um sorriso cansado.

— Você não parece mais o Corcunda de Notre Dame — disse ela.

Sorri para Aly e me dei conta de que seus olhos lentamente também voltavam ao normal.

— E você não está mais com cara de ET.

O sorriso dela se desfez.

— Eu estava com cara de ET?

— Quase... — interrompeu Cass.

Aly e eu apertamos o passo. As pernas de Cass estavam mais fortes e ele estava aguentando mais o próprio peso. À nossa frente, a luz pulsava ao ritmo do barulho de pancadas. Estávamos tropeçando em pedras e protuberâncias, mas conseguimos manter o equilíbrio.

O túnel mudava de direção em ângulo reto à esquerda. Nós viramos e paramos de repente.

Ali as paredes de pedra eram longas e se alinhavam na vertical como tendões. Pareciam atrair meus olhos para cima, para um teto impossivelmente alto, como uma catedral.

A fonte das pancadas era uma cachoeira distante que surgia em meio às trevas acima. O túnel era coberto por uma luz suave que parecia brotar de um lugar invisível.

Começamos a seguir em frente, mas Cass dispensou nossos braços. Com as pernas bambas, ele foi em direção à água.

— Cass, cuidado! — disse Aly, se aproximando dele.

Segurei o braço dela com firmeza.

— Não — eu disse. — Deixa.

Cass parecia estar ganhando força. Ele conseguiu rasgar o que restava da sua calça jeans enquanto caminhava, seguindo adiante com uma cueca imunda dos Simpsons, meias pretas e All Star.

— Não acredito nisso — disse Aly.

— No que, em ele ser fã dos Simpsons? — perguntei.

Ela me deu uma cotovelada. A sensação foi boa.

— Vamos — disse ela, seguindo em direção a Cass.

Fui atrás, tomando cuidado para não ferir ainda mais meu tornozelo. Cass agora estava na piscina, com água até o pescoço. Estava com a cabeça voltada para cima, a sombra de um sorriso lhe passava pelo rosto. Conforme Aly se arrastava em direção a ele com a água pela cintura, eu entrei também.

A água estava boa, não gelada, com uma delicadeza que parecia uma carícia. Ah, que sensação boa. As ondas de dor — no tornozelo, no braço, no ombro — se dilataram brevemente e começaram a diminuir. Aly e Cass estavam parados à minha direita, em silêncio. Os olhos de Aly estavam arregalados em pura perplexidade.

Próximo à beirada da piscina, com água até o peito, fui me aproximando da cachoeira. Debaixo dela, olhei para cima e senti a força da água caindo no rosto e no peito, nas costas e nas pernas. Deixei a água lavar todo o guano, a fuligem, os farrapos das roupas de Cass e das minhas. E outras coisas também — a dor e a preocupação, a deterioração e a fraqueza. A sensação de que a Morte estava me espreitando, lambendo seus beiços ávidos.

Tudo sumindo, sumindo... até desaparecer.

Fechei os olhos e levantei os braços. Senti Aly e Cass ao meu lado. Cada um deles segurou uma das minhas mãos e ficamos apenas assimilando aquela água, ganhando força. Não fazíamos ideia de por que aquilo estava acontecendo, mas tivemos o bom senso de não perguntar.

Mesmo com meus olhos fechados, a luz era mais intensa do que antes. Eu os abri. A fonte da luz parecia vir *da parte de trás* da cachoeira.

Soltei as mãos dos meus amigos e avancei passo a passo, até atravessá-la completamente.

A piscina dava para uma gruta profunda. Quase que imediatamente, o som da água corrente foi acalmado por um rugido abafado. Um brilho chocante me fez levar as mãos aos olhos.

O fundo pedregoso da lagoa começou a se elevar como se fossem os degraus de uma piscina ao ar livre. Logo eu estava emergindo da água numa alta plataforma de pedra. Meus olhos agora se ajustavam à claridade, e vi uma área que parecia um estádio inundado por luz.

Luz do sol.

— Jack, o que você está fazendo?

Dei meia-volta. Era Aly, emergindo da água. Sua pele agora estava apenas levemente marcada, e sua postura era vigorosa.

Cass surgiu atrás dela numa fração de segundo. Sua cueca parecia ainda mais ridícula limpa do que suja, mas eu mal reparei.

Seu peito agora tinha apenas resquícios de cicatrizes. O rosto parecia marcado por um antigo bronzeado que agora descascava.

— Gente... — eu disse. — Vocês estão... normais.

— É a primeira vez na vida que alguém me chama de normal — disse Aly.

Com os olhos espremidos, Cass espiava a área atrás de mim.

— Onde é que viemos parar? — perguntou ele, sussurrando.

Eu me virei de novo e me aproximei ainda mais. Os borrifos da cachoeira batiam de leve nas minhas costas.

Quase tropecei num galho grosso no meio do caminho que eu não vira ao adentrar no círculo de luz.

Não. Não era um galho. Era um pé.

Pulei para o lado e olhei para baixo.

Não tinha erro: eu conhecia aquela figura esfarrapada e ensopada, encostada na parede.

— Marco? — eu disse.

31
Marco

Corremos em direção ao corpo tombado. Acho que estávamos todos com medo do que veríamos de perto. Ao nosso redor, paredes verticais de pedra impossivelmente altas, sombreadas por afiados precipícios e saliências. A uns quinze metros dali, jazia achatado, junto à parede, o corpo do vromaski. As paredes formavam um círculo no topo, emoldurando o profundo céu de um entardecer azul-escuro. Nós estávamos na cratera do vulcão. Havíamos decifrado o labirinto de Atlântida. Mas, quando nos abaixamos ao lado do nosso amigo caído, aquilo não nos pareceu nenhuma grande conquista.

Marco estava com a cara no chão e o corpo todo retorcido. Fragmentos brancos estavam espalhados ao redor. Levou um instante para percebermos que eram seus dentes.

— Ah, não, não, não... — Aly se lamentou.

Alegre um instante atrás, Cass agora estava arrasado e sem cor.

Ao me ajoelhar ao lado do Marco, meus joelhos tremeram. Segurando seu ombro, eu o puxei delicadamente, com medo do que veria.

O braço dele escorregou na minha direção e bateu no meu joelho. Eu pulei para trás, quase derrubando Aly e Cass, que estavam agarrados um ao outro.

Marco caiu pesadamente de costas, pálido e inerte. Seu rosto estava coberto de cortes. A boca parecia afundada, o maxilar, torcido para o lado. A névoa passava por seu corpo como os dedos de um fantasma confuso. Ele não pedira por isso. Ele havia sido tirado de casa, da família, assim como nós. Para se tornar um suposto super-herói.

Eles não sabiam o que a gente tinha feito. Que haviam fracassado. Que ele tinha sido um verdadeiro herói.

— Jack, tem, tipo, uma centena de pedaços de dentes por aí — disse Cass. — E... e... outras coisas.

Ele se virou, parecendo prestes a vomitar.

Olhei para Aly e depois para Cass.

— Bom, nós temos uma missão, não temos?

Cass assentiu de cara fechada e se levantou.

— Vamos levantá-lo. Temos que levá-lo de volta.

Ele ergueu os pés de Marco e eu fui segurar do outro lado. Quando enfiei as mãos sob os ombros dele, recuei, horrorizado.

— Ele está... quente — eu disse.

— Ele estava no sol — me lembrou Aly, com a voz contida. — Segura a onda, Jack.

Eu me ajoelhei e o segurei pelos ombros mais uma vez.

— Um... — disse Aly —, dois...

Marco piscou.

Todos nós gritamos.

Eu o soltei e me levantei.

O rosto dele virou de lado outra vez. Nós esperamos. Ninguém nem respirava. Por um longo tempo, não aconteceu nada. Meu coração batia como uma bola de pingue-pongue.

Olhei para o topo da cratera, onde havíamos lutado com o vromaski. Tinha pelo menos uns quinze andares até lá em cima. Em termos meramente físicos, Marco era como um peso de oitenta e cinco quilos caindo de um arranha-céu. Ninguém poderia sobreviver a uma queda dessas.

Dei uma olhada no Cass e na Aly, e podia dizer que eles estavam pensando a mesma coisa.

Certo, foi um reflexo. Os corpos fazem esse tipo de coisa. Coragem. É o que Marco diria.

— Vamos tentar de novo... — eu disse, com a garganta seca.

Quando me agachei, Marco gemeu.

Caí de joelhos, chocado. A cabeça dele se mexeu. Sua boca estava se movendo. Mordi o lábio para ter certeza de que não estava sonhando.

— Ma-Ma-Marco? — disse Cass.

— A queda... talvez tenha sido amortecida pelas á-á-árvores... que crescem nas paredes da cratera — disse Aly de um jeito inseguro, como se tentasse encaixar a situação em algum tipo de lógica. — Raízes... arbustos...

— Tá, e está chovendo salamandras — eu disse, balançando a cabeça. — Não foi raiz nenhuma, Aly. Olhe para o vromaski. Está totalmente destruído. Foi a água. O Marco está molhado. Ele caiu perto o suficiente para receber borrifos de água. Foi isso que o manteve vivo. — Eu não conseguia acreditar nas palavras que estavam saindo da minha boca. — *O Marco está vivo!*

Os olhos de Marco pareciam revirar nas órbitas, enlouquecidos e sem foco. Quando ele tentou falar, sua voz saiu como um rangido grotesco.

— Ergam ele. — Cass se levantou com o rosto tenso e ansioso. — Não fiquem aí parados, levantem ele! Vou pegar pelos pés. Jack, você pega os braços, e a Aly segura no meio.

— Cass...? — eu disse, entorpecido e confuso.

— Agora! Senão eu mesmo levo! — gritou ele. — Temos de levá-lo para a cachoeira.

Desnorteado, ergui Marco pelos ombros. A cabeça dele girou para trás e um filete de sangue lhe escorreu pela boca. Aly rapidamente cruzou as mãos sobre o peito dele e se agachou sob o nosso amigo. Nós levantamos o corpo na altura dos nossos ombros e caminhamos com ele de volta pelo corredor, pisando cuidadosamente dentro da piscina.

A água da cachoeira começou a nos atingir conforme nos aproximamos. Quando estávamos quase debaixo dela, Cass gritou:

— Abaixem ele! Agora!

Agarrei Marco com força e saí de baixo dele. Ele era inacreditavelmente pesado. Cass e Aly já estavam mergulhando as pernas dele quando me posicionei para virar.

— Esperem! — gritei.

Eles não me ouviram. Eu tentei girar rápido, mas o peso de Marco me impediu. Pisei numa pedra lisa e escorreguei.

Caí. Cass e Aly perderam o controle do corpo. Marco afundou na água, o rosto sem expressão sumindo na profusão de bolhas. Enquanto ele flutuava, seu cabelo fez um redemoinho, parecendo algas marinhas. O sangue saía de seus lábios numa linha rosa de bolhas.

— Nós estamos afogando o Marco! — gritou Aly.

Cass agarrou o pé do nosso amigo. Estávamos quase exatamente embaixo da cachoeira agora. Dei a volta pela cabeça dele e a levantei da água. Ele não arfou. Não engasgou. Nada.

A cachoeira não estava funcionando. Ele estava ferido demais.

Conseguimos arrastar Marco da parte mais agitada da piscina até um local mais raso. Os olhos dele estavam revirados para cima e a boca estava frouxa.

— Coloque-o no chão seco! — disse Aly. — Faça compressão, reanimação cardiopulmonar.

Cass estava chorando enquanto a gente puxava Marco para fora da água. Eu o deitei de costas e virei sua cabeça para cima. Seu braço direito caiu para o lado, arqueado para o lado errado.

— *Kaaashmaaa* — grunhiu ele.

Dei um pulo para trás. Cass gritou, chocado.

Marco começou a piscar. A se mexer. Seu braço escorregou lentamente contra a pedra, mas então empinou de repente.

Fazendo um barulho suave e perturbador, o braço se encaixou no lugar de novo.

— Não acredito nisso, não acredito nisso, não acredito nisso... — murmurou Cass, enquanto a mão de Marco foi em direção ao maxilar deslocado e o endireitou.

— Ai... ai — Marco gemeu. Aly se contorceu em solidariedade, com lágrimas escorrendo pelo rosto.

Ele se apoiou lentamente nos cotovelos. Confuso, franziu o cenho ao ver a cachoeira. Então olhou para nós.

— *Dif* aí, doutor — disse, com a voz rouca —, *ferá* que vou voltar a tocar *faquifofone*?

32
O CÍRCULO NA ESCURIDÃO

O GRITO DE Aly fez os morcegos voarem do penhasco. Ela se lançou sobre Marco, envolvendo-o num abraço.

— Você não pode estar vivo. Estou abraçando uma pessoa não viva!

— Como? — disse Marco.

Cass se debruçou sobre ele, franzindo as sobrancelhas.

— Você. Caiu. Marco! — gritou ele, como se nosso amigo ainda estivesse em coma. — Está me entendendo? Você caiu! Do topo do vulcão! E mesmo assim sobreviveu!

Marco olhou para mim.

— Por que ele tá falando *affim*? E qual é a da minha *pronúnfia*?

Abri a boca para responder, mas meu maxilar apenas se abriu e fechou. Isso não podia estar acontecendo. Mas estava. Marco sofrera uma queda mortal. Seu maxilar, seus dentes jaziam espalhados no centro do vulcão.

Mas ele estava com a gente outra vez. Intacto.

Estávamos todos intactos. Sem guano. Curados das queimaduras. Retornados da morte.

— Marco, me deixa ver a sua boca — eu disse, enfim.

Ele obedientemente abriu o maxilar. Quando me ajoelhei para me aproximar, Aly também foi dar uma olhada.

Virei o rosto dele para a luz. Seus dentes da frente eram toquinhos que mal brotavam das gengivas. Não estavam quebrados, nem irregulares, nem pontudos, mas lisos, como chicletes. O céu da boca — o palato — estava cor-de-rosa e pequeno, como se tivesse sido transplantado de um bebê.

Aly arfou.

— Os dentes dele...

— O maxilar inteiro — disse Cass, baixinho. — Foi estilhaçado na queda. Destruído.

— Marco — eu disse —, você pode não lembrar, mas você caiu. Uma queda enorme. Você devia estar morto. Mas aterrissou nesta cachoeira e está bem.

Marco deu um sorriso curto e grosso.

— Sou imortal?

— Tem alguma coisa a ver com a água — eu disse. — Você está... se regenerando.

— Eu o quêêêêêêêê...?

Ele quase mordeu meus dedos.

— Seus dentes estão crescendo — eu disse. — Seu palato, que deve ter sido arrancado da boca, também. Está voltando. Por isso você está falando desse jeito!

Ele ergueu o rosto.

— Então *iffo* não vai ficar *affim* pra *fempe*?

Ele agora estava se sentando. Seus braços se moviam. Os ferimentos no rosto pareciam mais discretos.

— Marco — eu disse —, você consegue ficar de pé?

Ele deu de ombros. Virou as pernas para pendurá-las na beirada da saliência.

— Olha só, Jack! — disse Aly, ofegante.

As pernas dele começaram a se balançar de modo bizarro, apontando para todos os lados, como se ele tivesse três joelhos em cada uma. Ele olhou para elas com curiosidade, balançando-as da direita para a esquerda.

— Droga — disse ele.

Então chutou mais duas vezes, com força. As pernas voltaram a se encaixar no ângulo normal e ele soltou um urro de dor.

Cass gemeu.

— Ele tem que parar de fazer isso.

— Me ajuda aí — disse Marco, fazendo careta. — Pega leve, hein?

Cass e eu o envolvemos com os braços e o descemos com o máximo cuidado possível para dentro da água. Ele berrou quando seus pés tocaram o fundo da piscina. A contracorrente produzida pela cachoeira nos rodeou na altura da cintura.

— Temos que voltar para debaixo da cachoeira — eu disse. — Voltar para o centro do vulcão. Foi onde encontramos você. Você consegue?

Marco deslocou o peso do corpo para a outra perna. Ele descansou um pouco na água, respirando fundo. Então, tirando os braços dos nossos ombros, nos empurrou para o lado com firmeza.

Sorrindo para Aly, ele disse:

— Sigam pela estrada de tijolos amarelos.

De volta à cratera, Marco fez questão de recolher todos os fragmentos de dentes e partes do corpo espalhadas. Cass e Aly estavam engajados numa conversa preocupada debaixo de uma arcada do outro lado da cratera, do lado oposto àquele por onde havíamos entrado. Ali havia entradas para três túneis.

Mas meus olhos estavam fixos na grande sombra à nossa esquerda. Devido ao ângulo do sol, uma parte do chão da cratera estava totalmente preta. Uma névoa quase imperceptível se infiltrava. Concluí que era água evaporando por causa da pedra quente.

— Tenho quase certeza de que um desses túneis dá para o caminho que tomamos — Cass estava dizendo —, mas não lembro qual.

— Mas você tem que lembrar! — disse Aly. — E se voltarmos para o incêndio?

— Não sou uma máquina, Aly — respondeu ele. — Só dei uma olhada naquele tronco. Eu estava nervoso. Estávamos no meio de uma fuga, lembra? Talvez seja o caso de fazermos um reconhecimento de território, experimentar os três túneis, eliminar becos sem saída, ver se conseguimos encontrar uma marca, pista, sei lá. Talvez assim as coisas acabem voltando à minha cabeça. Marco? Jack?

— Vou esperar até você lembrar — gritou Marco. — Tô achando *umaf coifaf* legais. Gritem *fe* virem um *vromafki. Maf* não *fe* preocupem. *Fomof imortaif. Temof* a cachoeira! Uhuu!

Ele estava perto da entrada da cachoeira, quase tonto de tão entusiasmado. Ele ergueu um pedaço de alguma coisa contra a luz, fitou a coisa com assombro e a jogou dentro da mochila.

— Quero explorar — eu disse, fazendo um gesto em direção à sombra. — Não demorem.

Enquanto Cass e Aly sumiam debaixo da arcada, eu não conseguia parar de pensar na aula de Bhegad — sobre o coração de Atlântida, o lugar misterioso que Venders afirmara ter visto. Agora nós também tínhamos visto. Mas com certeza não combinava com meu sonho, que não tinha nada a ver com paredes de rocha ou uma cachoeira curativa.

A escuridão me assustou um pouco. Como um lugar podia ser tão escuro em pleno dia?

Pela curvatura das paredes, calculei que a profundidade — a distância até a parede do outro lado — não podia ser maior do que vinte ou vinte e cinco metros.

Eu me mantive rente à parede ao caminhar para dentro do túnel. Não estava vendo nada. Senti meu cabelo subindo em redemoinhos preguiçosos.

Minha nuca, que estava latejando desde que eu vira a cachoeira, agora martelava forte feito um tambor. Tentei fazer parar. A parede estava me fazendo voltar. Por essa eu não esperava. Eu devia estar fechando um círculo. Crateras são redondas.

Parei ao ouvir uma música fraca, abafada. Era uma mistura misteriosa de sons, um ruído diferente de qualquer instrumento que eu conhecesse, e tampouco era uma cantoria. O som tinha o mesmo ritmo dos golpes na minha cabeça.

Era irresistível. Estava me atraindo, me assustando.

Eu me virei na intenção de chamar os meus amigos. Mas a voz que emergiu da minha garganta estava comprimida e distorcida. Nem uma única palavra saiu, parecia mais um canto de pássaro.

Eu ri de mim mesmo. Continuei entrando, incapaz de resistir, ignorando a dor na cabeça.

O som agora comandava todos os meus sentidos, me estimulando e me horrorizando ao mesmo tempo. Havia um cheiro de noite de Natal e do bafo do Barry Reese, a visão do sorriso da minha mãe e dos dentes despedaçados do Marco, a sensação de areia da praia e de excremento quente de morcego. Eu não tinha mais como voltar pela cachoeira. E nem queria.

Você não está correndo perigo. Marco está logo ali.

No centro da sombra havia um brilho branco-azulado. Um círculo. Parecia vir bem do centro da terra, brilhando através da pedra transparente. Pulsando ao ritmo da música. A névoa passava por fendas estreitas, ofuscando o que estava dentro da forma.

Eu me aproximei. Entalhado no meio do círculo, havia um vasto e profundo hemisfério. Ao redor do perímetro, havia sete hemisférios menores, cada um deles marcado com um símbolo. Eu me debrucei sobre eles, tentando entendê-los.

Parecia um jogo esquisito. Os entalhes eram como paisagens de algum país antigo.

Não. Paisagens, não.

Eu sabia o que eles representavam.

De irmãs, torres, virtudes, pecados/ De apostadores que vencem com sorte/ De continentes e mares revoltos...

Sete. Todas as pistas de Venders — inclusive a abertura para o lado de fora — tinham a ver com o número sete. E eu comecei a pensar na escola, na minha obsessão no sexto ano.

— As Pirâmides do Egito... Os Jardins Suspensos da Babilônia... O Farol de Alexandria... — murmurei.

Eram as Sete Maravilhas do Mundo Antigo. Mas que diabo tinham a ver com o Instituto Karai, com esse vulcão e com Atlântida?

— Ei, Jack... onde você está...?

A voz de Cass parecia desencarnada, como se viesse de uma TV no quarto ao lado. Eu sabia que devia chamá-los, mas o círculo me atraía, me silenciava. A névoa — agora eu podia ver — vinha de uma rachadura no centro. Talvez o som se formasse nela, como um sopro que segue por uma palheta de clarinete.

Avancei lentamente. A névoa acariciava de leve meu rosto. Ela me animava. Seria essa a verdadeira fonte de cura do vulcão, que transformava a água, dava energia às quedas-d'água?

No centro da névoa avistei uma forma irregular brotando do meio do círculo. Estava suja e em estado lastimável, como uma colher quebrada em uma tigela de sopa petrificada. Ou então o tronco seco e partido de uma velha árvore fossilizada. Parecia deslocada dentro de uma força tão impressionante.

Minha cabeça agora pulsava forte. Eu sentia como se alguém tivesse colocado três dedos nos três pontos do lambda no meu crânio. Mas eu estava curioso demais para virar para trás. Enquanto eu envolvia a pequena árvore com a mão, uma camada de sujeira e ferrugem caiu. Era mais pesada do que eu pensava. E mais chata também. Definitivamente, não era uma árvore. Não era madeira de forma alguma. Provavelmente, metal.

Eu puxei e ela se desprendeu com facilidade, emitindo um som claro, *ssshhhkkk*. Eu levantei o objeto sob o brilho forte. Ou a luz estava mais intensa, ou meus olhos estavam se acostumando a ela. Eu estava vendo as coisas com bastante clareza. O objeto era a metade pontuda da lâmina de uma espada enferrujada, marcada com um desenho muito bem gravado, difícil de discernir. Obviamente alguém havia dado uma de rei Arthur e tentado tirar a espada da pedra, partindo-a ao meio. Dei uma olhada ao redor para ver se achava a outra metade, mas não havia o menor sinal dela.

Do meio do círculo, de onde eu tirara a arma quebrada, veio uma espécie de arroto das profundezas da terra. A música, tão alta no instante anterior, estava agora desaparecendo.

— Jack? — A voz de Cass reverberou atrás de mim. — E aí? Você caiu em algum buraco?

Ele não conseguia me ver no escuro. Estava assustado demais para arriscar se aproximar. Tentei responder, mas não consegui.

— Precisamos da sua ajuda, Jack — continuou Cass, sua voz cada vez mais ansiosa. — Investigamos três caminhos. Dois são sem saída, e o outro é enorme e tem cheiro de ar livre. O Marco está com a gente agora. Mas a lanterna está sem pilha. Jack... *Jack?*

Ouvi os passos de Cass recuando em disparada. Quando meus olhos voltaram para o círculo, vi que o lugar onde antes estava a espada agora emanava um brilho branco-azulado. Algo parecia estar fazendo pressão de baixo para cima. Tentando irromper.

O chão começou a tremer. Pude ouvir uma avalanche de pedras ao redor. Da pequena fenda na terra veio uma explosão — não de pedras e terra, mas de uma ofuscante luz branca. Um vento bárbaro veio de cima, me derrubando com força no chão.

O que eu tinha feito? Eu precisava colocar o fragmento de espada de volta no lugar. Ele caíra da minha mão e estava no chão. Dei o bote para pegar. Consegui segurar o pedaço de espada bem quando uma rajada de vento me fez girar.

A luz estava me cegando. Onde estava o círculo?

Eu escorreguei e bati a cabeça na parede. Por um instante, tudo escureceu. Então ouvi um grito agudo e vi um fluxo vermelho-vivo. Senti o bater de asas como uma súbita ventania.

Meus olhos estavam agitados, meu cérebro oscilava entre a consciência e a inconsciência.

Fique acordado!

Eu me esforcei para enfrentar o vento. O círculo agora era de um branco agressivamente luminoso. Eu não conseguia encarar a luz por mais de uma fração de segundo. Eu teria de ser preciso.

Com um grunhido, enfiei a lâmina de volta. Com força.

Ela entrou direitinho na fenda e ficou.

O vento reverberou em direção ao sol e se dispersou. A luz voltou para debaixo da terra. O círculo tinha um brilho inchado e agressivo, mas o senso de desastre iminente acabara.

Enquanto eu recuava, a névoa voltou a subir. Minhas pernas tremiam descontroladamente enquanto eu me afastava da escuridão.

E então eu corri.

33
ÁREA À PROVA DE DEFUNTO

SAÍ EM DISPARADA e dei de cara com Marco. Ele estava parado perto da parede, fora do guarda-chuva de escuridão, voltado na minha direção. Aly e Cass estavam logo atrás.

Ele inclinou a cabeça, curioso.

— Que barulhosss esssquisitosss foram essessss? Caramba, meus "ss" voltaram.

— Você ouviu? — Minha voz estava de volta. — Você ouviu a música?

— Ouvi um negócio esquisito, tipo, um grande pássaro velho — disse ele. — O Cass e a Aly estavam dando uma olhada nos túneis. O Cass disse que chamou e você não respondeu.

— Tem um círculo! — gaguejei, apontando para a escuridão. — Com... outros círculos dentro, e entalhes das Sete Maravilhas, pelo menos foi o que pareceu, e todos tocam música! E quando a gente chega perto, acontecem coisas. A gente perde a voz. E tem um negócio no meio, na verdade é uma espada, ou parte dela, e eu tirei a espada e uma enorme luz branca surgiu, e vento, e terremoto... Venham comigo logo!

Eu estava falando como um maníaco desvairado. Agarrei Marco pelo braço e o puxei para dentro da sombra. Eu o arrastei diretamente para o centro. O brilho do círculo se agitou.

— Calma aí... — disse Marco.

— Chamando M. Night Shyamalan — murmurou Aly.

A névoa foi se infiltrando, envolvendo todos nós. Cass disse alguma coisa, mas era como se brotos delicados estivessem sugando o som por um sifão.

Ele foi se aproximando com cautela, olhando com atenção para os desenhos na pedra. Eu podia sentir Aly me segurando agora. Ela estava me empurrando. Marco estava alcançando Cass.

Eu não resisti. Não quis. Eles viram. Sentiram. Era tudo que eu precisava.

Enquanto tropeçávamos de volta para a luz, Aly disse:

— Foi isso, não foi? Que o Venders viu. O centro de Atlântida.

— Sete círculos — disse Marco. — Para sete Loculi.

— E Sete Maravilhas — acrescentei.

— O que eles têm a ver um com o outro? — perguntou Aly.

Dei de ombros.

— Sei lá.

— Cara — disse Marco —, se é deste lugar que os Loculi vêm, vamos ter de trazê-los de volta para cá.

— Se acreditarmos no plano de Bhegad — disse Aly.

— As histórias malucas dele estão começando a fazer sentido — observou Marco.

— Só sob o meu cadáver nós voltamos aqui — disse Cass.

Marco sorriu.

— Esta é uma área à prova de defunto.

Eu não sabia o que pensar.

Nós havíamos encontrado algo real. Sete depressões terra adentro. Uma fonte de energia maluca. Uma cachoeira que dá vida aos mortos. Um vromaski e uma tapeçaria protegidos por guano de morcego. Marco tinha razão, a gente tinha que voltar.

Mas primeiro tínhamos que sair deste lugar. E, para avançar, precisávamos de luz.

Um canivete suíço sobrevivera à queda de Marco dentro da sua mochila. Era afiado o bastante para que eu cortasse três galhos da árvore na parede da cratera. Coloquei dois na mochila. Então peguei um pouco dos gravetos inflamáveis de Cass, misturei com raízes e pequenos galhos da árvore morta, e atei tudo com firmeza.

Coloquei o galho no meio do maço e embrulhei tudo com o casaco que Aly enfiara na mochila. Então joguei querosene no embrulho todo e ateei fogo.

Com um *vuuush*, o embrulho se tornou uma tocha improvisada.

— Calculo que posso fazer três desses — eu disse. — Mas não estou certo de quanto tempo vão durar.

Marco olhou assombrado para a chama.

— Cara. Eu larguei os escoteiros antes de fazer o juramento.

— Acho melhor seguirmos pela segunda arcada — disse Cass, meio hesitante. — Mas ainda não tenho cem por cento de certeza.

— Seu instinto já me basta — disse Aly.

— Vamos logo — eu disse, entrando rápido no túnel.

O teto era baixo e retinha a fumaça. Caminhamos o mais rápido que conseguíamos, tossindo feito doidos. O túnel era sinuoso e cheio de ramificações. Passamos por pelo menos cinco aberturas, mas todas pareciam pequenas demais.

Cass nos conduziu. Com a energia renovada, estávamos praticamente correndo. A primeira tocha durou mais do que eu esperava. Quando ela apagou, acendi a segunda.

E depois a terceira.

Minha camisa estava ensopada de suor. Eu tinha pouca noção de tempo. Parecia que estávamos demorando mais do que levamos para entrar. Eu tinha certeza de que havíamos caminhado uma distância maior.

Agora a terceira tocha queimara por completo. Até a parte pela qual eu a segurava — feita com o último pedaço que eu cortara da árvore — estava em chamas. Eu teria de soltá-la em alguns minutos.

— Pessoal, espera aí — disse Cass, agitado. — Estou traçando esse caminho na cabeça, e estou preocupado porque talvez a gente esteja voltando para a enorme fogueira. Talvez seja melhor a gente voltar. Tentar uma das aberturas menores.

Eu parei e dei meia-volta. Eu sabia que Cass estava fazendo o melhor que podia. Nós tínhamos dado tantas voltas que não tinha como ele ser preciso.

— Claro, sem problemas — eu disse. — Em poucos minutos a gente vai poder se deslocar com a ajuda da luz do meu pulso em chamas. Seria bom se você tivesse pensado nisso antes.

Marco passou por mim. Em uma curva poucos metros à frente, ele deu meia-volta.

— Calma aí, cara.

— Não me diga para ter calma! — eu disse. — Era só o que tínhamos de querosene!

— Não, eu quis dizer calma aí, cara, dá uma olhada só nisso — disse Marco.

Nós três nos viramos. Ele estava parado no meio do caminho, segurando um facão sobre a cabeça. Parecia aquele que havíamos perdido no caminho.

— Onde você arrumou isso? — perguntei.

Marco apontou para o chão.

— Estava aqui. Alguém deve ter derrubado.

Corri até a curva. Quando os outros estavam ao meu lado, soltei a tocha no chão de pedra. Assim o fogo poderia acabar sem queimar a minha mão.

A luz era suficiente para iluminar o túnel bem à frente.

No fim dele havia um portão de ferro destroçado e parcialmente aberto.

— O portão do Torquin! — gritei.

Eu disparei em direção a ele, seguido de perto pelos outros. A base do portão fora erguida mais ou menos um metro e meio, e estava torta e deformada.

— Uau, esses caras são fortes — disse Cass.

— Chegamos! — gritou Aly, envolvendo Cass num grande abraço. — Você conseguiu! Você trouxe a gente de volta à entrada!

Marco estava examinando o ferro retorcido.

— Quem convidou o Torquin para a festa?

Eu agarrei o braço dele e o puxei por debaixo do portão.

— Depois a gente explica.

Corremos pela direita, refazendo nossos passos originais. Às vezes a luz externa iluminava o túnel.

Uma leve brisa cálida me fez cócegas. Marco desabou ao meu lado, gritando e comemorando a plenos pulmões. Cass e Aly riam e celebravam atrás de nós.

No fim do caminho eu explodi rumo ao ar livre, olhando para o céu e inalando com força o ar úmido e morno da floresta. Nunca senti nada melhor.

— Uhuu! — gritei.

— Airótiv! — comemorou Cass, pulando feito doido.

Enquanto Aly e Marco faziam uma barulhenta dancinha da vitória, notei uma coisa na grama a poucos metros do caminho. A manga comprida de uma camisa branca amarrotada.

— Professor Bhegad? — gritei, correndo em direção a ele.

Os outros vieram logo atrás. O professor estava de lado, num sono pesado, com as mãos dobradas sob a cabeça. Ele havia ajeitado cuidadosamente seu paletó de tweed antes de deitar sobre ele, e os óculos estavam dobrados sobre a grama a poucos centímetros, ao lado de um pequeno aparelho de mão que mostrava algo como uma tela de radar.

Marco se ajoelhou e sacudiu-lhe os ombros.

— E aí, professor? Tudo bem?

Bhegad se virou. Murmurou algo incompreensível. Então seus olhos ganharam foco e seu queixo quase foi parar no chão.

— Marco? É você mesmo, meu garoto? Mas... como...?

Ele se sentou e deu um forte abraço em Marco.

— Não sabia que eu era imortal, hein, p. Beg? — disse Marco. — Ah, foi mal. Eu não devia chamar você assim.

— Pode me chamar como quiser — disse Bhegad, com um amplo sorriso.

Aly estava orgulhosamente dando tapinhas nas costas de Marco. Cass fazia sua própria dancinha da felicidade. Bhegad parecia prestes a chorar.

Tenho de admitir que não estava esperando essa reação.

Todos começaram a falar ao mesmo tempo. Aly contou a história do resgate, do teto de guano, da cachoeira curativa. Cass descreveu o caminho em detalhes. Bhegad ouviu, completamente chocado. Ele esperava encontrar um cadáver.

— Ei, o que aconteceu com o Torquin e os Três Patetas? — perguntou Aly.

— Eles apareceram sem vocês — disse Bhegad suavemente. — Era a segunda vez que Torquin perdia vocês. Dei uma bronca severa e os mandei de volta ao IK...

Enquanto eles conversavam, meus olhos se voltaram para o aparelho de mão do professor.

Eu o peguei e me afastei alguns passos, observando-o. No topo da tela estava a palavra *Ônix*. Abaixo, pares de letras de cores diferentes: amarelo para JM, vermelho para AB, verde para CW e azul para MR.

Jack McKinley, Aly Black, Cass Williams, Marco Ramsay.

A maior parte da tela era ocupada por uma forma vagamente arredondada com finas barras concêntricas, como o traçado de uma montanha em um mapa topográfico. Dentro da forma arredondada, traços amarelos, vermelhos e verdes se espiralavam de fora até o centro, e depois vinha uma linha azul, e então todas voltavam a sair do centro por outro caminho, que acabava se ligando ao primeiro.

Quando ergui o olhar, Bhegad estava correndo na minha direção. Seus olhos dançavam.

— O Círculo — disse ele. — Fale-me sobre o Círculo, Jack!

Eu o ignorei, e sobre seus ombros olhei para os meus amigos.

— Pessoal — eu disse calmamente. — Ele estava rastreando a gente o tempo todo.

34
Os Heptakiklos

MARCO E ALY encararam Bhegad, atônitos.

— Mas... mas é impossível — gaguejou Marco. — Como posso estar sendo rastreado se não estou usando rastreador? Tem que ter uma tornozeleira ou um relógio especial.

— Por favor — disse Bhegad. — Podemos discutir isso mais tarde. Fale-me sobre o Círculo!

Aly tomou o aparelho da minha mão e o examinou.

— Nós quatro estamos aqui, contando o lapso de tempo no caminho, três entrando, quatro saindo.

— Você sabia o caminho certo do labirinto o tempo todo? — perguntou Cass.

— Não! — disse Bhegad. — Não até rastrearmos seus passos. Mas...

— Cadê o rastreador, professor Bhegad? — Aly reclamou, irritada. — Está escondido no nosso sapato? Você vem seguindo a gente o tempo todo?

Bhegad engoliu em seco.

— Parte da operação inicial consistia em instalar rastreadores em cada um de vocês — ele disse rapidamente. — Cirurgicamente. Não por uma razão perversa. Para o seu próprio bem.

Minha mente deu voltas.

— Então, quando tentei escapar no primeiro dia... — eu disse. — E quando todos nós tentamos fugir, na noite seguinte... você sabia onde a gente estava. Você estava nos seguindo o tempo todo!

Bhegad concordou com a cabeça.

— Bem... sim. Mas achei que a esta altura vocês já estavam sabendo disso. De que outro modo eu teria encontrado vocês com o submarino?

— Você sabia que eu não estava recebendo meu tratamento naquela noite... — disse Aly.

— Você deixou a gente entrar naquele barco — acrescentou Cass. — Quase morremos afogados!

— Não, não, isso não é verdade — protestou Bhegad. — Vocês nos enganaram sim, por um tempo. Confesso que os truques com a câmera e tudo o mais funcionaram de verdade. A sorte é que o nosso querido Torquin é desconfiado por natureza. Depois de ver uma enorme mosca subindo pela janela do Cass sete vezes, por um caminho idêntico, ele me acordou e nós os rastreamos, mas aí vocês já estavam na praia.

— O que mais você está deixando de nos dizer, professor? — questionei. — O que exatamente você fez com a gente?

— Paz, irmãos e irmã — disse Marco, com a voz estranhamente calma. — Não vamos gritar, e sim *mostrar* a ele como a gente se sente.

Ele levantou o braço e atirou o aparelho bem no meio da mata.

— *Não!* — gritou Bhegad. — Você sabe quanto custa isso?

Irritado, Cass se aproximou de Bhegad. Ele parecia outra pessoa.

— O Marco morreu por causa da sua missão. Se ele não tivesse caído no lugar certo, o sangue dele agora estaria nas suas mãos. Você tem uma dívida conosco, professor. Uma dívida das grandes.

— Dívida? — disse Beghad, levantando a voz com impaciência. — Meu querido, nós implantamos os rastreadores pelo bem de *vocês*. Não queríamos correr o risco de perdê-los. Há outras forças por trás do segredo dos Loculi. Vocês não estão tão protegidos quanto pensam. Agora, por favor, contem tudo que viram lá dentro!

— Espera... que forças? — perguntou Marco.

Bhegad respirou fundo.

— Os acadêmicos do Karai descobriram esta ilha. Faz um século que nos dedicamos a restaurar a linhagem de Karai. Ele reconheceu a tolice de criar os Loculi, de tentar controlar o grande poder de Atlântida. Mas a tentativa de destruí-los saiu pela culatra. Despertou a fúria de Massarym. Então Massarym os roubou de Atlântida, e essa remoção causou a destruição e o naufrágio da grande civilização. Karai, sabe-se lá como, sobreviveu e dedicou a vida a encontrar o que o irmão havia levado. Ele rodou o mundo atrás de pistas, bancou o agente secreto, subornou pessoas, até que finalmente descobriu os planos de Massarym.

— Você tem esses planos aqui? — perguntei.

Bhegad fez que não com a cabeça.

— Faz muito tempo. Estão perdidos desde então. Acreditamos que Karai queria devolver os Loculi aos atlantes. Para restaurar o equilíbrio, talvez elevar o continente e começar de novo. Mas ele vivia sendo prejudicado pela Massa, um grupo de seguidores de Massarym. Eles estavam impressionados pelo poder que Massarym extraía dos Loculi. Consideravam-no um deus, e ele se deu bem com isso. Mas, depois que Atlântida afundou, ele mudou, se arrependeu de ter roubado os Loculi. Ele se deu conta de que Karai tinha razão, os Loculi eram mesmo muito perigosos e não deveriam nem ter sido criados. Mas Massarym se apavorava com o desejo de Karai de devolvê-los à ilha. Temia outro cataclismo, um evento de proporções globais. Ele achou que Karai tinha perdido o juízo. Pensou em destruir os Loculi, mas temia liberar energia. Então dedicou o resto da vida a escondê-los para sempre.

— Esse pessoal da Massa ainda está na ativa? — perguntei.

Bhegad assentiu.

— São obcecados por encontrar os Loculi, e encontrar a gente também. Acreditamos que estejam perto de localizar nossa ilha. Nosso sistema de vigilância tem registrado vibrações cada vez mais frequentes.

— Não podemos ser todos amigos? — perguntou Cass. — Trabalhar juntos? Nós queremos as mesmas coisas.

— Certamente que não — Bhegad balançou a cabeça. — A Massa permaneceu fiel aos objetivos iniciais de Massarym. O negócio deles é controlar. Dominar. Ter o poder supremo. Nós temos de encontrar os Loculi antes que eles os roubem e descubram como ativar seus poderes.

— Se deixarmos você nos usar para atacar o Império do Mal — falou Marco lentamente —, o que ganhamos com isso?

— A vida de vocês. — Bhegad olhou furioso para ele. — Se a Massa conseguir os Loculi, vocês não poderão pegá-los de volta.

— Ou seja... vamos morrer — disse Aly.

Bhegad se virou para mim.

— Agora me fale do Círculo, Jack.

Engoli em seco.

— É talhado em pedra e tem uma... *tigela* no meio com um negócio escrito dentro. E uma névoa sai ondulando de uma fenda. E tem um pedaço de lâmina de espada fincado na fenda — eu disse. — E ao redor dessa parte há mais sete tigelas...

— Os Heptakiklos... — disse Bhegad, com a voz abafada. — O Círculo dos Sete. Venders tinha razão. É aqui... o centro de Atlântida! O lugar de onde os Loculi foram roubados.

— Cada uma das tigelas tem um desenho — continuei. — Estátuas e edifícios totalmente reconhecíveis...

— Calma aí. Botão de pausa — disse Marco. — Contemplem o Imortal. Marco, que sobreviveu sem um único arranhão a uma queda de um bilhão de metros. — Ele olhou para todos nós com os olhos resplandecentes. — Por que a gente ainda se preocupa com G7M? E com tratamentos? Temos o Parque Aquático Mágico da Vida!

Respirei fundo. Em meio a tanta agitação, acabei não pensando nisso. A água devolvera a vida a Marco. Talvez ela tivesse nos curado também. Talvez estivéssemos livres para voltar para casa.

Olhei para Aly e Cass e percebi que estavam pensando a mesma coisa. Bhegad tirou um pequeno objeto em forma de dedo do bolso do paletó. Ele pegou a mão de Marco e enfiou o objeto no indicador direito dele.

Marco se contorceu.

— Ei. Devagar, p. Beg, o Imortal ainda é sensível à dor.

— Amostra de sangue. — Bhegad retirou o aparelho do dedo de Marco e tirou do bolso um band-aid para ele. Nós cercamos os dois, observando com perplexidade enquanto os números mudavam no aparelho. Quando pararam, Bhegad suspirou: — Os mesmos níveis de enzimas, os mesmos sinais de caos mitocondrial.

— Na minha língua, por favor — disse Marco.

— A cachoeira regenerou seu tecido — disse Bhegad. — Mas não afetou o G7M.

— Quer dizer que, se perdêssemos o tratamento, começássemos a nos descontrolar e então afundássemos na água... — disse Aly.

— Não adiantaria nada — Bhegad balançou a cabeça com tristeza.

Parecia impossível. Eu examinei a expressão de Bhegad. Ele já tinha mentido antes e não havia razão para não fazer isso de novo.

— A essência de Atlântida era o equilíbrio — continuou o professor. — Certamente um pouco da energia escapuliu pela fenda. Energia poderosa, sem dúvida, e que agora está presa na cachoeira. Mas vocês estão ligados a Atlântida de maneira mais profunda. O ceressacrum de vocês precisa dessa ligação, do equilíbrio entre os Loculi e as forças subterrâneas. Nós precisamos encontrá-los, Jack.

— Se Karai não conseguiu, por que a gente conseguiria? — perguntei. — Ainda mais com a Massa na nossa cola?

— Você mencionou uns desenhos na pedra — disse Bhegad. — Em cada um dos sete círculos. Você seria capaz de recriá-los?

— Eu seria — Cass se ofereceu.

— Não precisa — eu disse. — Tinha uma estátua sobre um porto, um farol enorme, pirâmides, jardins suspensos... Eram as Sete Maravilhas da Antiguidade.

— Pela Grande Qalani... — disse Bhegad, horrorizado. Mas, antes que ele pudesse dizer alguma coisa, seu telefone soltou um bipe agudo. Ele olhou para baixo e ficou pálido.

Na tela se lia CÓDIGO VERMELHO.

Ele abriu o celular e o levou à orelha.

— Bhegad falando... Um o *quê*? — Seu rosto se anuviou. — Tem certeza? Estamos a caminho.

— O que houve? — perguntei.

Bhegad já estava voltando para o complexo.

— Diga. A lâmina que você viu no meio dos Heptakiklos. Você a retirou, Jack?

— Eu coloquei de volta logo na sequência! — disparei.

Bhegad ficou pálido.

Antes que eu pudesse lhe pedir uma explicação, um jipe aberto surgiu pela vegetação rasteira com Torquin no comando.

— Entrem! — ordenou ele.

— O que aconteceu? — perguntei.

— O Instituto Karai — Bhegad gritou enquanto se sentava no banco da frente — está sendo atacado!

35
A CRIATURA DA FENDA

— *QUANDO A fenda estava aberta, o que foi que você viu exatamente, Jack?* — Bhegad gritava do banco da frente com o pescoço virado para trás, enquanto o veículo sacudia ao passar sobre os sulcos pelo caminho.

— Nada! — gritei de volta. — Não dava para ver. Tinha uma luz ofuscante. Mas eu senti alguma coisa. Como asas batendo.

— Eu também! — gritou Marco. — E um som esquisito, que parecia um guincho.

— Impossível... — disse Bhegad, balançando a cabeça. — Achei que estivessem todos mortos...

— Sinto muito! — eu disse. — Fiz uma besteira das grandes, não fiz?

— Fez! — Torquin virou o veículo com força, esquivando-se de uma grossa árvore e quase nos jogando para fora. — Fez o portão cair.

Bhegad o ignorou e se voltou para nós. Seu rosto estava entalhado de pânico.

— Nos tempos de Atlântida, esta área não era um vulcão, mas um vale escondido. Várias gerações da família real de Atlântida vinham aqui para compartilhar da névoa. O estranho poder. Mas, quando a rainha Qalani tentou criar os Loculi, ela precisou de mais energia. Um modo de controlar o fluxo. Então ampliou a fissura por onde a névoa saía. Para evitar vazamento, ela usou uma espada mágica como válvula. Ela podia remover e recolocar a válvula quando quisesse.

— Vazamento de quê? — perguntou Aly. — O que é essa energia? Ela cura as pessoas. Deixa a ilha invisível. Tem que ter uma explicação científica.

— Nós acreditamos que a fissura é uma aberração no campo magnético da terra — disse Bhegad. — Um ponto de fluxo no continuum espaço-tempo. Uma espécie de túnel do tempo.

— Isso é impossível — disse Aly — de acordo com todas as leis da física...

— Da física *clássica* — corrigiu Bhegad. — A relatividade e a teoria das cordas nos dizem que o espaço e o tempo são fluidos. Que podem se curvar e criar dimensões difíceis de ver. Mas difícil, como viemos a descobrir, não é o mesmo que impossível. Nós já suspeitávamos de que existisse uma pequena brecha. Ao longo dos anos, existiram dezenas de relatos de visões não confirmadas de criaturas ancestrais. O vromaski deve ter escapado por essa fissura.

Eu não estava gostando daquele papo.

— Então o que aconteceu quando puxei a espada por um instante? O que foi que escapou?

Nós saímos da mata e adentramos os arredores do instituto. Um dos edifícios parecia ter sido bombardeado. O teto era uma violenta massa de telhas quebradas. De toda parte do campus, acadêmicos e guardas corriam em direção ao prédio.

Torquin parou derrapando no edifício. Enquanto os guardas pulavam para fora do carro, Torquin segurou um deles.

— Você fica. Eu protejo. Esperem. Vocês todos.

No momento em que ele se virou, um guincho grotesco rasgou o ar. Ouvi barulho de vidro estilhaçando e móveis caindo. Um guarda do IK caiu aos berros de uma janela do segundo andar.

Dava para ver um borrão vermelho lá dentro. Outra janela quebrada. Através da abertura avistei um comprido objeto que parecia um chicote surgindo e sumindo, para frente e para trás.

Uma cauda.

— Mas que diabo... — disse Aly.

Torquin estava ajoelhado perto do veículo, segurando uma arma. Os outros guardas estavam na mesma posição.

Uma enorme cabeça surgiu pelo teto quebrado — uma fera de pelo menos cinco metros de altura. Parecia uma águia gigante, mas seus olhos eram amarelos e segmentados feito os de um inseto, e a pele era muito vermelha.

— Pronto... apontar... — disse Torquin.

— *Não!* Não atire! — ordenou Bhegad.

A criatura se virou ao som da voz. Seus olhos, cujas facetas refletiam o sol, lançaram picadas de luz. Fitando Bhegad com animosidade, ela abriu as asas. Com um impulso repentino, subiu e saiu do prédio. As asas eram inacreditavelmente grandes. Ela as bateu uma vez, duas, e, apesar da distância, deu para sentir a vibração no ar.

O corpo do monstro, coberto por pelos vermelhos brilhantes, era liso no peito e pesado feito o de um leão. As pernas eram musculosas e compridas, e, quando alçou voo, vi uma fileira de garras do tamanho de sabres se retraindo para dentro das patas. Parecia impossível uma coisa daquele tamanho voar. Seu corpo era todo errado para voar.

Ele pairou no ar como se jamais tivesse ouvido falar da lei da gravidade. E então veio para cima de nós, dando um grito de estourar tímpanos.

Eu reconheci o som. O clarão vermelho. O bater das asas. Eu tinha vivenciado tudo isso no vulcão — no momento em que puxei a espada quebrada da fenda.

Eu soltara essa criatura.

Bhegad gritava a plenos pulmões, pedindo para que não atirassem. Marco saiu do veículo e foi diretamente para frente de Bhegad.

— Ei, grande pássaro, aqui! — gritou ele. Ele tinha na mão um pedregulho irregular.

A ave de rapina virou a cabeça em direção a Marco. Ele atirou a pedra, que atingiu o bicho bem no meio dos olhos. Ele soltou um guincho e suas asas começaram a vacilar em pleno ar.

Com uma pancada repugnante, o bicho pousou bem em cima do professor Bhegad.

O grito do velho foi silenciado pelo impacto. Torquin e os guardas correram em direção a ele. A criatura balançou as asas e cortou o maxilar de Torquin. Ele caiu para trás como um boneco de pano, derrubando os guardas com ele.

Mas a ave de rapina estava de olho em Marco, que a estava provocando, correndo para perto do edifício mais próximo.

— *Corram!* — ele gritou sobre os ombros. — Vão se abrigar!

A criatura saltou no ar, desvelando o corpo arrasado e inerte de Bhegad. Abrindo as asas, a fera partiu para cima de Marco com as garras à mostra.

— *Nã-ã-ã-o!* — gritou Cass. Ele saltou do veículo brandindo um bastão de ponta afiada. — Nós acabamos de resgatá-lo, sua galinha gigante!

Marco pulava para os lados com a destreza de um ninja. A criatura desabou no chão, agarrando um monte de grama com as patas.

Sem pensar, Cass avançou direto para o agressor. O bastão afundou na lateral da ave, liberando um jorro de fluido verde-escuro.

A criatura não emitiu som nenhum. Baixou a cabeça para o lado para ver o ferimento. Então, com tranquila eficiência, se levantou, deu dois passos e partiu num voo.

No caminho em direção às alturas, agarrou Cass pela mochila.

Enquanto assistíamos petrificados de horror, a ave de rapina levantou voo pelo tenebroso céu com Cass de cueca, balançando indefeso.

36
SIGNIFICADO DO SETE

— PEGA ELE! — Marco atravessou correndo o pátio do campus da universidade, os pés mal tocando o chão. Ele pulou com os braços esticados para cima.

Seus dedos chegaram a tocar a sola do tênis de Cass.

Enquanto Marco caía de mãos vazias, os pedidos de socorro de Cass ecoavam vagarosamente.

Em me apressei até Marco, com Aly ao meu lado.

A fera ganhava altitude a cada poderosa batida de asas. As pernas de Cass pendiam como se ele fosse uma marionete. Ficamos olhando horrorizados, enquanto sumiam para longe, se transformando lentamente em silhuetas.

Ouvimos um forte *craaaac*. Torquin estava apoiado em um dos joelhos, mirando seu rifle.

— Não atire! — Bhegad apelou com a voz falhando. — Você pode acertar o garoto!

Bhegad.

Em meio ao horror da captura de Cass, acabei me esquecendo dele. Ele tinha sido esmagado pela criatura. Eu me ajoelhei a lado dele e segurei sua cabeça com a mão direita.

— Você está bem?

Bhegad se esforçou para sentar. Reunindo toda a sua força, ele gritou:

— Estou sem meu rastreador, Torquin! Mande alguém rastrear o garoto!

Torquin berrou uma ordem para um dos seus capangas. Atrás dele pude ver Aly e Marco, ainda paralisados, com os olhos voltados para o céu. Aly estava chorando.

Os olhos de Bhegad vacilaram. Eu o ajudei a se deitar, procurando algum ferimento no corpo. Eu não vi nenhum sangramento, mas a perna dele estava torcida como a de uma boneca de pano e sua expressão era triste.

— Eu chamo médico — disse Torquin.

— Sim... obrigado... — disse Bhegad, rangendo os dentes. — E reúna os três Escolhidos... agora!

Quando Torquin saiu em disparada, Bhegad voltou-se para mim com os olhos injetados.

— Nós... nós achamos que todos tivessem sido mortos — disse ele.

— Todos *o quê*, professor? — perguntei.

— Os grifos — respondeu ele. — Os guardiões dos Loculi. Massarym... acabou com eles. Mas em uma fenda... no tempo... não há como dizer quanto tempo voltou...

Sua cabeça estava perdendo a firmeza.

Eu não sabia o que dizer nem o que fazer. Eu estava petrificado pelo choque, sobrecarregado pela culpa. Esse monstro estava aqui por minha causa. Por causa da minha curiosidade, Cass fora levado.

— Sinto muito... — eu disse.

— Pegue-o... — gemeu Bhegad.

— Como? — supliquei.

Ergui os olhos e vi Torquin correndo em nossa direção com um rastreador. Aly e Marco vinham logo atrás.

— Professor... — disse ele.

Ele se ajoelhou e levou o aparelho para perto do rosto de Bhegad. Atrás dele, uma equipe médica abria uma maca. Aly e Marco se ajoelharam em silêncio ao meu lado.

— É claro... — disse Bhegad, franzindo os olhos para a tela. — Ele está em busca de um Loculus. O objeto que ele nasceu e foi criado para proteger.

— Então por que está levando o Cass? — perguntei.

— Para comer — respondeu Bhegad.

Aly arfou. Marco a abraçou com força.

— Mas... o grifo não pode... digerir carne humana crua... — continuou Bhegad. — Ele esconde e... embrulha a presa em casulos nas cavernas... macerando com saliva... Vocês têm de ir atrás...

— Preparar jato? — perguntou Torquin.

— Sim — disse Bhegad. — E Torquin... leve os Escolhidos.

— Sem espaço! — respondeu Torquin. — Prenderam a gente. Na caverna!

— Claro que tem espaço — replicou Bhegad. — Não... não deixe a raiva acabar com seu bom senso...

Quando a equipe médica começou a erguer Bhegad, ele pediu para que parassem. Ele se virou para nós com os olhos semicerrados e disse:

— Os entalhes dos Heptakiklos... feitos por Karai... cada um deles diz onde um Loculus foi escondido. Eu sei... para onde o grifo está indo...

— O grifo está indo para as Sete Maravilhas do Mundo Antigo? — perguntei sem poder acreditar.

— Sim... *sim*, meu garoto! — A respiração de Bhegad estava instável, e ele tentava se concentrar. — Construídas pelas mentes mais brilhantes da época... financiadas com muito dinheiro. Passagens secretas... depósitos... esconderijos... de última geração. Perfeitos para os Loculi. Nós devíamos ter desconfiado...

— Mas elas não existem mais, professor Bhegad! — insistiu Aly. — As Maravilhas não foram todas destruídas, com exceção das pirâmides?

— Sigam o grifo... — disse Bhegad. — O rastreador do Cass... aponta para o Mediterrâneo...

Sua voz estava se esvaindo. Os médicos estavam levantando a maca para entrar com ele na ambulância que o levaria ao hospital do Instituto Karai. Eu corri com eles. O professor parecia desesperado para me dizer alguma coisa.

— Prometa... trazer... de volta...

— Nós vamos! — gritei. — Nós vamos encontrar o Cass e trazê-lo de volta!

— Trazer... de volta... — repetiu Bhegad.

Seus olhos finalmente se fecharam. Mas não antes de ele pronunciar as últimas palavras.

— ... o Loculus.

37

RODES

— INCLINANDO DIREITA — disse Torquin. Sua cara gorda estava retorcida numa expressão estranha e assustadora, que devia ser seu sorriso. Ele estava pilotando o minúsculo jatinho de quatro lugares como se fosse um avião de bombardeio. A aeronave mergulhou com tanta força que tive certeza de que meu cérebro havia ficado para trás.

— Gluuuup... — Pus a mão na boca e respirei fundo.

As molecagens de Torquin tinham suas vantagens. Elas me faziam não pensar em Cass. Já havia duas horas que ele estava com o grifo. Minha preocupação era que ele perdesse a vida antes de o encontrarmos. E a única coisa que eu estava disposto a perder no momento era meu almoço.

— Portão. Caverna. Truque sujo... — murmurou Torquin pela décima vez.

Troquei um olhar confuso com Marco e Aly.

— Aí, Abominável Homem das Neves — disse Marco —, leia meus lábios: Eles não fecharam o portão de propósito! Foi um engano. Entendeu? Ou a Aly precisa traduzir isso para Cro-Magnon?

Torquin voltou a inclinar a aeronave, dando um giro de trezentos e sessenta graus.

— Banzai!

— *Dá pra parar com isso?* — gritei.

O avião aplanou. Tentei não olhar para baixo. Sob nós, o mar Mediterrâneo. A agitada água cor de bronze parecia se estender no horizonte. Eu me concentrei no rastreador que Torquin colocara na cabine do piloto. O sinal de Cass tinha passado pelo leste da Itália. Uma linha contínua de LED na base onde se lia SARDENHA, e depois SICÍLIA por bastante tempo, agora mudara para CORFU.

— Para onde o grifo está levando o Cass? — perguntei.

— Pode ser para qualquer lugar — disse Aly. — Todas as Sete Maravilhas ficavam em países mediterrâneos.

Torquin não respondeu nada por um tempo. Os olhos dele estavam colados no sinal. Os nomes começaram a mudar mais rapidamente agora que o grifo passava por terra firme — ESPARTA, CORINTO, ATENAS.

Ele emergiu na costa leste da Grécia, no mar Egeu. Meus olhos miraram para frente. Segui a trajetória — não de onde ele estivera, mas para onde parecia estar indo. Eu me concentrei numa ilha em forma de lágrima na costa da Turquia. Então me inclinei para frente para ler a legenda.

— Rodes... — eu disse.

— É o local de uma das Sete Maravilhas — disse Aly, enquanto dava uma espiada no aparelho. — O grande Colosso de Rodes! Supostamente a maior estátua já construída. Tinha as pernas abertas, uma de cada lado do porto, e o braço erguido segurando um farol que iluminava as embarcações.

Assenti, recordando um trabalho escolar de séculos atrás.

— Fiz uma réplica dessa estátua. Peguei um boneco GI Joe e enrolei uma toga nele. Coloquei uma lanterna de brinquedo numa das mãos e, na outra, um bloco escrito DICIONÁRIO DE GREGO. Levei o boneco pra aula num tabuleiro de War e o coloquei sobre o mar Egeu.

— E eu devo ter perdido essa aula — disse Marco. — Mas as Sete Maravilhas não foram destruídas, tipo, milênios atrás? O Cincinnati Red não vai gostar nada disso.

O avião inclinou para o lado. As asas mergulharam para a esquerda. Nós estávamos voando em direção a Rodes.

— *Paaa-a-ra!* — berrou Aly.

— Cara, estou prestes a espalhar vômito imortal pelo avião todo! — disse Marco.

Torquin deu um sorriso malicioso.

— Portão. Caverna. Truque sujo.

O avião começou a girar. O cinto de segurança afundou no meu corpo. Todos nós estávamos berrando agora. O rastreador, preso por um clipe, voou.

Ele bateu no teto e a tela escureceu.

Torquin logo endireitou o avião. Deu uma olhada no aparelho imprestável e fez uma careta.

— Ops.

— Reconheça, Sansão... você *vai ter* que contar ao professor Bhegad — disse Marco, inclinando-se em direção a Torquin, que estava no banco do passageiro do táxi grego. — Ele pode mandar outro aparelho por FedEx!

— Acho que não tem FedEx no Instituto Karai — comentou Aly.

— Na pior das hipóteses, o IK rastreia de longe — eu disse. — Eles podem passar a localização do Cass pra você!

Com seus dedos curtos e grossos, Torquin continuava pressionando os botões do rastreador quebrado.

— Consertar.

Eu não podia acreditar naquilo.

Exausto, dei uma olhada na estrada pela janela. Nós havíamos passado a noite no avião, na pista de decolagem do aeroporto. Tentamos convencer Torquin a entrar em contato com o IK para contar o que havia acontecido com o rastreador, mas ele se recusou. Não queria confessar o que fizera a Bhegad.

Tivemos de fazer sua vontade, como se ele fosse uma criancinha no jardim de infância — enquanto isso, Cass estava nas garras de uma fera carnívora.

Aly e Marco olhavam para mim desolados.

Pense. É a única coisa em que você é bom.

Hotéis e restaurantes passavam por nós de um dos lados da estrada, do outro, praia. Era difícil acreditar que finalmente estávamos de volta ao mundo real, com semáforos, tráfego, restaurantes, casas, torres de celulares, pessoas com roupas normais fazendo coisas normais. O rádio do táxi retumbava anúncios em grego, e um jornalista disse "Nea Yorki". Havíamos chegado.

Ainda assim, toda essa realidade de alguma forma tornou tudo ainda mais irreal.

Tinha de haver um jeito de encontrar o Cass. O grifo estava programado para achar e proteger seu Loculus. O que significava que, de alguma forma, a esfera mágica ainda existia. Ainda que seu esconderijo, o Colosso, tenha sumido.

Se encontrássemos o Loculus, encontraríamos o Cass.

Enquanto nos aproximávamos do porto, olhei com atenção pela janela. As laterais do ancoradouro se curvavam num formato de pinça, como dois dedos prestes a estalar. Barcos de pesca retornavam com o pescado da manhã, e pessoas faziam o desjejum em fileiras esparramadas pelas calçadas, nos cafés a céu aberto.

Supostamente a maior estátua já construída. Tinha as pernas abertas, uma de cada lado do porto, e o braço erguido segurando um farol que iluminava as embarcações...

— Este é o porto principal? — perguntei ao motorista. — Onde ficava o Colosso de Rodes?

— *Neh*... sim! — o motorista disse com orgulho. — Você conhece o Colosso? A maior Maravilha do mundo todo. Os grandes navios? Passavam debaixo das pernas dele. O restaurante do meu irmão Nico tem vista para o porto. A melhor comida de Rodes...

— Espera. Passavam debaixo das *pernas* dele? — perguntou Marco, descrente. — Com aquelas velas antigas enormes? Então esse negócio era gigantesco, tipo, dava para carregar a Estátua da Liberdade no bolso da toga.

— É por isso que chamamos de *Colosso*! — disse o motorista.

— Então, se o Loculus caiu quando a estátua foi destruída — eu disse —, ele deve estar debaixo d'água.

Marco franziu o cenho e estreitou os olhos para enxergar contra o sol da manhã.

— Não vejo Sua Alteza Rubra nadando por aqui, à procura dele.

Torquin tirou os olhos do rastreador quebrado e apontou para a estrada que ladeava o porto.

— Pare ali.

— Vocês gostam de mergulhar? — perguntou o motorista. — Posso levá-los à loja do meu tio Foti.

— Dirija. — Torquin voltou a mexer no rastreador. Ele cruzou as pernas, revelando o enorme pé direito descalço.

O motorista levantou a sobrancelha.

— Minha prima Irini tem uma loja de sapatos...

Torquin baixou o punho violentamente sobre painel do carro. O motorista desviou em direção ao porto.

Pouco depois parou numa estrada de paralelepípedos com vista para a água. Um garçom, que ajeitava uma mesa, acenou para nós perto de um café de estuque branco. Dali de dentro vinha uma suave música *bouzouki*, além do estalar de frituras. O cheiro me deu água na boca. Torquin nos dera alguns euros como mesada. Comer alguma coisa seria ótimo, se não nos fizesse perder tempo.

O motorista estendeu um cartão a Torquin.

— Pode me ligar a qualquer hora do dia ou da noite. Taki a seu dispor. Agora pague, por favor.

Ignorando o cartão, Torquin deu o dinheiro e saiu do carro. Taki o contou rapidamente.

— Sem gorjeta?

— Fala demais — resmungou Torquin.

Aly olhou espantada para ele.

— Ele não pode fazer isso. — Ela pegou o cartão de Taki e passou para o banco da frente do carro. — Torquin, isso foi grosseria. Não vou sair daqui até você dar uma gorjeta a este homem!

Marco fez sinal de positivo para ela.

— Mandou bem, Norma Rae.

Torquin se virou. Ele murmurou qualquer coisa que fiquei satisfeito por não ouvir. Então jogou umas moedas para Aly, que as entregou a Taki.

— Boa menina — disse o motorista, sorrindo. — Vou dizer ao Niko para dar café da manhã grátis pra você.

Conforme ela saía do carro, a vi guardando algo no bolso. Lancei um olhar curioso para Aly.

Ela levou o dedo aos lábios e caminhou em direção ao porto.

38
O problema com Torquin

— O LOCAL do Colosso deve ser mais ou menos depois desses restaurantes... — disse Aly, se apressando pelo cais.

Marco e eu andávamos com dificuldade atrás dela. Nós havíamos pegado um monte de panfletos num estande turístico e lemos todos eles enquanto comíamos ovos com torradas no Niko's — quer dizer, Marco, Aly e eu lemos. Torquin estava ocupado com o aparelho rastreador. Àquela altura ele já havia destruído o aparelho de tal forma que seria impossível consertá-lo.

Fazia calor naquela manhã. Minha testa pingava de suor. Eu tinha de falar com Aly. Sozinho. Para saber o que é que ela tinha enfiado no bolso. E por que estava fazendo disso um segredo.

Quando estávamos passando por uma locadora de barcos, Torquin parou.

— Barco. Aqui. Dentro do porto.

Segurando um panfleto brilhante, Aly deu meia-volta.

— Esperem. De acordo com isto aqui, o Colosso jamais esteve sobre a água. Estudiosos modernos acreditam que os gregos não teriam como construir uma estátua de pedra daquele tamanho com uma perna de cada lado de um porto enorme. Teria desabado com o próprio peso. Mesmo que fosse feito de bronze, seria logisticamente difícil ancorar os pés um de cada lado do porto.

Torquin ficou olhando para ela com cara de quem não estava entendendo nada.

— Presta atenção, cara — disse Marco. — Mais tarde vai ter um enigma.

Olhei para a água. Se um grifo tivesse passado pelo ancoradouro, nós saberíamos. As pessoas estariam surtando. Haveria policiais por toda parte. Então eles não tinham passado por aqui.

Mas procurar na ilha de Rodes inteira poderia levar dias. Ela tem quase oitenta quilômetros de comprimento. Mesmo que Cass ainda estivesse vivo, ele tinha de receber o tratamento à meia-noite. Se não conseguíssemos levá-lo de volta a tempo, ele estaria ferrado.

— Na verdade, eles acreditam que o Colosso ficava na costa oeste — disse Aly. — Bem... aqui.

Nós passamos pelo último café. À direita, um muro de pedra margeava o porto. À esquerda, a estrada subia por uma pequena colina, para onde Aly estava apontando.

Ela baixou o rosto.

Meus olhos seguiram o caminho entre o dedo dela e um edifício que abrigava um supermercado e um banco. Em frente ao supermercado, um palhaço entregava balões de todas as cores para um grupo de crianças entediadas.

Marco ficou olhando para um dos balões que flutuava rumo ao céu sem nuvens.

— Lá se vai nosso Loculus.

Torquin soltou um risinho sarcástico.

— Procurar na seção de laticínios?

Aly disparou rua acima. A cidade de Rodes ficava montanhosa quando a gente se afastava do cais. Passamos por uma loja de bicicletas numa esquina e a balconista ficou olhando para nós com curiosidade.

— Aly, espera! — gritei.

Dei uma corridinha para alcançá-la. Agora estávamos mais ou menos meio quarteirão à frente de Torquin e Marco, que discutiam por alguma coisa.

— Não fique brava — eu disse.

Aly olhou para trás e então se inclinou na minha direção.

— Não estou brava. Só precisava me afastar para poder usar isto aqui.

Ela tirou um celular do bolso, tomando cuidado para escondê-lo de Torquin e de Marco.

— Quando pulei para o banco da frente do táxi, depois que o Torquin fez aquilo com o motorista, peguei esse celular.

— Você roubou o telefone! — eu disse. — Isso é pior do que o que o Torquin fez com ele!

— Eu *peguei emprestado*. — Aly dobrou a esquina de uma estreita ruazinha cheia de edifícios de apartamentos. Mães e pais emergiam das portas, mandando beijos para os filhos que acenavam das janelas, nos braços de avós vestidas de preto. — Fiquei com o cartão do Taki. Vou ligar para a empresa de táxi. Precisamos que levem a gente por aí, não precisamos? Vou devolver o telefone e dizer que peguei por engano. Escuta, o Torquin não vai deixar a gente chegar nem perto de um telefone público. É a nossa única chance. Só quero falar com a minha mãe, dizer que estou bem. Preciso de um segundo para bloquear a identidade de quem está fazendo a chamada. Depois que eu ligar, você também pode ligar, se quiser.

Meu coração deu um pulo. Meu pai devia achar que eu estava morto. Eu poderia ouvir a voz dele pela primeira vez desde a minha partida.

Olhei para trás. Marco e Torquin ainda não haviam virado a rua. Aly me puxou pelo braço e correu para um beco escuro ente dois edifícios.

Minha mente dava voltas. Eu imaginei o telefonema. Imaginei o que meu pai diria. Como nós dois nos sentiríamos.

E o que aconteceria em seguida.

Enquanto escapulíamos para o beco, ela abriu o celular.

— Espera. Você não pode fazer isso, Aly — eu disse.

Ela olhou para mim, chocada.

— Por que não?

— Só vai piorar as coisas — eu disse. — Escuta. Você está desaparecida há muito tempo. Nós quatro desaparecemos nas mesmas circunstâncias. A polícia deve estar procurando a gente. Talvez até o FBI. O que significa que estão em contato com nossos pais. Se telefonarmos para eles, Aly, vão nos rastrear. Vão descobrir onde estamos. E, quando fizerem isso, vão vir atrás de nós. Jamais conseguiremos voltar ao Instituto Karai. Para receber o tratamento.

Aly se voltou para mim com olhos suplicantes.

— Você não acredita nisso!

— Quer saber no que eu acredito? — eu disse. — Que temos esse gene que nos deixa doentes. E que o Cass precisa que a gente o resgate. Olha, não quero dizer que assino embaixo do que o Bhegad diz. Não acredito que ele tenha nos contado a história toda. Mas depois do que vimos nos últimos dias? Não podemos simplesmente ignorar, Aly. Ninguém tem mais vontade de ligar para casa do que eu. Eu queria que meu pai viesse me buscar e esquecer tudo o que aconteceu. Você não faz ideia de quanto eu gostaria que isso acontecesse. Mas estamos no meio de algo que temos de terminar.

Pus a mão no ombro dela, mas ela me enxotou. Ela parecia desesperada.

— Todo software de rastreamento leva pelo menos trinta segundos para rastrear uma chamada. Vou usar vinte no máximo, aí desligo. Só para ela saber, Jack. Por favor. Distraia o Torquin e o Marco. Só preciso de vinte segundos.

Eu respirei fundo. Eu sabia que ela precisava fazer a ligação, e eu não queria discutir. Não tínhamos tempo para isso. A gente tinha de encontrar o Cass.

A voz de Torquin e de Marco estava se aproximando. Saí correndo do beco e diminuí o passo ao dobrar a esquina.

— Aly? — perguntou Torquin, olhando para a rua. — Cadê?

Revirei os olhos.

— Onde você acha? Ela tomou dois copos enormes de suco de maçã. Chamado da natureza. Agora seja educado. Vira pra lá.

Marco virou de costas. Relutante, Torquin fez o mesmo.

— Hagrid e eu estávamos debatendo — disse Marco — sobre onde encontrar informações sobre o Colosso. Passamos por um edifício com palavras em grego talhadas em pedra. Aí ele disse: "Biblioteca"! E eu fiquei, tipo, "Como você sabe"?

— Você sabe grego? — perguntei a Torquin.

— Perfeito — disse ele. — Feito inglês.

Ouvi passos e dei meia-volta. Aly estava caminhando em nossa direção, saindo do beco. Ela estava pálida.

— Seu dia de sorte, irmã — disse Marco, indo para perto dela. — Vamos à biblioteca! — Ele parou e deu uma olhada para ela. — O que foi? Colocaram meleca na sua mussaca?

Aly não respondeu.

Enquanto subíamos os degraus do edifício de pedras maciças, Marco apontou para um pequeno aviso na janela com os símbolos internacionais de proibido fumar, proibido ouvir rádio, proibido comer e proibido entrar descalço.

— Você trouxe os seus mocassins? — Marco perguntou a Torquin.

Torquin bateu na porta com força.

Fui para perto de Aly. Ela não estava olhando para mim. Eu estava preocupado. Alguma coisa havia acontecido. Precisava saber se ela tinha feito besteira, se havia alguém vindo atrás de nós.

Depois de mais ou menos um minuto, a porta se abriu lentamente e o rosto de uma jovem apareceu.

— *Eimaste kleistoi. Pioi eisaste, eh?*

E, sem hesitar por um único segundo, Torquin respondeu:

— *Ta paithia einai Amerikani.*

A porta imediatamente se abriu. A mulher deu um sorriso contido.

— Posso abrir alguns minutos mais cedo para visitantes greco-americanos — ela disse, com forte sotaque grego. — Meu nome é Ariadne Kassis. Bibliotecária-chefe. Por favor, entrem.

Ela nos conduziu por uma sala de leitura quase vazia, passando por uma série de pequenos escritórios, até uma sala espaçosa. Havia prateleiras de madeira escura e um tapete oriental gasto que cobria praticamente o chão inteiro. Nós nos sentamos em cinco cadeiras de encostos altos, estofados com grosso tecido vermelho, ao redor de uma bandeja com chá e doces. O lugar tinha cheiro de café embolorado, couro velho e livros antigos. No fundo do recinto, um homem de cabelos ralos, que parecia mais antigo que os livros, dormia com um exemplar e um prato de castanhas verdes no colo. Parecia que ele não se mexia havia décadas. Talvez até já estivesse morto e ninguém percebeu.

— Estamos pesquisando sobre o Colosso de Rodes — eu disse. — Precisamos saber tudo. Onde ficava, o que exatamente aconteceu com ele, se existem resquícios ou não.

— Naturalmente vocês estão cientes de que estão pesquisando o maior quebra-cabeça arqueológico de todos os tempos — disse a sra. Kassis enquanto nos servia chá. — Mas vieram ao lugar certo. Temos livros, artigos acadêmicos, fontes da internet...

— Internet pra mim — vociferou Torquin. — Livros pra eles.

— E *Papou* — prosseguiu a sra. Kassis, agora servindo o chá para si mesma.

— Papo de quem? — perguntou Marco.

A sra. Kassis lançou um olhar irritado para o outro lado, onde estava o velho.

— *Papou!* PAPOU!

O sujeito pigarreou de modo curto e repentino. Sua cabeça relaxou numa posição levemente ereta e os olhos úmidos se abriram em fendas desnorteadas.

— Desculpe acordá-lo! — ela disse bem alto, caminhando até ele. — Mas estes visitantes são americanos! Eles estão pesquisando sobre o Colosso!

O homem segurou uma bengala torta como se fosse se levantar, mas a sra. Kassis gentilmente empurrou sua cadeira em nossa direção. A cadeira tinha rodinhas.

— Meu bisavô é um dos mais ilustres folcloristas da Grécia — anunciou ela. — Ele acabou de completar cento e dezessete anos, não é mesmo, *Papou*?

Ele deu de ombros. Enquanto ele nos fitava com olhos desfocados, ela ergueu uma das coisinhas verdes enrugadas que ele tinha no prato.

— Querem castanhas?

— Não, obrigado — eu disse.

— A estátua representava o antigo deus do sol grego, Hélio — disse a sra. Kassis. — Foi construída por volta do ano 280 a.C. e, mais tarde, destruída por um terremoto. Naturalmente bem antes de *Papou* nascer. Apesar de não parecer. Por muitos anos, *Papou* estudou uma seita antiga, uns monges ou algo parecido. Eles se dedicavam à preservação da memória do Colosso. Fanáticos, na verdade. Não estavam envolvidos com nenhuma religião propriamente. A Grécia, vocês vão descobrir, é bem tolerante com excêntricos, mas *Papou* os levou muito a sério. Infelizmente a memória dele já não é mais a mesma. — Ela levantou a voz: — *Papou*, essas pessoas estão à procura do Colosso.

Papou se ergueu como se tivesse acabado de notar que estávamos lá.

— Colosso? — disse ele, e sua voz era um chiado quase inaudível. Ele fez um gesto em direção a um bloco de papel e uma caneta numa escrivaninha próxima. — *Thos mou... thos mou...*

Enquanto eu lhe entregava a caneta e o papel, a sra. Kassis sorriu.

— Isto deve demorar um pouco. Com licença.

Ela saiu para responder à pergunta de um membro da equipe — e nós aguardamos.

Após alguns instantes de escrita cuidadosa, ele nos entregou um endereço.

Bingo.

39
Caçando os monges

— Rua Mastakouri — Torquin levantou o papel com a anotação do velho, comparando-a a uma placa de rua. — Número quatro sete sete. Falta muito.

Enquanto subíamos a íngreme ladeira de paralelepípedos, me mantive perto de Aly. Ela não disse uma única palavra.

Estávamos acima do centro da cidade. Ali, casas antigas de pedras demarcavam nitidamente as estradas cheias de curvas. A Rua Mastakouri era larga o bastante para um único carro passar. Um homem com um carrinho de comida fritava bolinhos no cruzamento. O cheiro me deixou com fome, apesar de termos tomado o café da manhã havia apenas uma hora. Parecia que se comia o tempo todo na Grécia.

Marco e Torquin caminhavam juntos, compartilhando um saco de biscoitos gregos cobertos de açúcar granulado. Diminuí o passo e segurei o braço de Aly, deixando todos se adiantarem.

— Ei — falei baixinho —, você está bem? O que foi que houve com o telefonema?

Seus olhos se anuviaram.

— Minha mãe disse alô. Como se estivesse aqui perto. Como se nada tivesse acontecido. Eu tinha planejado o que ia dizer. Vinte segundos. "Oi, mãe. Estou num lugar secreto. Um projeto científico. Mas estou bem. Não se preocupe."

— Como foi que ela reagiu? — perguntei.

— Eu não consegui falar — disse Aly. — Quando ouvi a voz dela, só consegui chorar. Não disse uma única palavra. Era para o G7M fazer de mim um supercérebro, Jack. Mas não consegui me controlar. Entrei em pânico. Quando olhei para o relógio, já haviam passado dezoito segundos. Então tive de desligar. Mas, antes de apertar o botão, ouvi a voz dela outra vez. Ela disse: "Aly? É você?"

Lágrimas começaram a lhe escorrer pelas bochechas. Passei o braço ao redor do ombro dela e a deixei afundar a cabeça no meu ombro.

— Pelo menos ela sabe que você está viva.

Aly balançou a cabeça.

— Você tinha razão, Jack. Eu não devia ter feito isso. Fiquei me sentindo mil vezes pior.

Caminhamos em silêncio. Aly estava fungando, e eu a segurei com força.

À nossa frente, os pés descalços de Torquin batiam ruidosamente nos paralelepípedos. Dois garotos passaram pela gente puxando um bode teimoso. No cruzamento adiante, três homens vestindo túnica com capuz compravam legumes, numa cena digna de pintura. Piscando, dava para imaginar que estávamos de volta à Idade Média.

— Aha! — gritou Torquin, apontando para o número pintado no meio-fio. — Quatro-seis-um... quatro-seis-nove... quatro-sete-três...

Torquin parou de repente. Ele ergueu os olhos para o teto de um restaurante com um menu de sanduíches na frente. Duas jovens executivas saíram dali conversando e soltaram um gritinho ao ver sua figura corpulenta.

Ele estava olhando acima da cabeça delas.

Nós corremos para o lado dele e olhamos também. Acima da entrada, havia uma grande placa:

Marco cuspiu uma nuvem de açúcar de confeiteiro.

— Você perguntou a ele onde ficava o Colosso — disse ele.

— *Restaurante*... Colosso! — berrou Torquin. Ele rasgou o papel e o jogou no chão, pisando em cima. — Não tem graça!

— Talvez você tenha mesmo que entrar em contato com o IK para conseguir informações sobre a localização do Cass, cara — disse Marco. — Acho que interrogar velhotes gregos não está dando certo.

Uma mãe com três filhos estava prestes a entrar no lugar, mas as crianças deram uma olhada no furioso Torquin e começaram a chorar. Enquanto a mãe rapidamente os levava para longe, a porta se abriu. Um homem de terno saiu dali e olhou com tristeza para os fregueses perdidos.

— *Que sacooo!* — gritou Torquin, contrariado, chutando o menu de sanduíche. A placa balançou e se desmantelou na calçada.

O homem olhou espantado para Torquin. Ele gesticulou furiosamente, disparando palavras em grego que não soavam nada simpáticas. Torquin respondeu em grego-Torquin, e os dois foram se aproximando até ficarem praticamente cara a cara.

— Calma aí, rapazes! — disse Marco, tentando separá-los.

Um pequeno grupo começava a se juntar. Atrás do homem do restaurante, um garçom com a cara assustada digitava um número no celular.

Aly me puxou pela manga.

— Jack, olha!

Ela estava observando a rua. Os três homens encapuzados haviam terminado as compras e estavam passando por nós, descendo a colina. O capuz de um deles tinha caído. O homem era careca no topo da cabeça e virou o pescoço para olhar a briga em frente ao restaurante.

Quando ele se voltou outra vez para os colegas, vi sua nuca.

Havia um lambda branco contra os cabelos castanho-escuros.

— Aja naturalmente! — sussurrou Marco. — Não podemos deixar que percebam que estão sendo seguidos.

Um quarteirão à nossa frente, no fim de uma rua íngreme, os monges pararam de repente. O cara sem capuz falava ao celular. Ele parecia agitado. Enquanto os outros o ouviam, a expressão pacífica que esboçavam foi desaparecendo.

Imediatamente nos voltamos uns para os outros, tentando agir com naturalidade.

— Que tal essa, galera? — disse Marco.

Uma sirene acabou com a tranquilidade. Dei uma olhada na rua, em direção ao restaurante onde o dono voltava a pendurar sua placa. Um carro de polícia estacionara com suas luzes piscando. Através da janela dos fundos, vi um punhado de sujos cabelos ruivos.

— Mas que porcaria — eu disse. — O Torquin devia estar com a gente.

— Dã — respondeu Marco. — Ele estaria, se não tivesse conseguido ser preso sob a acusação de TTT, ou seja, Torquin Tocando o Terror.

Não havia muito a fazer. Tudo aconteceu muito de repente. A polícia algemou Torquin, apesar dos nossos protestos. E, apesar de um deles falar nosso idioma, ele não acreditou quando Marco alegou que Torquin era nosso pai.

Nós teríamos de tentar encontrá-lo mais tarde.

As palavras da sra. Kassis sobre o seu *papou* não paravam de piscar na minha cabeça. *Por muitos anos,* Papou *estudou uma seita antiga, uns monges ou algo parecido. Eles se dedicavam à preservação da memória do Colosso. Fanáticos, na verdade.*

— Como aquele monge pode ser um Escolhido? — disse Aly. — Ele tem bem mais de catorze anos!

— Ou o Bhegad está mentindo sobre o nosso destino — eu disse —, ou então esses caras têm algum tipo de cura secreta.

Aly estava digitando um número no celular.

— Onde foi que você arrumou isso? — perguntou Marco.

— É uma longa história — disse Aly. — Estou chamando um táxi. Um daqueles monges está com um molho de chaves de carro. Temos que ir atrás deles.

O monge sem capuz fechou o celular e o enfiou num dos bolsos da túnica. Os homens voltaram a caminhar, agora mais rápido e batendo boca. Ouvi Aly murmurando ao telefone, passando nossa localização. No meio do quarteirão seguinte, os monges entraram num estacionamento. Dois deles se dirigiram para um conversível velho e acabado, enquanto o outro pagava o funcionário do estabelecimento.

— O cara que ficou de mandar o táxi meio que fala nossa língua — disse Aly. — O Taki está a poucos quarteirões daqui.

O carro dos monges estava assobiando e expelindo fumaça. Lentamente deu partida, mas falhou e morreu a caminho da saída do estacionamento.

Um táxi veio crescendo na paisagem atrás de nós, buzinando. Vimos Taki sorrindo para nós pela janela aberta do veículo.

— Obrigado por encontrar o celular! — disse ele.

Aly entregou-lhe o aparelho enquanto nos sentávamos no banco de trás. Ele não pediu explicação.

— Siga os monges! — disse Marco.

Taki assentiu.

— Vocês não pagam a corrida.

Partimos. A cerca de quinze quilômetros por hora. O carro velho dos monges seguia bufando pelas ruas, e cheguei a pensar que teríamos de rebocá-los.

Finalmente o automóvel começou a ganhar velocidade. Em poucos instantes estávamos passando para a rodovia.

— Ei, Zorba, você tem algum primo monge? — perguntou Marco.

— Meu tio Stavros é sacerdote na Igreja Ortodoxa Grega. Ele diz que esses caras não são monges de verdade. Eles *é* gente doida. — Taki piscou e nos lançou um sorriso zombeteiro.

A Grécia, vocês vão descobrir, é bem tolerante com excêntricos, dissera a sra. Kassis.

Um grupo de adoradores do Colosso com um lambda no cabelo sem dúvida passaria por excêntrico no mundo real.

Estávamos seguindo para o leste, para longe das fronteiras da cidade, passando pela longa faixa de praias e hotéis. A estrada seguia pela costa mediterrânea, e as praias foram dando lugar a montes íngremes. O escapamento do carro dos monges soltava um contínuo fluxo de fumaça preta. A cada poucos minutos o motor fazia um barulho estalado.

— Eles estão com pressa — disse Aly.

— A sra. Kassis disse que esses caras são devotos do Colosso — eu disse. — Talvez não sejam tão loucos. Talvez saibam de alguma coisa sobre o que restou da estátua.

— Uma unha do Colosso seria como ração para o Peru Gluglu — disse Marco.

Finalmente os monges começaram a diminuir a velocidade. Pararam em frente a uma cabana destruída com um cadeado pendurado num ferrolho enferrujado.

— Continue seguindo em frente — eu disse a Taki.

— Podíamos simplesmente parar e nos apresentar a eles — disse Marco.

— É arriscado demais — rebati. — Lembre-se do que o Bhegad nos contou. Tem um grupo inimigo atrás dos Loculi. E se esses caras forem da Massa?

Taki dirigiu mais uns dois quilômetros, até que pedi a ele que desse meia-volta. Quando retornamos à cabana, o carro e os monges haviam desaparecido.

Uma caminhonete de entregas cheia de recipientes de azeite estava estacionada à margem da estrada. À sua esquerda havia um frágil portãozinho que conduzia a uma escada de madeira, levando ribanceira abaixo.

Taki pareceu um pouco hesitante.

— Por que vocês querem ficar aqui? Eu levo vocês à praia.

Enquanto Aly e Marco caminhavam até o portão, tentei pagar pela corrida, mas Taki recusou. Com um aviso de que podíamos ligar a hora que fosse, ele partiu.

Acompanhei meus dois amigos ao topo do penhasco. O mar estava dezenas de metros abaixo, com ondas cintilando à luz do sol. Os degraus desciam vertiginosamente, terminando num amplo patamar que brotava na lateral do penhasco — uma plataforma três vezes maior que o meu quintal. Mais degraus desciam da lateral esquerda da plataforma e davam para outra e mais outra — três enormes patamares conectados, descendo de lado pela muralha litorânea. Cada um deles era rodeado por uma cerca de madeira branca.

O mais alto dos três patamares, o mais próximo de nós, abrigava um enorme edifício retangular, construído dentro do penhasco. No centro do pátio áspero e ensolarado, túnicas de monges secavam nos varais. Perto da cerca havia três enormes cântaros de pedra mais altos que homens. Dois caras nas escadas enchiam os cântaros com jarros de azeite de oliva que tinham o mesmo logotipo da caminhonete no topo do penhasco.

— Esses monges devem ser fanáticos por salada grega — comentou Marco. — É óleo pra caramba.

O segundo patamar ficava uns vinte metros abaixo do primeiro. Ali havia uma espécie de estufa, também construída dentro do penhasco e com outro pátio de piso irregular.

Dezenas de monges estavam saindo de portas nas laterais de ambos os níveis. Eles desciam a escada para o patamar inferior, com suas sandálias de dedo estalando alto no chão.

— Os níveis são todos conectados — disse Aly. — O monastério deles certamente foi construído dentro do penhasco.

Eu me esforcei para ver o que estava acontecendo no terceiro patamar. Mas o ângulo não ajudava. Abri o portão da primeira escada.

— Vamos chegar mais perto.

Ouvi uma saraivada de berros. Então um guincho agudo surgiu acima deles. Ele ressoou sobre o mar com tal volume e intensidade que quase nos derrubou.

— Acho que encontramos o Piu-Piu — disse Marco.

40
Irmão Dimitrios

MARCO DESCEU DOIS degraus por vez. Aly e eu fomos logo atrás e chegamos ao primeiro patamar. Ele surrupiou túnicas do varal em frente ao edifício abaulado.

— Vistam isso! Rápido! Não quero levantar suspeitas.

— Não acho que estejam ligando pra isso agora — disse Aly.

Enfiamos as túnicas nas mochilas enquanto descíamos às pressas o segundo lance de escadas. Quando chegamos ao segundo patamar, ouvi o grifo guinchar mais uma vez.

Atravessamos o pátio correndo, passando pela estufa. De perto, ela parecia bem estranha. Eu nunca tinha visto uma estufa com vidros grossos e marrons. E sem sinal nenhum de planta dentro.

Os monges estavam subindo agora, um atrás do outro, com expressão de terror. Capuzes pendiam para a esquerda e para a direita, e notei que *todos* tinham o lambda na nuca.

Nós nos apressamos até a cerca branca e olhamos para o lado.

Meu estômago revirou. O grifo estava empoleirado no patamar inferior, com as pernas de leão encolhidas. Depois dele havia apenas queda livre para o mar.

Com uma sinuosa investida de asas, a fera se agitou em direção à escada e fechou as garras nos ombros de um monge de cabelos pretos. Ele gritava e se debatia enquanto o grifo o levantava no ar.

Assistimos horrorizados ao grifo sair voando pelas ribanceiras rumo ao norte. Pela primeira vez, percebi que a face do penhasco era repleta de furos. A besta voou com a presa diretamente para um deles e desapareceu ali dentro. Aly arfou e virou o rosto.

— Acho que é ali que fica a sala de jantar — disse Marco.

Os olhos de Aly pareciam dois pires. Eu sabia no que ela estava pensando.

Cass também devia estar numa dessas cavernas.

Marco deu meia-volta e correu bem para o meio dos monges em fuga.

— Você viu nosso amigo? — ele perguntou ao grupo. — Um garoto! Treze anos de idade. Alguém fala minha língua aqui? Vocês viram para onde aquela coisa levou nosso amigo?

— Cuidado, Marco! — gritei.

— Relaxa, eu sou imortal, esqueceu? — A maioria dos monges esbarrava em Marco e seguia em frente, ignorando-o completamente. — Ninguém fala meu idioma aqui?

Aly agarrou meu braço e me puxou em meio ao grupo de monges, em direção à estufa.

— Jack, olha isso — disse ela. — Olha o que tem lá dentro.

Quando nos aproximamos da construção com paredes de vidro, notei que ali dentro havia enormes pilhas de escombros que terminavam em picos irregulares muito altos.

— Olhe bem para essas pedras — disse ela. — Foram *esculpidas*. Pedaços de estátuas. Parece que esses caras vão colecionando qualquer ruína que encontram no mundo.

Ela tinha razão. Cada pedacinho tinha um lado esculpido, parecendo extraído de uma estátua maior. Havia pilhas de braços, pernas, pés, cabeças...

Uma mão.

Aly e eu vimos no mesmo instante o formato inconfundível da mão quebrada de um gigante virada para cima, como se estivesse segurando alguma coisa. Como uma tocha.

— Jack, e se isso for... — Antes de Aly conseguir terminar a frase, dois monges em fuga esbarraram nela. Aly girou e caiu, batendo a cabeça na terra. Os dois monges caíram em cima dela.

Os três começaram a brigar. Eu agarrei um dos monges, que devia pesar uns noventa quilos. Ele tinha cabelos espessos na altura dos ombros e seus olhos pareciam círculos de pânico. Ele me puxou com força, berrando em grego. Caímos no chão e rolamos até parar perto de Aly. Ele me agarrou pelo pescoço e começou a apertar. Com força. Arfei em busca de ar. Minha visão começou a sumir.

De canto de olho, vi Aly dar uma joelhada na virilha do outro monge. Enquanto ele urrava e se contorcia de dor, ela se levantou e disparou até as costas do meu agressor.

— Tira as mãos dele!

Ela puxou o monge para trás pelos cabelos. Ele deu um grito e soltou meu pescoço. Eu me arrastei e virei as pernas para prender o tornozelo dele.

O monge caiu, batendo ruidosamente a cabeça na terra dura. Esse estava fora de combate.

Levou um instante para eu recuperar o fôlego. Eu me levantei com cuidado, ainda temendo a fuga dos monges. Do meio deles, Marco emergiu, correndo em nossa direção.

— Você está bem, Aly? — perguntou ele.

Ela se levantou e olhou para a palma da mão. Seu queixo caiu de perplexidade.

— Pessoal, olha só — disse ela, virando a mão para nós.

Na palma de Aly havia listras brancas, como se ela tivesse encostado numa cerca com tinta fresca.

— É dele — disse ela. Seus olhos se voltaram para o chão, onde meu agressor jazia inconsciente, de barriga para baixo.

O lambda branco em sua nuca estava borrado.

Havia sido pintado.

— Esses caras são impostores — disse ela. — Não são Escolhidos de verdade.

Marco assentiu.

— Eu devia ter desconfiado. Eles não são legais o bastante.

Uma sombra gigantesca nos cobriu. Olhei para cima e vi o grifo sobrevoando.

Ouvimos um tiro de rifle e a ponta da asa do grifo se desfez num jorro de plumas. Quando me virei para olhar, um homem de túnica preta bordada estava descendo a escada. No topo, estendendo-se pela beirada do primeiro patamar, havia mais três monges ajoelhados apontando rifles para fora.

— *Parem com isso!* — gritou Marco, correndo pelo patamar em direção à escada.

Aly e eu o seguimos. O cara berrou uma ordem para seu escudeiro. Então se voltou para Marco e perguntou alguma coisa em grego.

— Você fala minha língua? — perguntou Marco. — Aquela coisa pegou meu amigo. A gente acha que ele foi parar numa dessas cavernas. Se você atirar nele, nunca vamos encontrá-lo!

— Sua língua? — O homem estreitou os olhos. Ele tinha voz grave, com sotaque grego. — Sou o irmão Dimitrios. Quem é você?

— Irmão Marco — respondeu Marco, sem pestanejar.

O homem inclinou a cabeça, curioso.

— Da Massarene de Nova York ou de Los Angeles?

Olhei para Aly. *Massarene?*

Marco piscou.

— Ah... De Akron, Ohio — disse ele.

O irmão Dimitrios olhou desconfiado para nós. Então, um dos escudeiros começou a gritar, apontando para o sul da muralha costeira. O tiro acertara o grifo de raspão, e ele agora estava voltando para mais uma rodada.

Os homens apontaram as armas. Mas o grifo não ficava ao alcance. Ele pairou sobre nós e desapareceu numa das cavernas da muralha.

— Pela Grande Qalani — sussurrou irmão Dimitrios. — Quantos prisioneiros foram feitos?

Eu olhei para Aly. Ela também tinha escutado.

O irmão Dimitrios começou a berrar instruções em grego para seus escudeiros. Dois deles correram em direção ao penhasco e entraram pela porta que levava ao seu interior. O outro desceu a escada chamando os demais monges.

— O que eles estão falando, irmão Dimitrios? — perguntei.

Ele me ignorou. Seus olhos estavam focados em algo acima do meu ombro. Eu me virei e vi o grifo subindo de novo pelo ar.

Dessa vez, ele veio voando exatamente na nossa direção.

41
O RETORNO DO PIU-PIU

ESTÁVAMOS FRITOS. ALY, Marco e eu nos jogamos no chão. Nós batemos na terra no ponto onde a estufa encontrava a muralha do penhasco.

Mas o grifo passou direto sobre nós. Ele voou pela lateral do penhasco e cravou as garras no muro sobre a nossa cabeça. Um montinho de terra e rocha se soltou.

O bicho lançou um grito feroz, se afastou com um pulo e voltou a atacar a muralha.

— Ele está querendo entrar! — gritei. — Ele quer alguma coisa que está lá dentro.

— Algo que começa com *L* e termina com *oculus* — disse Marco.

A muralha balançou de novo. Tivemos de nos afastar rolando para não ser esmagados por uma avalanche de rocha e terra.

Minha mente estava a mil por hora. Cass estava fora do nosso alcance. Por uma fração de segundo, pensei no meu pai. Pensei em como ele sempre dizia que um problema é uma resposta esperando para ser descoberta.

Me ajuda, pai, pensei.

Quando o grifo atacou a parede pela terceira vez, ouvi outro tiro de rifle vindo de cima. Um dos homens do irmão Dimitrios estava ajoelhado perto de um dos grandes cântaros de azeite, com o rifle apontado para a fera.

O grifo pousou a poucos metros, rugindo ferozmente. O homem rapidamente desceu os degraus. Ele plantou os pés na base da escada e atirou pela terceira vez. Todos nós nos encolhemos. Quando a bala penetrou na sua pele, a fera virou a cabeça para o atirador. Ela deu dois passos rápidos em direção a ele e partiu para o ataque. O atirador tentou fugir, mas não foi rápido o bastante.

Ele tropeçou para frente e desapareceu ribanceira abaixo. Seu grito me revirou o estômago.

O grifo aparentemente não se deixou intimidar nem pelo monge, nem pelo ferimento a bala. Ele parou por um instante e olhou para as cavernas ao norte. Não precisava ser especialista em expressões faciais de grifos para perceber que ele estava faminto. Ele tinha seus próprios problemas. Precisava do Loculus, mas também tinha de comer.

Nesse momento eu soube exatamente o que fazer.

— Se o Loculus estiver ali — eu disse —, a gente tem que ajudar o grifo a pegá-lo.

— *O quê?* — disse Aly, ao mesmo tempo.

— Ele está programado para pegar o Loculus — eu continuei. — É o que ele vai fazer primeiro, e acho que devemos deixar. Mas vejam. Ele está morto de fome. Aposto que, assim que estiver com o Loculus, vai atrás de comida.

— É, filé de Cass! — disse Marco.

— Exatamente — eu falei. — A gente só precisa chegar antes dele.

— Incrível, cara! — disse Marco. — Podemos escalar o penhasco!

Aly o cercou.

— E como você sugere que a gente faça isso, sr. Imortal? Descendo de rapel com os seus cadarços? Tem dezenas de tocas. Levaríamos uma semana para achar o Cass!

— Eu sei que é arriscado — falei —, mas é a nossa única chance.

— Essa não — murmurou Marco. — Levanta a cabeça.

O grifo lentamente deu meia-volta, como se tivesse acabado de reparar na gente. Ele piscou e exibiu os dentes afiados, brilhantes de saliva. Ele soltou um chiado gutural de estremecer.

Aly procurou minha mão e a agarrou com força.

Marco ergueu os olhos acima da cabeça do grifo. Ele engoliu em seco.

— Hum, Angry Bird? Você não entende o que eu digo, mas está seriamente encrencado...

Olhei para cima. Os dois entregadores de azeite estavam no topo do penhasco, a quase trinta metros do grifo, balançando um enorme rochedo entre eles.

Atrás da fera, uma porta de metal se abriu, batendo com força na parede. O grifo virou a cabeça incisivamente no mesmo instante em que os homens soltaram o rochedo.

O rochedo desabou, ricocheteando no ombro da ave de rapina. Sua perna dianteira entortou. Soltando um rugido de dor e confusão, o grifo alçou voo diretamente para cima. Os caras do azeite fugiram correndo.

Enquanto o grifo subia, o irmão Dimitrios emergiu do monastério. Ele se esforçou para subir os degraus de madeira rumo ao primeiro patamar. Em seus braços havia um enorme objeto envolto num pano com enfeites dourados.

Pairando no ar, o grifo se virou para olhar.

Então, emitindo um som agudo, mergulhou na cabeça do monge. O irmão Dimitrios tropeçou. O objeto caiu das mãos dele e rolou escada abaixo, fazendo um estranho zumbido. Parou perto da cerca do outro lado da ribanceira.

O pano se soltara, revelando uma escultura de bronze de uma chama enorme, de mais de um metro e meio.

— Não! — urrou Dimitrios. Livrando-se do grifo, ele se lançou pelos degraus atrás da chama.

E eu também corri, para pegá-la antes dele.

Eu não sabia como era um Loculus. Mas sabia que o Colosso segurava uma tocha acesa na mão, como a Estátua da Liberdade. E o grifo estava concentrado no irmão Dimitrios e na escultura dele.

Para mim isso tudo significava que o Loculus talvez estivesse *dentro* da chama esculpida.

Marco e Aly estavam bem atrás de mim.

— Dê a escultura ao grifo, irmão Dimitrios! — gritei. — Deixe que ele fique com ela!

— Nem morto! — respondeu Dimitrios. Ele me empurrou, pegou a escultura e começou a correr, desviando-se do grifo conforme disparava degraus acima. Marco, Aly e eu corremos atrás dele. Mas ele tropeçou ao começar a subir o segundo lance de escadas e o grifo voltou a atacar.

O monge gritou quando a fera cravou as garras no ombro dele. O bicho o sacudia como um brinquedinho de mastigar, batendo-o contra o corrimão de madeira que ladeava a escada. O corrimão fez *crac* ao quebrar.

A túnica de Dimitrios rasgou e ele desabou pela escada, aterrissando nos nossos pés com a chama ainda firme nos braços. O grifo mirou a gente e se colocou em posição de ataque.

— Ei, Bafo Podre! — gritou Marco, pulando o monge e correndo em direção ao grifo. — Já brincou de Acerte o Grifo?

Ele pegou um pedaço do corrimão quebrado. Erguendo-o sobre a cabeça, subiu correndo os degraus e bateu com o corrimão no bico da fera.

O bicho soltou um urro de dor e agitou as asas. Ele suportara balas e um rochedo voador. Uma pancada no nariz era a gota d'água.

Enquanto Marco passava correndo pelo grifo rumo ao topo do penhasco, o bicho voou mais alto. Ambos sumiram de vista no topo de onde havíamos chegado.

Aly e eu corremos. Podíamos ouvir Marco provocando o grifo. A fera urrava para ele. Ouvi barulho de vidro quebrando, de metal retorcendo.

— *Marco-o-o-o!* — gritei.

Alcançamos o topo e paramos de repente.

O grifo estava encurvado, de costas para nós. Tudo que conseguíamos ver eram suas asas e ancas enormes. Ele parecia estar se alimentando.

Só havia uma coisa que ele podia estar comendo.

Marco.

42
A CHAMA

DAVA PARA OUVIR a voz de Marco. Gritando. Ele ainda estava vivo.

As costas da criatura subiam e desciam. Eu tinha de resgatá-lo. Tinha de fazer alguma coisa.

Eu me atirei nas pernas do grifo. Puxei uma caneta do bolso e enfiei na sua grossa pata. Um fluido verde começou a jorrar e o grifo emitiu um som esquisito.

Eu recuei, me arrastando. Quase trombei em Aly, que estava parada, olhando.

Ela me puxou para o lado, bem para a esquerda, e fez um gesto em direção ao grifo. Meu queixo quase caiu.

A cabeça da fera estava presa na porta da caminhonete de azeite.

— Mas que diabo... — murmurou Aly.

Marco veio caminhando tranquilamente pelo outro lado do veículo.

— Parece que o Galo Vermelho foi emoldurado. — Ele deu de ombros, sorrindo para a nossa cara de espanto. — Ei, só precisei me jogar pela janela do motorista e sair pela outra porta. E aí fiquei do outro lado zoando esse incompetente. Ele caiu direitinho. Veio bem atrás de mim. Enfiou a cabeça na janela e agora não consegue mais tirar.

— A gente... a gente pensou que ele estivesse devorando você — eu disse.

— Por enquanto ele vai ter que se conformar com esse estofado safado. — Enquanto o grifo rugia, levantava a caminhonete e batia com ela no chão, Marco dava tapinhas nos quadris do bicho. — Bom exercício, Piu-Piu. Você precisa perder esse traseiro enorme. Agora vamos lá, soldados, dar uma conferida no Darth Vader.

Ele correu escada abaixo. Aly e eu demos uma olhada para o grifo aprisionado e seguimos Marco. O irmão Dimitrios jazia semiconsciente no pé da escada. Estava cercado por seus escudeiros. Quando nos aproximamos, eles empunharam os rifles.

— Não — disse Dimitrios aos homens. — Eles salvaram a minha vida.

Eu me ajoelhei ao lado dele.

— Você está bem?

Ele não respondeu, em vez disso se aproximou de Marco.

— Posso ver a sua nuca, meu jovem?

Marco olhou desconfiado para ele.

— Por quê?

— É pintado? — perguntou ele. Então, agarrou o queixo do Marco e virou a cabeça dele de lado. — Não, é real. O lambda. E vocês dois também têm?

Antes que eu pudesse responder, Aly disparou:

— Nós temos uma pergunta, irmão Dimitrios. Que escultura é aquela? E por que você está tentando levá-la?

Os olhos do monge faiscaram e um filete de sangue lhe escorreu do canto da boca. Um fraco sorriso se formou em seus lábios.

— Toque... a chama...

Seus escudeiros se entreolharam, incomodados. Finalmente, um deles pegou a escultura e a trouxe para mim, segurando-a com as duas mãos. Tinha quase a minha altura. O sujeito soltou um grunhido ao colocar a pesada forma no chão.

— Toque... — repetiu Dimitrios.

Alcancei a escultura, deixando meus dedos roçarem a peça. Estava amassada por causa da queda.

Por um longo instante nada aconteceu. Aly e Marco olhavam, confusos. Do alto veio o barulho da caminhonete batendo contra o solo mais uma vez.

Lá embaixo os monges gritavam.

Aly se virou.

— Marco, Jack... olhem.

Um andar abaixo, a estufa começou a brilhar. Um brilho tão intenso que tive de estreitar os olhos. E ficava cada vez mais brilhante.

43
MASSARYM

EU TENTEI SOLTAR a chama, mas ela não permitia.

Estava esquentando com o meu toque. Os monges do irmão Dimitrios recuaram, amedrontados. Sem pensar direito, segurei a base da chama com as duas mãos e a puxei para mim. Não sabia direito por quê. Só me pareceu a coisa certa a fazer.

A chama de metal parecia não ter peso, era como se estivesse cheia de gás hélio. Eu ergui a peça toda sem fazer o mínimo esforço. Dei meia-volta e caminhei até o topo da escada que dava para o segundo patamar. Um grupo de monges estava reunido em torno da estufa, que agora pulsava com uma sinistra luz. Algo girava dentro dela, como uma ventania errante.

— Jack? — disse Aly. — Você está me assustando.

— Não sei o que está acontecendo — eu disse. — Não sei o que fazer.

Marco baixou os olhos em direção à estufa.

— A discoteca está te chamando, cara. Melhor se apressar.

Conforme eu descia com a tocha na mão, não sentia os degraus sob os meus pés. Era como se eu estivesse flutuando. Os monges recuaram quando me aproximei da estufa. Não havia entrada. Vi que o único jeito de entrar ali era pelo próprio monastério. Devia haver alguma porta interna que conduzia ao interior da estufa.

Aly e Marco entraram comigo no monastério. Caminhamos para a direita, por um caminho curto descendo um corredor. Havia três pinturas aparentemente antigas na parede. Uma delas era uma enorme imagem do Colosso. Exatamente como Aly dissera, ele ficava ao lado do porto, como um farol. Era feito de bronze polido, assim como a chama que eu tinha nas mãos.

A imagem seguinte era de um jovem com uma túnica pomposa sentado numa bola branca transparente. Era bonito e sarado, e estava cercado por amigos que pareciam adorá-lo, a maioria garotas. Tive de olhar duas vezes para ver que na verdade ele estava flutuando.

Depois dessa pintura, havia a de um velho de pele flácida e enrugada. Apesar de os olhos transmitirem profundo sofrimento e do cabelo ralo e branco, ele irradiava uma dignidade poderosa.

Notei que placas de bronze idênticas sob cada retrato traziam o mesmo nome: MASSARYM.

A mão de Marco estava na maçaneta, mas ele recuou. Estava com uma expressão tensa.

— Não sei não, irmão Jack — disse ele.

— Nem eu — repliquei, hesitante.

Seus olhos miravam as pinturas.

— Isto aqui é, tipo, Time Massarym. Estamos na barriga do inimigo. O irmão Dimitrios *quer* que você faça isso. Não lhe parece uma boa razão para fazer o contrário?

— Como você sabe que *eles* são o inimigo? — rebateu Aly. — Como sabe que o Bhegad e os acadêmicos do Karai não são os vilões da história? Eles mentiram para a gente e nos manipularam o tempo todo!

— Acho que vamos descobrir rapidinho — eu disse. — Por favor, abra a porta.

Aly foi na frente e girou a maçaneta.

— Está trancada — disse ela.

Marco deu um salto giratório e chutou a porta, abrindo-a com um só movimento.

— Agora não está mais.

Nós entramos. O brilho das pilhas de pedra era tão intenso que tive de proteger os olhos. Era uma espécie de oficina gigante, com mesas dispostas de modo aleatório e caminhos estreitos e sinuosos em meio aos escombros. De alguma parte no fundo das pilhas escutei um som, uma canção distante como aquela na cratera do vulcão.

— Vocês estão ouvindo isso? — perguntei.

— Não sei — disse Marco, receoso.

Levantei a chama e caminhei pelas trilhas à procura da mão gigante que eu vira antes. Ela estava torta no topo de uma das pilhas. Mas de perto vi que era de pedra, não de bronze. E não chegava nem próxima de ter tamanho para segurar a tocha.

Debaixo dela havia dezenas de outras esculturas de mãos feitas de pedra, bronze, mármore ou madeira. Algumas estavam presas a braços. Eram finas e grossas, masculinas e femininas, infantis e adultas.

Aly passou para outra pilha e pegou o busto quebrado de um touro.

— Isso é loucura. Parece um necrotério de estátuas. Podemos levar meses revirando este lugar para achar as peças certas.

Ela tinha razão. Havia centenas, talvez milhares de estátuas ali — humanos, deuses, animais. Se o Colosso estivesse no meio dos escombros, seria impossível encontrá-lo.

A marca na minha nuca estava começando a latejar de novo. Minha visão estava ficando embaçada. O brilho, o som... o que isso queria dizer?

Ouvi o grifo berrar ao longe. Ele podia se soltar da caminhonete a qualquer momento. Se o Cass ainda estivesse vivo, seus minutos estavam contados. Não tínhamos tempo para procurar o Colosso agora. Isso teria de esperar até resgatarmos nosso amigo.

— Vamos — eu disse —, vamos sair daqui.

Joguei a chama de bronze numa das pilhas. Não podia carregá-la para cima e para baixo no penhasco.

Mas ela não caiu.

Ficou simplesmente pendurada. Em pleno ar.

Aly, Marco e eu ficamos boquiabertos, e o bronze começou a pulsar. Estava mudando, ficando mais transparente, como se fosse papel.

Havia algo preso dentro da chama. Eu me aproximei para ver o que era. Não parecia sólido nem líquido, apenas um torvelinho de luminosidade, objetos irregulares movendo-se violenta e rapidamente em torno da própria energia contra a estrutura interna da peça de bronze. Eles vibravam e pulsavam, circulando tão rápido que se tornavam um tipo de plasma.

Algo estava nascendo ali dentro, bem diante dos nossos olhos. Uma coisa oval e delicada, parecendo um ovo gigante.

Um extenso cordão se formou ao longo da chama de bronze. E depois outro.

E, como pétalas, ela começou a se abrir.

44
O DESPERTAR

O BRILHO ERA como um soco. Estreitando os olhos, recuei. Marco e Aly estavam gritando comigo, mas eu não conseguia decifrar as palavras. O zumbido era torturante. Ele penetrava nas dobras do meu cérebro como se fosse líquido.

As laterais da chama de bronze se abriram de cima para baixo. Dentro havia um enorme globo de plasma rosa. Ele circulou lentamente sobre as pilhas de escombros, que começaram a girar. Peças se lançaram contra o vidro como se estivessem sendo atiradas por uma mão invisível. Enquanto a gente se agachava, as paredes da estufa começaram a rachar.

Alguns fragmentos — talvez um em mil — tiveram destino diferente. Eles se erguiam mais lentamente.

Um a um, foram sendo diretamente sugados para a bola de plasma. Grudaram na lateral dela como se fossem enxertos de pele. Os fragmentos estavam formando uma concha que se encaixava de baixo para cima, como um quebra-cabeça que se resolve por si mesmo, até que uma esfera inteira, de bronze, do tamanho de metade de uma bola de basquete, se formou. Ela pairava sobre os restos da chama de bronze.

— O Loculus! — eu disse.

— Nós temos que *levar* essa coisa? — perguntou Aly.

Marco se aproximou.

— Terra chamando Jack e Aly. Não fiquem parados aí. Vamos pegar!

Ele começou a escalar uma das pilhas. Agora a esfera estava girando ao redor da estufa, cada vez mais rápido, movimentando a massa abaixo e transformando-a num ciclone.

— *Marco, desce daí!* — berrou Aly.

Um pedaço de pedra voadora fez um corte na lateral da cabeça de Marco, que caiu pesadamente no chão. Aly e eu corremos para o lado dele.

— Não temam! — Marco se sentou, balançando a cabeça. — O Imortal aqui aguenta uma quedinha de nada. Esse Loculus tem vontade própria. Ele vai voar para Plutão antes que a gente descubra como...

Uma sombra cruzou seu rosto e ele se calou.

Todos nós olhamos para a cúpula de vidro. E ouvimos o lamento fúnebre e sedento de sangue do grifo.

— Como ele se soltou? — perguntei.

O grifo vinha descendo com a porta destroçada da caminhonete no pescoço. Ele a arrancara do veículo.

— Corram! — gritou Aly.

Enquanto nos arrastávamos para a saída, o teto da estufa explodiu.

A fera vermelha mergulhou para dentro. Seu corpo parecia preencher todo o espaço aéreo. O bicho batia as asas freneticamente, limitado pelas quatro paredes. A porta estava cravada na pele dele, formando um anel sem pele nojento ao redor do pescoço. Seus olhos amarelos e segmentados estavam cobertos por linhas pretas. Eles se voltaram para Marco e a fera rosnou.

Tentei proteger meu amigo com o corpo, mas ele me levantou e me empurrou para a porta como se eu fosse uma bola de futebol. Aly já havia passado e puxou Marco pelo braço.

O grifo trombou contra o batente. Ele era grande demais para passar pela porta. Enfraquecido pela batalha contra a caminhonete, a fera caiu para trás.

E o Loculus voador a golpeou na cabeça.

A fera parecia finalmente fora de combate. O grifo olhou para o objeto que fora treinado para proteger.

A esfera cintilante pairou acima dos escombros. As pedras abaixo se revolviam furiosamente, castigando o grifo. A ave-leão voltou a se levantar, urrando de dor.

Com um clarão, três cacos brilhantes de bronze foram cuspidos do alto de uma pilha e se fundiram em pleno ar. Depois mais quatro, então uma dúzia, até que as paredes ecoaram com o som de uma rajada de armas de fogo.

Bem acima de nós, o Loculus parou de se mexer. A nuvem de cacos de bronze dava voltas ao redor da esfera, como planetas orbitando em torno do sol. Avistei a chama do Colosso em meio aos cacos, ainda aberta como um lírio em flor.

O grifo, parecendo arruinado e confuso, se empoleirou na beirada do teto irregular para assistir.

O ar parecia ter se transformado num tom de bronze conforme as peças eram aspiradas para cima em velocidade impossível. Elas batiam umas contra as outras, fundindo-se em formas.

Uma base começou a se formar no fundo da chama. Ela foi crescendo constantemente para baixo, sugando peças grandes e pequenas. Dela brotou um cabo, e depois dedos que o seguravam, e então uma palma. Um punho. Um antebraço. Ombros.

Na base do turbilhão, dois enormes pés de bronze se expandiram — dos dedos dos pés até pesadas sandálias, tornozelos e panturrilhas. Coxas evoluíram para um tronco, e lentamente o topo e a base começaram a se fundir.

Um gigantesco guerreiro de bronze, que tinha facilmente uns trinta metros de altura, se ergueu sobre nós. Estava marcado por buracos, rapidamente preenchidos por cacos de bronze que encontravam seu lugar. A cabeça ultrapassava a altura da cúpula esfacelada. Lentamente foi ganhando rosto — a face esculpida de um guerreiro de olhos fechados, como se estivesse dormindo em pé.

— Pela Grande Qalani... — murmurou Marco.

Em instantes a obra estava completa. O Loculus subiu rapidamente, e por um momento achei que Marco tinha razão — ele não pararia antes de ultrapassar os limites do sistema solar. Mas de repente parou, em algum ponto do céu do entardecer acima da estátua.

Então, lentamente, o Loculus desceu rumo à chama no topo da tocha. Que começou a se fechar.

Ao ver o Loculus desaparecendo, o grifo uivou. Bateu asas em direção à estátua. Mostrando as garras, atacou.

— O que ele está fazendo? — perguntou Marco.

— Ele quer o Loculus — eu disse. — Sua função é protegê-lo, desde antes da destruição de Atlântida. Ele não sabe nada sobre o Colosso. Ele acha que o Colosso é o inimigo.

As garras tiniram ao se chocar na estátua de bronze, e o grifo vacilou. O peso da porta da caminhonete no pescoço estava desequilibrando o bicho. Ele bateu asas, tentando se estabilizar, então caiu num estilhaço de vidro preso nos destroços da parede. O vidro penetrou profundamente na lateral da ave.

Ao som do grito de morte da fera, os olhos do Colosso se abriram.

45
PLANO C

— ME... TIRA... daqui... — disse Aly, com a voz fraca.

— Hum, eu não estava esperando por *isso* — murmurou Marco.

Eu não conseguia me mexer.

Os olhos do Colosso se desviaram do grifo, observaram com atenção o ambiente e pararam na gente. Era um olhar vazio — vivo, mas não humano; em movimento, mas sem sangue correndo nas veias.

A cabeça do Colosso se mexeu, rangendo feito as engrenagens de um motor enferrujado. Ele parecia estar reconhecendo o ambiente, procurando alguma coisa. Ignorou os grasnados do grifo ferido, pendurado no vidro como uma boneca de pano.

A estátua gigante se debruçou sobre o centro da estufa, deixando escorregar o pé esquerdo. Uma pilha de pedras foi chutada de lado como se fosse pó. Então o Colosso ergueu lentamente a perna direita, como se a estivesse testando. Um dos pés com sandália do tamanho de um caminhão de mudanças pisou numa pilha de pedaços de estátuas abandonadas, pulverizando-as no mesmo instante.

O patamar tremeu como se estivesse havendo um terremoto. Do lado de fora, os monges corriam desesperados. Dando alguns passos trovejantes, o Colosso se virou e ficou de frente para o porto. Ele começou a se afastar de nós, esmigalhando o que restara das paredes de vidro com uma só pisada. Toda a estrutura externa desabou, enterrando o grifo numa pilha de vidro e pedra.

Seu corpo se debateu e então ficou imóvel.

O Colosso caminhou pelo patamar. Ele se voltou para a cidade de Rodes.

— Ele está indo pra casa — sussurrei. — Para o porto.

— Tomara que ele tenha plano de saúde — disse Marco. — O caminho é longo.

Ouvimos um ruído ritmado logo acima de nós.

— Um *helicóptero*? — disse Marco. — O que esses monges cabeça de bagre estão fazendo?

Pensei na cúpula acima. Não vimos o que havia dentro dela.

— Aquela enorme construção — eu disse — só pode ser um hangar.

— Num monastério? — questionou Marco.

— Um monastério da Massa — lembrei.

Num instante, o *tchuc-tchuc-tchuc* das hélices ficou inconfundível. O helicóptero subiu, pairando acima do Colosso. Pude ver o irmão Dimitrios no comando.

— Acho que ele se recuperou — murmurou Aly.

A estátua olhou para o helicóptero rangendo o pescoço de bronze. Um brilho vermelho irradiava por trás dos seus olhos.

Olhei sobre o ombro em direção ao penhasco. O sol ainda estava alto, mas começando a se pôr. Se conseguíssemos salvar o Cass, ele precisaria do tratamento em menos de doze horas.

Nós vamos salvar o Cass, repeti para mim mesmo.

— O Loculus está fora de alcance, na tocha do Colosso — eu disse. — O grifo está morto. O Cass tem de voltar ao IK até meia-noite. Alguém aqui tem um plano B?

Antes que alguém pudesse responder, um abrasador raio laranja foi disparado pelo lado do passageiro do helicóptero. Ele se conectou à tocha do Colosso, traçando uma linha flamejante através dele.

O Colosso retraiu o braço. Quando olhou para o helicóptero, outro raio laser o atingiu na testa, formando uma poça de metal derretido.

— O que eles estão fazendo? — questionou Marco.

— Sei lá! — respondi.

— Eles querem o Loculus — disse Aly. — Foi por isso que o irmão Dimitrios mandou você tocar na chama. Ele sabia que, juntando um dos Escolhidos e o Loculus, a esfera seria ativada. Mas aposto que não imaginava que o Colosso fosse reaparecer e levar o Loculus embora.

— *Nós* fizemos o Colosso reaparecer — disse Marco. — O irmão Jack, a irmã Aly e O Garoto Que Derrotou A Morte.

O barulho de uma pancada em pleno ar nos fez olhar para cima. O Colosso havia desferido um tapa no helicóptero, destruindo um de seus trens de pouso. O helicóptero arfava no ar, perdendo altitude.

— Eles estão caindo! — gritei.

O Colosso deu meia-volta e começou a seguir em direção à beirada do penhasco. Seus passos eram pesados. Pedaços enormes do penhasco começaram a desmoronar. O helicóptero girava loucamente, inclinando-se em direção à estátua.

O topo da tocha tinha sido derretido pelo raio laser, e do ângulo em que eu estava pude ver o Loculus flutuando ali dentro. Com o outro braço, o Colosso se precipitou e tentou agarrar as hélices do helicóptero.

As hélices se romperam no mesmo instante, voando para todos os lados. Nós nos jogamos no chão pouco antes de uma delas passar a poucos centímetros. Aos gritos, Dimitrios e o copiloto foram lançados para fora da aeronave. Eles caíram no patamar inferior do monastério.

O Colosso bateu no helicóptero vazio na beirada do penhasco, derrubando-o no mar Egeu. Ouvimos um tiro de rifle vindo do alto. Balas ricochetearam na superfície bronze da estátua, deixando algumas marcas.

— Ah, armas, ótima ideia — disse Marco. — Muito eficaz contra um gigante de metal.

A estátua se virou. Ela seguiu em direção à muralha do monastério, olhando bem para os seus agressores.

Os homens escapuliram o mais rápido que puderam.

Marco me agarrou pelo colarinho.

— Vamos cair fora daqui! — disse ele. — Esquece o Loculus. Que essa coisa fique com ele. Plano B: voltamos para a cidade e arrumamos equipamento de escalada. Procuramos em cada uma das cavernas até achar o Cass.

— Isso vai levar dias! — eu disse.

— Você tem uma ideia melhor? — perguntou Marco.

— Nós criamos essa coisa — disse Aly. — Ele está perto de destruir o monastério. E depois? Ele vai caminhando até a cidade e acaba com Rodes? Não podemos deixar isso acontecer.

— Não podemos abandonar o Cass — disse Marco.

Eu observei o Colosso, que agora estava tentando subir até o topo do penhasco. Mas as saliências eram altas demais para que ele simplesmente as usasse como degraus, e ele não parecia suficientemente coordenado para escalar. O gigante estava arranhando o penhasco, soltando pedaços de pedra. Não demoraria muito para as paredes do monastério desabarem.

Dei uma olhada no primeiro patamar, onde a cúpula fora aberta para permitir que o helicóptero levantasse voo. Pensei no monastério, prestes a ser destruído. Nas pinturas na parede, que seriam trituradas em meio às ruínas — o velho devastado, olhando para trás e contemplando uma vida de arrependimento. Seu arrogante eu juvenil, sentado numa esfera branca suspensa no ar.

No ar...

— Precisamos daquele Loculus — eu disse. — É com ele que vamos conseguir resgatar o Cass.

— Como é que é? — falou Marco.

— Vem comigo — eu disse, correndo em direção à escada. — Este é o plano C, de Colosso.

46
UMA FERA DE CADA VEZ

FUI O PRIMEIRO a subir. Marco veio em seguida, depois Aly. O Colosso ainda estava no segundo patamar. Ele tinha desistido de escalar e havia recuado da muralha. Acima de nós, os homens do irmão Dimitrios haviam se armado novamente. Alguém tinha arranjado uma metralhadora.

— Parem! — gritou uma voz do alto.

Ensanguentado e ferido, Dimitrios estava subindo as escadas do terceiro patamar. Na mão direita, levava um pequeno objeto oval. Uma granada.

No topo do penhasco, seus homens estavam paralisados. Dimitrios pisou no patamar, se esforçando para puxar o pino da granada.

— Quero ter o prazer de fazer isto eu mesmo — disse ele.

O Colosso se ajoelhou. Com o braço que segurava a tocha ainda para cima, pegou Dimitrios com o outro. A granada voou em direção ao mar enquanto o monge subia, aos berros, na mão do Colosso.

A estátua o esmagaria em instantes.

Corri em direção aos enormes cântaros de azeite.

— *Me ajudem! Agora!*

Com as duas mãos, tentei empurrar um dos cântaros. O troço estava cheio e era inacreditavelmente pesado. Parecia mais um oceano de azeite. Num instante, Aly e Marco se posicionaram ao meu lado.

— Empurra... vai! — disse Marco.

O primeiro cântaro tombou, destruindo a cerca de madeira e derramando azeite na lateral do primeiro patamar. Nós viramos o segundo e o terceiro cântaros numa rápida sequência. Uma cachoeira de líquido pegajoso desceu em cascata até o segundo patamar, espalhando-se sob o Colosso numa fina poça.

A estátua recuou e escorregou no óleo. O Colosso caiu dando um chute para cima com a perna gigantesca. Ele soltou Dimitrios, que saiu voando e colidiu com a muralha do penhasco, caindo inerte no chão.

O Colosso caiu com um barulho ensurdecedor: *bum!* A tocha, ainda em sua mão, estalou ao bater no chão de pedra. Então pude ver que o laser do helicóptero havia aberto um enorme buraco nela. Ali dentro, o Loculus estava preso numa fenda irregular. Apenas duas bordas pontudas o mantinham no lugar.

Duas pontas de bronze flexível.

Voei pelas escadas.

— Jack! — gritou Aly. — O que está fazendo?

Ouvi os passos de Marco atrás de mim.

Desci correndo para o segundo patamar, onde o Colosso estava tentando se levantar.

Foi quando vi um movimento súbito à esquerda. O grifo estava saindo de baixo dos escombros da estufa — vivo.

Uma fera de cada vez.

Estatelada no chão, a estátua levou a mão livre ao olho, como se quisesse avaliar o estrago. Enquanto eu me preparava, Marco bateu no meu ombro.

— Jack, seu idiota, vamos voltar!

Rangendo os dentes, eu o empurrei e pulei sobre a tocha.

Segurei-a com força com uma das mãos e enfiei a outra ali dentro para pegar o Loculus. Ele era surpreendentemente frio, e sua pele metálica fina o bastante para lhe dar flexibilidade. Puxei o mais forte que pude e o Colosso deu um solavanco para trás.

Foi a ajuda que eu estava precisando. O Loculus se soltou e foi direto para as minhas mãos.

— *Peguei!* — eu gritei.

Marco e Aly agora estavam ao meu lado. Eles me puxaram para longe do gigante. Mas o chão estava coberto de azeite. Ao mesmo tempo em que caímos, o Colosso se sentou. Pela primeira vez, vi que um de seus olhos tinha sido atingido e derretido pelo laser, parecendo um olho caído de zumbi. Ele virou o braço, me agarrou pela cintura e me ergueu no ar, com o Loculus e tudo.

— *Nã-ã-ã-o-o!* — gritou Aly.

O Colosso lentamente se pôs de pé. Subi ainda mais. Seus dedos apertavam meu tronco. Eu não conseguia respirar.

Ele levou o outro braço na minha direção, como se estivesse calculando a melhor forma de pegar o Loculus com seus dedos grossos e encaixá-lo de volta no lugar. Segurei firme, olhando para Aly e Marco. Talvez eu pudesse jogar a esfera para eles pegarem. Mas o Colosso estava me sacudindo muito rápido. Se eu jogasse longe demais, o Loculus podia acabar sendo lançado nas pedras abaixo. Ou se perder no mar.

Outro tiro soou. Não, não era um tiro — Marco estava lançando pedras no Colosso! Elas batiam no peito e nos braços da estátua, fazendo barulho de campainha.

— Aí, grandão! Aqui embaixo! — gritou Marco, balançando os braços feito doido.

O Colosso deu um passo para frente e levantou bem o outro pé, se preparando para esmagar Marco com uma pisada. Mas o azeite agiu novamente. Eu balancei de um lado para outro enquanto a estátua escorregava. Pareceu parar na beirada do precipício. Agora eu estava girando com seus braços enormes. Lutei para me livrar do aperto de seus dedos na minha cintura.

De canto de olho, vi o grifo abaixo, com a porta ainda presa no pescoço. Seus olhos amarelos nos fitavam, se preparando para atacar.

Agora era eu quem estava com o Loculus. O grifo viria atrás *de mim.*

Então senti um solavanco. O Colosso afrouxou os dedos.

Eu podia saltar agora. Olhei para baixo, esperando estar perto o suficiente do chão.

Mas tudo o que vi foi o mar se aproximando. O Colosso escorregara no penhasco.

Eu estava caindo em direção à costa rochosa abaixo.

47
O segredo do Loculus

Eu gritei, segurando firme o Loculus. Ridiculamente firme, como se a minha vida dependesse dele. Pensei no meu pai. Será que um dia ele descobriria o que aconteceu? Será que a vida dele voltaria a ser a mesma? Pensei nos amigos que deixei, se perguntando onde eu estaria. Pensei na minha mãe. E na morte.

Desde que minha mãe morrera, sempre me perguntei como seria isso.

Agora eu sabia.

Não havia impacto, nem transição, nem luz branca. Apenas um monte de nada.

A morte era como flutuar bem no alto do mundo num jorro de ar quente. Meu cabelo soprava ao vento. Sob mim, ouvi um guincho sedento de sangue.

Guincho?

Meus olhos se abriram de repente. Dei uma olhada para baixo. O mar ainda estava bem abaixo de mim. Quase vomitei o café da manhã. *Não olhe pra baixo. Não olhe pra baixo.*

Mas eu não estava me aproximando. Pelo contrário.

Eu estava flutuando.

Não, flutuando não. Eu estava sendo impulsionado para frente. Voando!

O príncipe voador. Pensei na imagem que vi na tapeçaria do labirinto. E no Massarym flutuante na pintura do monastério.

Muito empolgante para um garoto, não? Vush... vush... Gerônimo!, Bhegad me dissera no primeiro dia.

Segurei firme. O Loculus me balançou para perto dos penhascos, depois me levantou. Era real. O G7M era real. O Loculus estava me dando o poder de voar.

— Uhu! — gritei.

A esfera de bronze era fria em contato com meu peito. Ela estava me levantando, cada vez mais rápido, sobre o mar. O monastério agora era um distante combinado de patamares. Vi duas figuras no segundo patamar. Marco e Aly. Eu quis acenar para eles, mas tive medo de soltar o Loculus, um pouquinho que fosse. Então me ocorreu que eu não fazia ideia de como controlar aquele treco.

O grifo estava abaixo de mim, tentando ganhar altitude num padrão de voo vacilante. Suas asas agora eram assimétricas, uma delas claramente destroçada pelo vidro. A porta da caminhonete pendia como um triste cordão quadrado no seu pescoço.

Eu estava agarrando o Loculus com tanta força que pensei que meus braços fossem cair. *Respire*, disse a mim mesmo. *Um... dois...três...*

Enquanto eu voava feito pássaro sobre o penhasco, vi a estrada vazia serpenteando ao longo da costa de Rodes. Ao longe, casinhas caiadas sobressaíam numa enseada.

E me dei conta de algo extremamente profundo.

Isso.

Era.

Divertido!

— UUUHUU! — Meu grito se perdeu no vento. Eu não tinha medo de cair. Era como se eu tivesse nascido para isso.

Eu me inclinei bastante para a direita.

Como? Como eu pude fazer isso?

Eu não fazia a menor ideia. Mas, se eu podia conduzir o Loculus, então podia voltar até Marco e Aly. E podíamos encontrar Cass. Com o Loculus, seria moleza.

Inclinei-me para a esquerda. Depois dei um impulso para cima. Era como se o Loculus fosse parte de mim e recebesse minhas instruções por telepatia.

— Me leve até os meus colegas! — eu disse com a minha melhor voz de monge grego.

Nós, o Loculus e eu, mergulhamos em direção à lateral do penhasco. Eu me forcei a olhar para baixo. O Colosso era agora uma pilha de escombros na costa rochosa. O grifo estava mergulhando também, esticando as pernas como um trem de pouso ao se aproximar da praia.

Eu vi o queixo caído dos meus amigos antes de ser capaz de ver o restante deles. Atrás deles, todos os monges estavam agrupados na lateral do penhasco.

Tentei pousar com perfeição, mas bati com força no chão e tropecei, quase soltando o Loculus.

— Cuidado com o azeite — disse Marco. — Ele é fatal.

— Monta aí! — eu disse.

— Tá doido? — disse Aly. — Como? Vamos todos agarrar esse negócio ao mesmo tempo?

— Qual é o limite de peso? — perguntou Marco.

— Nenhum, tem lugar pra todo mundo. É grande o bastante. — Eu não sei como sabia disso. Apenas sabia.

Aly segurou o Loculus, depois Marco.

— Manda ver — disse ele, com a voz surpreendentemente trêmula.

— Pronto pra subir — respondi.

Nós subimos, adentrando no fluxo alaranjado do sol, e os quilômetros de Rodes se ampliaram sob nós.

— *Isso... é... muito... doidooooo!* — gritou Aly.

Marco soltou uma das mãos e acenou para o penhasco.

— *Foi mal, galera! Não vamos ficar para o jantar.*

— Pessoal — eu disse —, vamos encontrar o Cass.

Comecei pela caverna mais próxima ao monastério. Era estreita demais para caber um ser humano. A seguinte era grande, mas estava vazia. Na terceira caverna, um monge estava agachado junto à parede, abismado. Nós passamos voando, e ele ficou boquiaberto, chocado.

— Mais tarde a gente volta pra pegar você! — prometeu Aly.

Passamos por mais algumas cavernas vazias e por outra que parecia estreita demais. Mas, ao passarmos por ela, o grifo, que estava na praia, deu um berro.

— Você ouviu isso? — disse Aly.

— Claro que ouvi — respondi. — Vamos logo antes que ele recupere as forças e venha nos pegar!

— Não... quer dizer, o grito dele foi diferente — comentou Aly. — Mais intenso. Desesperado.

— Você percebe a diferença? — perguntou Marco.

— O grifo não quer que a gente entre naquela caverna — insistiu Aly. — Meia-volta.

Virei o Loculus e pousamos dentro da caverna de entrada estreita.

Ela se abria e dava para uma câmara espaçosa logo depois da entrada. Fiquei parado, deixando meus olhos se ajustarem à escuridão.

— *Ohhhhhh...*

O som quase me fez soltar o Loculus. Ele vinha bem do fundo da caverna. Na parede oposta havia uma abertura estreita e arqueada. Eu me aproximei e entrei.

O compartimento interno tinha uns seis metros de altura e um teto trançado com três raízes. Coloquei o Loculus no chão, tirei a lanterna da mochila e iluminei o ambiente.

Havia uma formação diferente de tudo que eu já tinha visto antes, pendurada numa das raízes mais robustas. Parecia um enorme balão meteorológico branco-amarelado, alongado, talvez com mais de dois metros de altura, feito de filamentos transparentes que trocavam de cor ao oscilar. Pelo que pude ver, era aberta no topo.

— Que negocio é esse? — perguntou Marco.

— OOHHHHHH... — uma voz gritou de dor.

Todos demos um pulo. A voz vinha de dentro da coisa.

Era a voz do Cass.

48
SEM VOLTA

AVANCEI LENTAMENTE MAIS para perto. A membrana era transparente, e com a luz da lanterna vi a silhueta de Cass ali dentro. Ele parecia estar flutuando com a cabeça para cima. Seu peito subia e descia.

— Ele está vivo! — gritou Aly.

— Irmão Cass, aguenta firme! — disse Marco. Ele tentou enfiar os dedos na membrana, mas ela não cedia.

O grifo não pode digerir carne humana crua... Ele esconde e embrulha a presa em casulos nas cavernas... macerando com saliva...

— É um casulo — eu disse. — Como o que o Bhegad descreveu.

Marco recuou.

— Eca! O grifo está cozinhando ele na própria saliva!

Uma pancada me fez dar um pulo. Aly se virou, batendo a lanterna na parede de pedra. A parte de cima ficou torta e pontuda.

— Não é uma faca — disse ela —, mas é o mais perto disso que temos.

Ela enfiou a lanterna na parede do casulo.

Uma rajada de ar impuro me lançou para trás. Cass caiu pesadamente, seu tronco pendeu inerte pelo rasgo na membrana.

— Cass, sou eu, Jack! — gritei. — Você vai ficar bem! — Eu o puxei para fora, deitando-o delicadamente no chão da caverna. Sua cabeça virou para o lado. Sua boca se abriu uma, duas vezes.

— Eu carrego o Cass — disse Marco, colocando-o sobre o ombro. — Posso segurar no Loculus com uma das mãos, e ele com a outra. Vamos levá-lo de volta a Rodes e cair fora daqui. De algum jeito.

— Ótimo — eu disse, arrancando a lanterna do casulo. Não queria nem pensar no que faríamos com Torquin. — Vamos.

Nós nos arrastamos de volta ao compartimento anterior. Enquanto nos reuníamos ao redor do Loculus, a caverna tremeu violentamente.

O guincho sobrenatural do grifo estava mais fraco, mas era inconfundível. A cara dele estava na entrada, com seus olhos amarelos desesperados e furiosos. A porta da caminhonete, que havia esfolado o pescoço do bicho, o impedia de entrar.

Quando o grifo caiu, eu gritei:

— Andem! Vamos sair da...

A caverna balançou mais uma vez quando a fera atacou de novo. Dessa vez o grifo não caiu. Ele plantou os pés contra a caverna, lançou-se para trás e investiu de novo contra a entrada.

Pedras caíram do teto.

— Ele vai continuar até quebrar o pescoço ou alargar o buraco da entrada! — disse Marco.

CRACK!

Um ruído de rachadura reverberou pela câmara enquanto uma fenda se espalhava pela parede.

— Parece que o grifo está vencendo — avisou Marco.

— O que vamos fazer? — gritou Aly.

— Proteger o Cass! — eu disse.

O grifo voou outra vez em direção à caverna, na mais alta velocidade. A batida derrubou a gente no chão. Quando a abertura aumentou, a fera conseguiu entrar e rapidamente se pôs de pé. Vendo o Loculus nos meus braços, o grifo deu o bote.

Marco se posicionou na minha frente, mas o bicho o empurrou de lado.

Por trás, Aly tentou golpear o grifo com a única coisa que tinha — a lanterna quebrada. Mas a fera a empurrou para longe com a cauda.

A besta veio para cima de mim, com a porta no pescoço ainda comprometendo seu equilíbrio. Eu recuei, segurando o Loculus com firmeza.

— Passada lateral! — gritou Marco, mas a ideia era insana. Não havia espaço. O grifo ia me matar para pegar o Loculus. Ele ia matar todos nós.

Eu estava de costas para a parede. Não tinha espaço para me mexer. E não tinha mais nenhuma ideia. Aly e Marco estavam ambos gritando meu nome.

O grifo se agachou, me fitando de maneira triunfante. Não havia mais fuga nem rendição.

Ele sabia que finalmente me tinha nas mãos.

49
Confronto

— Para!

Minha voz preencheu toda a caverna. Eu quase não a reconheci.

Não sei o que me passou pela cabeça. Acho que eu não sabia mais o que fazer. Mas eu estava fitando os olhos da criatura, com a mão esticada para frente e a palma para fora. Eu sabia que não devia estar encarando aquela coisa enquanto ela me matava. Meio que não era natural.

O grifo inclinou a cabeça. Não consegui decifrar sua expressão. Talvez estivesse achando que eu era o humano mais estúpido do mundo. Talvez quisesse dar uma boa risada antes de me matar.

O Loculus estava enfiado debaixo do meu braço esquerdo, como se fosse uma bola de praia. Eu podia sentir seu calor na minha lateral. Antes não era frio? Ele estava me dando alguma coisa que eu não sabia descrever. Um tipo de força. A percepção de que eu não tinha nada a perder.

Mantive os olhos cravados no grifo. *Claro, vem me pegar*, pensei. O Marco podia roubar o Loculus enquanto aquela coisa comia meus ossos. Eu já estava mesmo vivendo mais do que o esperado.

— Para logo — repeti. — Você não precisa mais cuidar disto aqui. Eu vou dar isto ao Marco e você pode fazer o que quiser comigo.

O grifo se sentou. E então se esparramou no chão, soltando um lamento de submissão.

— Jack...? — sussurrou Aly. — O que foi que você fez?

Engoli em seco.

— Eu... eu não sei.

Enquanto eu me afastava hesitante, os olhos do grifo me seguiram.

— Pega isto aqui — eu disse ao Marco. — Agora. Antes que o feitiço perca o efeito.

Vi Marco colocando o corpo inconsciente de Cass sobre o ombro.

— Não sem você, irmão — disse ele.

— Pega! — repeti.

Aly me agarrou pelo braço, me fazendo passar pela ave-leão. Enquanto passávamos pela entrada, ele nos acompanhou com um olhar dócil e triste.

— Mãos à obra — sussurrou Marco, segurando o Loculus.

Mentalizei uma prece. E nós pulamos.

Enquanto planávamos no céu claro, o grifo soltou um rugido angustiado de dentro da caverna. O som fez a muralha do penhasco tremer.

Pouco acima da entrada, um enorme pedaço de pedra e terra se soltou e desabou sobre a abertura, lançando uma nuvem de escombros marrom e cinza.

Conforme ganhávamos altitude, parecia que uma bomba havia explodido dentro da caverna. Demos voltas no ar, tentando dar uma olhada.

Mas, quando o barulho parou e a poeira assentou, não havia mais nada.

Nem buraco, nem sinal da caverna que estivera ali.

O grifo finalmente havia se calado.

50
Incidente no Mansão de Rodes

— VOCÊ ACHA que alguém viu a gente? — perguntou Aly, caminhando com dificuldade pela praia.

Nós havíamos aterrissado num trecho deserto, a menos de um quilômetro da faixa de hotéis. O Loculus estava firmemente enfiado debaixo do meu braço enquanto seguíamos apressados pela areia.

— Os monges viram — disse Marco, caminhando com Cass nas costas. — A esta altura, já devem estar falando com a polícia.

— Ninguém vai acreditar neles — disse Aly.

— Mas a Grécia é tolerante com excêntricos — observei.

Olhei para o corpo inerte de Cass. Ele fedia a saliva de grifo.

— Nenhuma palavra ainda — disse Marco, captando meu olhar. — Nem de frente pra trás, nem de trás pra frente. Mas ele está respirando. E precisa de um bom banho.

Nós ainda tínhamos alguns quilômetros pela frente até chegar ao centro da cidade. Quando chegássemos lá, nossos problemas ainda não estariam terminados. Tínhamos de tirar Torquin da cadeia e dar um jeito de voltar.

Dei uma olhada no hotel mais próximo, chamado Mansão de Rodes, um prédio alto com uma pequena piscina.

— Nós temos um pouco de dinheiro — eu disse. — Vamos juntar o que temos e alugar um quarto. Usem um nome diferente, caso os monges tenham ouvido nosso nome e convencido a polícia a vir atrás de nós. A Aly e eu podemos pensar num jeito de resgatar o Torquin, e então a gente volta pra pegar vocês. Não deixe ninguém ver o Loculus.

Marco parou, arqueando uma sobrancelha numa expressão de dúvida.

— Como você sabe que eu não vou aproveitar para voltar pra Ohio?

— Marco, não tem graça — disse Aly, continuando a caminhar em direção à cidade. — E mais uma coisa. Nada de telefonemas. Provavelmente o telefone da sua casa está grampeado. Você só pode manter a ligação por vinte segundos, porque depois disso conseguem rastrear, e você não vai conseguir. Pode acreditar.

— Você tentou? — perguntou Marco.

Aly continuou caminhando. Eu olhei para ele como quem diz "Fica na sua".

— Não vou fazer nada, prometo — ele sussurrou para mim. — Palavra de escoteiro.

A delegacia ficava dois quarteirões para cima e um para o lado do Restaurante Colosso. Ao entramos, fomos recebidos por uma explosão de gargalhadas vindas do fundo de um corredor.

Caminhei até o balcão e disse:

— Vocês têm um prisioneiro chamado Torquin?

O policial atrás do balcão sorriu e fez um gesto para que o seguíssemos. Aly e eu trocamos olhares desconfiados. Eu ainda não sabia que jeito daríamos para sair dessa.

Fomos direto para um corredor repleto de celas. Pareciam estar todas vazias, a não ser por uma bem no fim.

Havia dois policiais sentados a uma mesa no corredor em frente à cela, tomando café e comendo *baklava*. Eles falavam em grego com o prisioneiro.

De repente, todos caíram na risada.

De dentro da cela veio uma réplica. Os policiais riram ainda mais.

— Torquin? — eu disse.

Nós apertamos o passo. Acenei com a cabeça para os guardas e dei uma olhada dentro da cela. Torquin estava sentado num banco acolchoado, bebendo sua xícara de café. Ao lado dele no banco, havia um prato vazio, mas cheio de farelos.

Quando ele nos viu, ajeitou-se no assento.

— Tarde! — disse.

— Tivemos um dia muito cheio — disse Aly. Ela se voltou para os policiais dizendo: — Hum, alguém fala nossa língua? Se sim, escutem. Se vocês não soltarem este homem, uma pessoa vai morrer. Vou direto ao consulado americano, se necessário, para soltá-lo. Vou entrar em contato com o embaixador e com o presidente, e vocês terão um incidente internacional nas mãos.

— Estou impressionado — murmurei.

Os dois policiais gregos se levantaram. Um deles fez uma mesura cortês e foi até a cela de Torquin. Ele a abriu.

— Sou o detetive Haralambos. Ele é todo seu, senhorita. Não precisa convocar seu Congresso. Se todos os seus compatriotas fossem como este fascinante cavalheiro! Ele tem o direito de perder a calma por um instante. — O homem sorriu. — Cá entre nós, o Kostas, dono do Colosso, é meio esquisitão.

Torquin se levantou. Aprumando-se, deixou a cela.

— *Yia sou* — disse ele.

— Até mais — respondeu o detetive Haralambos.

Torquin ficou esperando no táxi em frente ao hotel enquanto Aly e eu batíamos à porta do quarto de Marco.

— Está aberta — disse uma voz grogue.

A voz do Cass.

Abri a porta. Aly e eu entramos correndo. Cass estava deitado na cama com uma toalha molhada na testa. Ele estava de roupão, parecendo bem limpinho, mas sua pele estava manchada pelo que lhe acontecera no casulo.

— Não acredito! — Emocionada, Aly foi até a cama e o abraçou delicadamente.

Cass fez uma careta de dor.

— Ai!

— Desculpa! — disse Aly, recuando. — Você está bem?

— Estou com vontade de *raçnad* — gemeu ele.

Aly sorriu para mim. Cass, nós sabíamos, ficaria bem.

— Eu trouxe roupas — eu disse, mostrando-lhe uma camiseta, um shorts, cueca e um par de sandálias de dedo que eu tinha comprado na cidade. — Tamanho grego. Tomara que sirvam.

— Qualquer coisa é melhor do que aquilo que eu estava usando — disse Cass. — Era constrangedor ficar voando por aí com a cueca dos Simpsons.

Aly olhou ao redor.

— Cadê o Marco? — perguntou.

— O Marco estava aqui? — questionou Cass.

— Foi ele quem trouxe você pra cá — eu disse. — Com o Loculus. Agora temos que ir. O Torquin está esperando lá fora.

Olhei ao redor. O único sinal de Marco era um prato com farelos de chocolate e três embalagens vazias. Imaginei que ele tivesse ido pegar um refrigerante ou algo assim.

— Jack — disse Aly. — Cadê o Loculus?

Meu corpo enrijeceu.

Olhei debaixo da cama. Abri todas as gavetas. Procurei no banheiro. Nada de Loculus.

— Do que vocês estão falando? — perguntou Cass. — Nós temos um Loculus?

Enquanto Aly explicava o que havia acontecido, afundei na cama. As palavras de Marco estavam girando na minha cabeça. *Como você sabe que eu não vou aproveitar para voltar pra Ohio?*

Será que ele tinha feito isso?

Marco, o Imortal... O Garoto Que Derrotou a Morte...

— Jack... — disse Aly. Ela e Cass estavam olhando para mim.

— O Marco acha que está bem — respondi. — Imortal. Ele não acredita no que o Bhegad disse. Ele não tem mais medo de ficar sem o tratamento.

— Você acha que ele... — perguntou Aly.

— Enrolou a gente — eu disse, olhando para o céu azul da Grécia pela janela. — Sim.

— Não acredito nisso, Jack — disse ela. — E se ele decidiu apenas voar de volta para o Instituto Karai? Para chegar antes de nós? É o estilo dele.

— Como ele iria saber onde fica a ilha, Aly? — questionei. — Nem o Cass conseguiu encontrá-la.

— Talvez eu consiga — disse Cass. Ele se sentou, e a toalha caiu da sua testa. — Aaaai.

— Coloque suas roupas, irmão Cass — eu disse baixinho. — Temos uma longa viagem de volta.

51

SOLDADO, MARINHEIRO, MECÂNICA, COSTUREIRO

— ELE O quê? — O professor Bhegad ficou pálido em sua cadeira de rodas. Não consegui encará-lo. Cansado e suado, olhei para a pista de aterrissagem.

— Fugiu — eu disse. — Com o Loculus.

— Por que ninguém me avisou? — Bhegad exigiu explicação. — Por que o rádio ficou mudo até agora?

Torquin desviou o olhar com cara de culpado.

— Problemas técnicos.

— Nossos problemas acabaram de começar. Para todos nós. — Bhegad se virou e começou a voltar para o campus, ignorando os ajudantes do hospital que corriam ao seu lado. — Vamos.

— Nós... estamos contentes de ver que está melhor, professor — disse Aly, sem graça.

Bhegad virou o pescoço.

— Obrigado — disse ele. — E estou contente de ver que o Cass está vivo e bem. Como se sente, meu garoto?

— Tinindo — disse Cass, com um sorriso fraco.

— Ótimo — respondeu Bhegad —, pois vou precisar de todo o seu poder mental para rastrear o Marco. Se ele estiver mesmo voltando para casa, podemos ser destruídos. Isso pode acabar com séculos de trabalho.

— A culpa é minha — eu disse. — Eu perdi o Marco. Meu plano era deixá-lo no hotel enquanto íamos tirar o Torquin da...

— ÃRRÃMMM! — fez Torquin.

— Eu sou o cara errado pra isso — continuei. — Você escolheu alguém sem talento, professor Bhegad. Não mereço estar aqui, porque não posso contribuir como os outros. Vou me oferecer para encontrar o Marco. Se eu perder o tratamento e morrer, que diferença faz? Não ajudo em nada por aqui mesmo. Só faço besteira...

Bhegad parou de repente e olhou para mim com frieza.

— Você acredita mesmo nisso? — perguntou.

— Isso é ridículo! — disse Aly, entrando na minha frente. — Foi você quem despertou o Loculus, Jack. E resgatou o Cass. E derrotou tanto o grifo quanto o Colosso. Você me deu um bom conselho, e *eu* não dei ouvidos. E sempre que a gente não sabia o que fazer, você tinha um plano.

Bhegad suspirou. Seu olhar ficou mais brando.

— Sabe, aqui no IK temos apelidos para vocês quatro. Soldado, Marinheiro, Mecânica e Costureiro. O Marco era, é, o Soldado, o mais valente e em forma. O Cass é o Marinheiro, aquele que sabe navegar em meio à névoa fechada. A Aly é a Mecânica, que entende como tudo funciona e sabe consertar tudo.

— E eu... sou o Costureiro? — perguntei. — Eu costuro?

— De certa forma, sim — Bhegad disse. — Você, Jack, é quem junta tudo.

Eu ri. Mas, quando levantei os olhos, ninguém estava rindo.

Minha dor de cabeça estava vindo com força. Eu precisava muito descansar. O céu estava preto feito piche, mas eu não fazia ideia de que horas eram.

Cass.

— Que horas são? — perguntei de repente. — O Cass precisa do tratamento!

— Sim, nós sabemos. São 10h45 — disse Bhegad com tranquilidade. Ele olhou para os ajudantes. — Por favor, levem este jovem ao hospital. E certifiquem-se de que ele vá para a cama logo em seguida. Precisamos dele descansado e pronto.

Aly e eu abraçamos Cass.

— Obrigado — ele me disse baixinho. — Você é meu *iórev*.

Enquanto os funcionários o levavam para o tratamento, Bhegad começou a seguir na cadeira de rodas de volta para sua casinha.

— E, quanto a vocês dois, espero que tenham dormido no avião — disse ele, enquanto o seguíamos. — Porque aguardo vocês no meu escritório em meia hora para uma sessão de planejamento. Portanto tomem banho, troquem de roupa, façam o que tiverem de fazer. Precisamos encontrar seu amigo imediatamente e trazê-lo de volta antes que ele cause algum problema.

— E se ele já tiver causado? — perguntou Aly, receosa.

— Eliminar — grunhiu Torquin.

Nós paramos. Enquanto Torquin caminhava atrás de Bhegad, o velho não disse nada.

Arrasada, Aly se sentou num banquinho junto ao edifício do aeroporto.

Eu não conseguia olhar para ela. Meu sangue estava gelado.

Soldado, Marinheiro, Mecânica, Costureiro.

A noite estava sem lua e sem nuvens. Estrelas se espalhavam pelo céu como sangue espirrado. Meus pensamentos corriam disparados. Em algum ponto lá em cima, eu sabia, estava Marco.

Eu mapeei o céu, procurando.

Impresso no Brasil pela
Prol Gráfica e Editora Ltda.